KB055966

아들아, 여행 갈래?

아들아, 여행 갈래?

© 강유현 · 강순돌, 2021

초판 1쇄 발행 2021년 12월 15일

지은이	강유현 · 강순돌
펴낸이	이기봉
편집	좋은땅 편집팀
펴낸곳	도서출판 좋은땅
주소	서울특별시 마포구 양화로12길 26 지월드빌딩 (서교동 395-7)
전화	02)374-8616~7
팩스	02)374-8614
이메일	gworldbook@naver.com
홈페이지	www.g-world.co.kr

ISBN   979-11-388-0462-2 (03810)

19일간의 유럽 도시 여행기록

아들아, 여행 갈래?

강유현 · 강순돌 지음

좋은땅

들어가기 전에

〜〜〜〜〜〜〜〜〜〜〜〜〜〜〜〜〜〜〜〜〜〜〜〜〜〜〜〜

  이 책은 2018년 1월 7일부터 1월 26일까지 아빠와 아들이 함께한 동유럽 8개국 9도시의 여정을 담고 있는 여행기록입니다. 기록은 당일 일정을 마친 매일 밤 숙소에서 일기처럼 바로바로 작성했고 추후 각색 없이 담아냈습니다. 전문가적인 시선보단 같은 여행지를 다니며 각각 아빠와 아들이 어떤 것에 주목했고 어떤 것을 느꼈는지 솔직하게 풀었습니다.

  도시별로 크게 챕터를 구분하고 그 안에 아들과 아빠의 기록을 하루 단위로 번갈아 배치했습니다. 그리고 도시가 바뀔 때마다 이모저모라는 코너를 삽입했습니다. 그간 도시들을 오고 가며 느낀 것들이나 본 것 중에서 글 어디에 끼워 넣어야 할지 애매한 부분들을 따로 정리해 쭉 나열해본 코너입니다. 이 책에 포함된 사진은 일부를 제외하고는 다 직접 핸드폰으로 촬영한 것들입니다. 당시에는 책에 넣을 사진이라고 생각을 못 했기 때문에 소장용으로 가볍게 촬영한 것들이 많아 사진의 구도나 화질이 최고의 상태가 아닙니다. 그래서 잘 나온 사진들로 교체할까 고민도 했었지만, 우리의 결론은 '이것은 우리의 기록이니 사진이 좀 부족할지라도 직접 찍고 본 모습 그대로 사용하자'였습니다. 다른 여행책들과는 차별화된 날것의 생생한 여행기라 생각하고 좋게 봐주셨으면 하는 마음이 있습니다.

여행 2년 뒤인 2020년 2월쯤 지금까지도 전 세계를 괴롭히고 있는 코로나 사태가 발발했습니다. 이 코로나는 당연하다고 생각했던 일상의 많은 것들을 앗아갔고 그중엔 많은 사람이 좋아하고 즐기는 해외여행도 포함되어 있었습니다. 문득 2년 전 아빠와 함께 다녀온 여행의 감사함을 느끼게 된 순간이었습니다. 이어서 등장할 프롤로그에서도 썼듯이 아빠와 단둘이 여행을 가게 된 것은 매우 뜻밖의 일로 그 뜻밖의 여행으로 아빠와의 관계도 많이 가까워졌고 무엇과도 바꿀 수 없는 값진 경험을 하고 왔습니다. 더불어 우리가 다녀온 동유럽은 아름다운 자연과 고풍스러운 도시, 좋은 사람들로 둘러싸여 살면서 꼭 가볼 만한 가치가 넘치는 곳이었습니다.

　그런 생각을 하며 여행 중 썼던 글과 사진을 보는 순간 이걸 책으로 내야겠다는 마음이 생겼습니다. 지금 당장은 해외여행이 힘들지만, 누군가는 이 사태가 끝난 후 해외여행을 떠날 희망을 품고 살고 있을 것입니다. 그런 사람들에게 아빠와 함께하는 여행의 가치, 그리고 아름다운 동유럽에 대해 알려주고 싶었습니다. 코로나 때문에 밖보단 집에 있는 시간이 많아진 시점에 다양한 사람들이 이 책을 통해 저희 여행의 A부터 Z까지 함께하며 대리만족을 느꼈으면 좋겠습니다.

목차

📍 아홉 번째 도시 이탈리아 베네치아

아빠와 함께하는 유럽 여행의 서막

1. 예상치 못한 제안

2017년 가을, 열심히 게임에 집중하고 있을 때였다. 갑자기 아빠가 내 방에 들어오시더니 어깨에 손을 얹으셨다. 오랜 경험상 하실 말씀이 뻔히 보였다. 분명히 '아들 게임 너무 많이 하는 거 아니야?' 하면서 나의 행동에 제약을 걸려고 하시겠지. 어떤 말이 나올지 대충 예상이 가자 그에 대한 대비책들도 곧바로 머릿속에 떠올랐다. '낮에 아르바이트하며 받았던 스트레스도 풀어야 하고요. 현재 게임하는 시간은 게임 중독에 빠진 아이들에 비하면 터무니없이 적습니다. 무엇보다 중요한 건 일정 시간 플레이 후 다시 생산적인 일을 할 것입니다!' 이처럼 만반의 채비를 갖추고 다가올 아빠의 멘트를 기다렸다. 하지만 나의 대비는 쓸모가 없는 행동이었다.

"아들, 겨울에 여행 갈까?"

예상은커녕 생각도 못 해본 이 한마디에 순간 당황했다. 심지어 열심히 하고 있던 게임에서 바로 손을 뗄 수밖에 없었다. 만약 이것이 아들이 게임을 그만두게 하기 위한 고도의 작전이었다면 그야말로 대성공인 셈이다.

"어디로 가게?"
"네가 가보고 싶은 곳으로."

　참고로 나는 25년 인생을 통틀어 아빠와 단둘이 여행을 가본 적이 한 번도 없었다. 또한, 평소에도 아빠와 함께 시간을 보내본 적이 드물었다. 그렇다고 아빠와 사이가 안 좋은 것은 아니었고 시간이 맞으면 함께 식사하거나 TV를 보고 이런저런 이야기를 나누는 여타 평범한 가정과 다를 것 없는 정도였다. 그렇다 보니 이런 아빠의 갑작스러운 제안은 꽤 파격적으로 다가왔다. 수많은 생각이 머릿속을 스쳤다. 나는 평소에 여행을 자주 다니는 편이었다. 혼자보단 둘! 둘보다는 셋! 이렇게 함께하는 여행을 선호했기에 대부분의 여행은 마음 맞는 친구들과 함께였다. 그런데 아빠와 단둘이라니…. 물론 아빠랑 가는 것도 함께하는 여행은 맞지만, 과연 재미가 있을지 의문이었다. 음식 취향이나 여행 스타일이 안 맞아서 각자 하고 싶은 것도 못 하고 티격태격하는 건 아닐지 걱정도 되었다. 또 여행하는 내내 이야기를 나눠야 할 텐데 대화가 잘 통할까 하는 걱정도 있었다. 그때 이런 걱정스러운 생각의 틈에서 한 가지 생각이 솟았다.
　'아르바이트 하나로 간신히 용돈벌이하는 가난한 대학생인 아들에게 아빠가 여행을 제안했다는 건 여행경비만큼은 아빠가 다 부담해주신다는 게 아닐까?' 철없고 어린 아들의 잔머리가 빠르게 굴러갔다. 어쩌면 내가 그동안 비용부담 때문에 가보지 못했던 유럽 여행을 이번 기회에 갈 수 있겠다는 생각이 들었다. 생각이 거기까지 미치자 다른 걱정들은 이제 내 고려 사항이 아니었다.

"아빠! 그럼 동유럽 가요!"

사실 유럽이면 어디든 다 좋았지만, 유럽 일주를 하기엔 시간적 금전적 여유가 부족했다. 지금 우리 상황에선 동서남북 중 하나의 방위만 골라 집중적으로 돌아다니는 것이 최선이었다. 그중 내가 동유럽을 선택한 이유는 우리가 여행할 계절이 겨울이었기 때문이다. 북유럽은 너무 추울 것 같았고 서유럽과 남유럽은 여름에 가보고 싶었다. 아마 여름이었다면 그리스를 비롯한 지중해 국가들을 보기 위해 남유럽을 선택하지 않았을까 싶다. 또 다른 이유는 내가 동유럽에 대해 약간의 환상을 가졌다는 점이다. 나만 그럴 수도 있지만, '체코 - 프라하', '헝가리 - 부다페스트' 이런 식으로 국가와 수도만 나열해도 느껴지는 바이브가 있었다. 너무 아름답고 멋있어서 거리를 걷기만 해도 훌륭한 여행이 될 것만 같았다. 그런 환상에 빠져 무조건 첫 유럽 여행은 동유럽으로 가야겠다고 마음먹게 되었다.

2. 가장 먼저 정한 여행 날짜와 경로

현직 교사이신 아빠는 따로 시간을 내기 어려우셨기 때문에 모든 여행 일정과 경로, 그리고 숙소, 교통편 예약은 내가 도맡아 했다. 일단 여행 기간은 아빠가 방학 중에 낼 수 있는 시간이 최대 3주임을 고려해서 짰다. 그 결과 아빠와 단둘이 떠날 운명의 기간은 2018년 1월 7일부터 1월 26일로 정해졌다.

여행할 국가와 도시를 정하고 동선도 짜보았다. 그 결과 이런 그림이 나왔다.

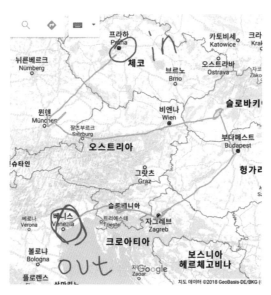

지도를 보며 직접 짠 경로(출처: google)

체코 프라하(in) - 독일 뮌헨 - 오스트리아 잘츠부르크 - 오스트리아 비엔나 - 슬로바키아 브라티슬라바 - 헝가리 부다페스트 - 크로아티아 자그레브 - 슬로베니아 류블랴나 - 이탈리아 베네치아(out)

총 8개국의 9도시를 여행하기로 했고, 잘츠부르크와 뮌헨, 베네치아를 제외하면 전부 수도였다. 한정된 시간 동안 중요한 것 위주로 보려고 하다 보니 수도를 안 가볼 수가 없었다. 지금쯤 경로가 어딘가 이상하단 걸 느낀 분들도 있을 것 같다. 동유럽 여행인데 독일과 이탈리아도 껴 있다. 여기엔 특별한 이유가 있었다. 우리가 여행을 계획하고 있을 때, 친한 친구 한 명이 독일 뮌헨에서 교환 학생을 하고 있었다. 우리의 여행 계획을 들은 친구는 뮌헨으로 나와 아빠를 초대했고 그렇게 예정에 없던 뮌헨이 극적으로 추가되었다. 그리고 이 도시 저 도시 찾아보면서 어디가 우리 여행의 종착지로 어울릴지 고민했다. 그러던 중에 나의 사심이 듬뿍 들어갔다. 바로 수상 도시 베네치아! 어렸을 때 재밌게 본 일본 만화 『원피스』에서 이 베네치아를 모티브로 한 수상 도시 '워터세븐'이 등장한다. 만화를 볼 때도 워터세븐의 특별한 분위기에 매료되었었는데, 그것이 실재하는 도시를 바탕으로 했다는 걸 알았고 그렇게 베네치아는 나의 여행 버킷리스트 상위권을 항상 차지해 왔었다. 경로를 잘 짜보니까 베네치아를 종착지로 하는 완벽한 그림이 나왔다. 바로 아빠를 설득했고 이렇게 베네치아가 우리 여행 경로 속으로 들어왔다.

경로를 다 짜고 어느 도시에 얼마만큼 머물지를 결정해야 했다. 숙박과 교통편을 다방면으로 고려한 결과 나온 일정은 프라하/빈/부다페스트가 각각 3박 4일이고 베네치아에는 5박 6일, 그리고 나머지 도시들은 1박 2일의 여정이었다. 주변 사람들에게 우리 여행에 대해 말할 때 편의상 동유럽 여행이라고 많이 말하곤 했는데 엄밀하게 말하면 동유럽&베니치아 여행이 맞을 정도로 베네치아의 비중이 커져 버렸다. 애당초 계획보단 한 도시에 머무는 시간이 길어졌지만, 충분히 숙고한 만큼 이것이 최선의 경로라고 판단했다.

3. 설렘 가득했던 예약 작업

우리는 이번 여행에서 즐길 것은 다 즐기되 여행경비는 최대한 절약하는 쪽으로 방향을 맞췄다. 경비 절감의 주 대상은 교통과 숙박이었다. 여행 중에 렌터카나 택시 말고 현지 대중교통만 이용하기로 했고 숙소도 에어비앤비 같은 숙박 공유 플랫폼이나 비교적 저렴한 예약 앱을 통해 구하기로 했다. 이런 대략적인 계획을 좀 더 구체적으로 만들기 위해선 예약 작업이 필요했다.

비행기 E-티켓

먼저 항공편이다. 갈 때는 러시아 항공, 돌아올 때는 LOT 폴란드 항공을 선택했다. 사진에서 보이는 것처럼 각각 1회 경유해야 했다. 우리가 가는 곳에 직항편이 없는 건 아니었지만 항공편에서도 경비를 절감하기 위해 가장 저렴한 항공편을 선택한 것이다. 중간에 비행기를 옮겨야 하는 불편함이 있긴 하지만 그 정도 사소한 애로사항은 충분히 감수할 만했다. 그리고 긍정적으로 생각하자면 경유하는 짧은 시간이나마 러시아와 폴란드 수도의 공기도 맛볼 수 있게 된 거 아닌가!

이어서 숙소도 예약했다. 예약에는 '에어비앤비'와 '부킹닷컴' 딱 두 가지 앱만 사용했다. 이전에 친구들과 함께한 여행에서도 많이 이용했던 앱이고 내가 알고 있는 가장 가성비 좋은 방법이었다.

에어비앤비는 이제는 낯설지 않은 용어인 '공유 플랫폼' 중 하나이다. 집주인인 호스트(Host)가 자신의 집에서 사용하지 않는 방을 플랫폼에 올려 여행 중이거나 잠시 머물 곳이 필요한 방문객인 게스트(Guest)에게 오픈하면 그 방을 원하는 게스트가 특정 기간 그 공간을 임대해 사용하는 개념이다. 호스트는 남는 방을 알차게 처리할 수 있고 게스트는 방을 저렴한 가격에 원하는 기간만큼 빌려 쓸 수

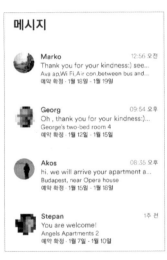

에어비앤비 채팅창

있기에 서로 윈윈(Win-Win)이 된다. 하지만 요즘엔 숙박업에 종사하는 호스트들이 늘어나면서 호스트와 함께 지내는 홈스테이 느낌보다는 일반적인 게스트하우스 형태가 주를 이루고 있다.

우리는 체코 프라하, 오스트리아 비엔나, 헝가리 부다페스트, 크로아티아 자그레브에서의 숙소를 에어비앤비를 통해 구했다. 그리고 나머지 오스

트리아 잘츠부르크, 슬로베니아 류블랴나, 이탈리아 베네치아는 부킹닷컴을 이용했다. 가성비를 따졌을 때 확실히 에어비앤비가 괜찮지만, 나머지 도시에선 마땅한 집 또는 적절한 호스트를 찾을 수 없었다. 부킹닷컴에서 숙소를 고를 때도 신중을 기했다. 가격의 상한선을 정해 놓고 그 아래 저렴한 곳 중에서 접근성 좋고 사람들 후기도 좋은 곳들을 최대한 구해보았다.

부킹닷컴 예약

마지막으로 국가와 국가, 도시와 도시를 이동할 교통편 예약을 진행했다. 유럽은 많은 국가가 유럽 연합(EU)에 속해 있고 회원국들 사이에 무비자 여행이 가능하도록 하는 국경 개방 조약, 이른바 '솅겐 조약'으로 맺어져 있기에 아주 자유롭게 대다수 국가를 넘나들 수 있었다. 따라서 직접 가서 표를 구매할 기차

플릭스 버스 예약

를 제외하고 모든 교통은 '플릭스 버스' 하나로 끝냈다. 플릭스 버스는 유럽의 시외버스 브랜드 중의 하나인데 국가가 다른 도시 간 이동도 저렴하게 진행할 수 있었다. 아무래도 기차나 비행기보단 이동 시간이 배로 걸리겠지만 버스 차창으로 보이는 유럽의 풍경들을 보고 버스로 국경을 넘나드는 경험도 색다를 것 같아서 긴 이동 시간 정도는 감수할 만하다고 생각했다.

여행의 대략적인 경로를 짜고 숙소, 교통편을 예약하는데 대략 5시간 정도 소요됐다. 일일이 꼼꼼하게 찾아보는 일이 손이 참 많이 갔지만, 그 과정들 속에서 이미 여행을 떠난 것만 같은 설렘을 느낄 수 있었다. 앞으로 어떤 일이 벌어질진 모르지만 두려움이나 불안함보다는 기대감과 행복한 마음으로 여행을 떠나는 날을 손꼽아 기다렸다.

여행을 시작하며

가족의 화합과 추억을 쌓기 위해 여행이라는 단어를 떠올렸다. 이국에서의 새로운 경험을 덤으로 얻을 목적도 있었다. 그러나 아내는 건강과 일상상의 이유로 동참하지 못하고, 아내의 불참으로 입장이 애매해진 딸도 비행기 예약 시간까지 고민하다가 떠나지 않기로 해, 결국 아들과 나 이렇게 둘만 여행을 가게 되었다. 함께 하지 못한 아쉬움이 컸다. '서툴고 꼼꼼하지 못한 두 남자가 여행을 잘 다녀올 수 있을까? 그것도 배낭여행인데' 하고 조금 걱정되기도 했다. 막연한 떠남에서 시작된 여행이긴 했지만, 시간이 갈수록 여행에서 기대하는 것들이 선명해졌다.

9월 말에 비행기 표 예약을 했다. 2018년 1월 7일 인천공항을 출발해 러시아 모스크바를 거쳐 체코 프라하에 1월 7일 21시 5분(현지 시각) 도착하고, 여행을 마친 후 1월 25일 12시 이탈리아 베네치아를 이륙해 폴란드 바르샤바를 거쳐서 1월 26일 오전 9시 인천공항에 도착하는 것으로 예약했다. 체코 프라하에서 시작해 이탈리아 베네치아에서 끝나는 여행 일정이다.

비행기만 예약해 두고선 그동안 여정에 대한 구체적인 계획을 생각해보지 않고 있다가 2017년 12월 21일 새벽 아들로부터 대략의 여정을 카톡으로 받았다.

여행 국가와 도시는 아들의 의견을 토대로, 체코 프라하, 독일 뮌헨, 오스트리아 잘츠부르크와 비엔나, 슬로바키아 브라티슬라바, 헝가리 부다페스트, 크로아티아 자그레브, 슬로베니아 류블랴나, 이탈리아 베네치아 등 8개 국가의 아홉 곳의 도시로 확정했다. 자세한 여정은 다음 표와 같다.

여행 일정 카톡

날짜별 여행지 도시

날짜(현지)	여행지 도시	날짜(현지)	여행지 도시
1월 7일	프라하 도착	1월 15일	브라티슬라바 여행
1월 8~9일	프라하 여행	1월 16~17일	부다페스트 여행
1월 10일	프라하에서 뮌헨	1월 18일	부다페스트에서 자그레브
1월 11일	뮌헨에서 잘츠부르크	1월 19일	자그레브에서 류블랴나
1월 12일	잘츠부르크에서 비엔나	1월 20일	류블랴나에서 베네치아
1월 13~14일	비엔나 여행	1월 21~24일	베네치아 여행
		1월 25일	베네치아 출발 (한국 26일 도착)

첫 번째 도시

체코 프라하

첫 도시 프라하까지 이동에만 24시간

1. 여행의 시작은 공항

오늘은 여행의 첫 방문지인 체코 프라하로 떠나는 날이었다. 비행기 이륙시간이 13시 20분이었기에 11시쯤 공항에 도착하면 통제할 수 없는 이변이 생기지 않는 한 여유롭게 출국 수속을 진행할 수 있었다. 하지만 나는 이미 새벽부터 잠에서 깨어 있었다. 여행을 앞두고 행복한 설렘이 마음에 가득하긴 했지만, 그것 때문에 잠을 설친 건 아니었다. 새벽같이 일어난 이유는 바로 긴 비행시간을 견디기 위해서였다. 예전에도 12시간이 넘는 비행을 해본 적이 있었는데 처음엔 비행기 안이 전혀 심심하지 않았다. 좌석 앞에 있는 모니터와 컨트롤러를 통해 게임도 하고 노래도 듣고 영화도 볼 수 있었다. 심지어 영화 중에는 아직 국내 미개봉상태인 뜨끈뜨끈한 해외 영화들도 있었다. 하지만 그것도 몇 시간 정도이지 계속하다 보니까 금방 물리고 말았다. 경험상 비행기 안에서 시간을 가장 BEST로 보낼 수 있는 건 자는 일이었다. 그 때문에 나는 일부러 수면 시간이 부족하다 싶을 정도로 피곤이 다 가시지 않았을 때 먼저 일어났다. 당장은 좀 졸리고 피곤하지만 조금만 견디면 긴 비행시간을 꿀잠으로 치환할 수 있었다. 혹자는 굳이 그렇게까지 할 필요가 있을까 생각할 수도 있는데 이건 내가 비행을 앞두고 치르는 일종의 의식 같은 절차라고도 볼 수 있다. 왠지 모르게 의식을 치르고 나면 비행이 한결 수월해진다.

미리 일어나 게임도 하고 유튜브도 보면서 잠을 깨우고 시간을 죽이고 있다 보니 아빠가 일어나셨다. 나는 미리 나갈 준비를 다 해두고 아빠가 준비를 마치시길 기다렸다. 그리고 아침을 간단한 빵조각으로 해결하고 한동안 보지 못할 엄마와 동생에게 작별 인사를 했다. 이제는 인천으로 떠날 시간이다. 차를 타고 인천공항을 가는 게 가장 빠른 방법이었지만 조금 더 빠르게 공항에 도착하기 위해 20만 원 상당의 주차비를 부담하는 건 그다지 효율적인 선택이 아니었다. 그렇다면 공항에 가는 방법은 두 가지다. 공항철도를 이용하거나 공항버스를 타거나! 순수 가격만 따지면 공항철도가 가장 저렴하긴 한데, 환승도 해야 하고 두 시간가량의 이동 시간을 버티기엔 좌석도 편안한 편이 아니었다. 공항버스는 좌석도 편안하고 공항에 바로 도착하는 대신 가격이 비싸고 하루에 운행하는 대수가 많지 않기에 비행기 시간보다 공항에 훨씬 일찍 도착하게 된다. 고민 끝에 우리는 공항버스를 선택했다. 공항과 꽤 떨어진 수도권임에도 직행 공항버스가 존재함에 감사함을 느끼며 우리는 인천으로 향했다.

오전 10시경 공항에 도착했다. 아직 3시간 정도의 시간이 남았기에 우리는 여유롭게 공항에서의 일정을 소화할 수 있었다. 물론 공항에서의 일정이라고 해봐야 출국 수속과 유심칩 수령밖에 없긴 했지만 말이다. 요즘엔 한 달 이내로 해외여행을 다니는 여행객들을 위한 데이터 유심칩 시스템이 잘 발달해 있어서 구매만 하면 한국에서처럼 데이터를 자유롭게 사용할 수 있다. 물론 한국만큼 빠른 데이터 사용은 못 한다. 해외여행을 나가 현지 데이터를 사용하고 나면 그것만큼 애국심이 차오를 때가 없다. 통신 분야는 확실히 한국이 선진국이라고 생각한다. 유심칩은 전날에 이미 인터넷 사이트를 통해 구매해놔서 공항에서 수령만 하면 됐다. 33,000원에 30일 동안 총 12기가의 데이터를 사용할 수 있는 유심칩을 골랐다. 여행 중에 풍경을 안 보고 유튜브나 넷플릭스로 스트리밍을 쭉 하지 않는 이상 12기가 정도면 아주 충분한 양의 데이터였다. 또 숙소에 가면 대부분 와이파이가 있을 테니 결국 데이터는 낮에 식당이나 관광지의 길 찾기를 할 때나 사용하게 될 것이다. 무려 유럽 41개국에서 사용 가능한 버전이었는데 우리가 갈 8개국은 모두 사용 가능한 국가였다. 공항 14번 출구 쪽에 유심칩 수령하는 창구로 가서 간단한 본인확인 절차를 거친 후 유심칩을 얻었다. 이걸 이제 갈아 끼워 주기만 하면 됐는데 작은 문제가 생겼다. 유심칩을 뺄 때 필요한 핀을 챙기지 못했다. 전날 짐을 쌀 때도 챙길 기회가 있었고 유심칩을 수령하는 곳에서도 챙길 기회가 있었음에도 미처 생각해내지 못한 일이었다. 다행히 같은 비행기를 탄 한국인분들에게 물어물어 간신히 핀을 구할 수 있었다. 이 자리를 빌려 다시 한번 그때 핀을 주신 남성분께 감사를 전한다. 충분히 확인했고 문제가 없다고 생각했는데도 실수가 생기는 이런 일이 당시엔 당혹스럽지만 지나고 나면 하나의 에피소드가 되는 여행의 묘미 같다.

이제 드디어 비행기를 탈 시간이다. 경유지인 모스크바로 향하는 9시간 30분간의 비행 일정이 우리의 첫 비행이었다. 모스크바에선 3시간 정도 대기를 한 다음 또 3시간의 비행을 거쳐 프라하에 도착하게 된다. 첫 9시간

러시아 공항에서 경유를 기다리며

30분 만에 벌써 비행을 질리도록 했다. 다행히 긴 비행시간을 견디기 위한 수면 컨트롤이 효과를 봐서 대다수 시간은 잠을 자며 보냈다. 중간에 기내식이 3번 정도 나왔는데 그럴 때마다 일어나서 밥 먹으면서 영화를 봤다. 기내식 먹고 콜라 마시고 자고 다시 기내식 먹고 콜라 마시고 자고, 반복적인 시간을 보내며 사육당하는 듯한 기분을 느꼈다.

2. 모스크바를 거치며

살면서 모스크바에 가본 적이 한 번도 없었는데 이렇게 경유로나마 3시간 정도 머물 수 있게 되었다. 비행기에서 내려 공항으로 이동할 때 잠깐

공항에 있던 마트료시카

모스크바의 날씨를 경험할 수 있었다. 꽤 추웠고 무엇보다 바람이 아주 매섭게 불었다. 공항 안에서 익숙한 러시아 전통 인형인 '마트료시카'도 볼 수 있었다.

모스크바에서 미리 유심칩 작동을 시험해보려 했다. 하지만 아쉽게도 러시아는 해당 국가가 아니었다. 41개국에서 사용할 수 있다길래 당연히 러시아는 그 안에 있을 것으로 생각했는데 오산이었다. 유심칩은 사용할 수 없었지만 3시간을 버티기 위해선 데이터가 필요했다. 여행지에선 여행에만 집중하기 위해 따로 영화나 예능 프로그램을 다운로드해 두지 않았고 읽을 책도 하나 챙기지 않았었다. 경유지에서 머무는 시간이 짧으니까 무난히 흘러가리라 생각했다. 그러나 3시간은 아무것도 안 하고 있기엔 짧은 시간이 아니었다. 아쉽게도 모스크바 공항엔 무료 와이파이가 없었고 우리는 와이파이 존을 찾아 이곳저곳을 헤맸다. 마침내 와이파이를 보유한 카페를 찾았다. 음료를 주문하면 와이파이 비밀번호를 알려주는 시스템이었다. 겸사겸사 아빠와 내가 마실 주스 2개를 시키고 와이파이를 사용하기로 했다. 러시아 공항이니만큼 메뉴판에 나온 가격은 전부 러시아 화폐인 '루블' 기준이었다. 우리는 당연히 루블을 보유하지 않았고 정확한 환율도 알지 못했다. 대신 달러로도 계산할 수 있다길래 일단 시키고 봤다. 그런데 영수증을 보니 무려 17달러가 찍혀 있었다. 과일 주스가 비싸봤자 5,000~6,000원 할 것으로 생각했는데 거의 한잔에 만 원에 육박하는 가격이었다. 와이파이와 맞바꾼 가성비 최악의 주스였다. 가격을 미리 알았더라면 버거킹이나 맥도날드를 가서 세트 메뉴를 사 먹지 않았을까 하는 아쉬움이 있었다. 또 메뉴판에 'grape'만 보고 포도 주스구나 하고 시켰는데 자세히 보니 'grapefruit'였다. grapefruit는 '자몽'이었다. 자몽을 안 좋아해서 주스를 다 마시지도 못했다. 그래도 덕분에 영단어 하나는 외웠다.

　카페에서 두 시간 정도 시간을 보낸 후 우리는 근처 면세점 구경에 나섰다. 옷이나 화장품 종류엔 크게 관심이 없었기에 식료품 위주로 구경을 했다. 익숙한 '프링글스'도 볼 수 있었다. 꽤 여러 가지 맛이 있었고 처음 보는 분홍색 통의 햄치즈 맛도 볼 수 있었다. 햄과 치즈의 조합이 뭔가 보장된 맛일 것 같아 그걸 사려고 했는데 마침 딱 내 눈앞에서 한 외국인이 초록빛 감도는 샤워크림&어니언 맛을 집어갔다. 그래서 나도 홀린 듯 하나 남아 있던 샤워크림&어니언 맛을 구매했다. 아는 맛이고 그다지 선호하지 않는 맛인데 왜 갑자기 그런 선택을 했는지 아직도 이해가 잘 가지 않는다. 여행 분위기 탄다는 게 이런 것일까? 또 구경하던 차에 신 걸 좋아하는 나는 'sour'라는 단어에 꽂혔다. 입이 심심할 때마다 신 군것질거리를 먹으면 기분도 좋아지곤 해서 하나 구매하려고 했는데 sour 위에 큰 글씨로 '독성 폐기물'이라고 적혀 있었다.

사전정보 하나도 없이 독성 폐기물이라고 적힌 위협적인 통을 보니까 감히 시도해볼 엄두가 나지 않았다. 혀의 감각이 다 사라질 것 같은 두려움에 대신 그 옆에 익숙해 보이는 것을 구매했

독성 폐기물 통(왼쪽)과 내가 산 군것질(오른쪽)

다. 요것도 일러스트가 위협적이긴 했는데 생긴 모양이 어렸을 때 많이 먹었던 '짝꿍'하고 비슷해서 거부감이 덜했다. 실제 맛도 짝꿍이랑 비슷했는데 좀 더 신맛이 강하긴 했다.

3. 프라하! 숙소 찾아 삼만리

　잠시 머물렀던 모스크바를 떠나 다시 비행기에 올랐다. 잠을 하도 자서 뜬 눈으로 3시간을 보내다 보니 꽤 지루한 여정이 되었다. 심지어 모스크바에서 프라하로 떠나는 비행기는 장시간 운항하는 항공편이 아니다 보니 전에 탔던 비행기보다 크기도 매우 작았고 지루함을 달래 줄 모니터나 컨트롤러는 찾아볼 수 없었다. 그래도 시간은 흘러 흘러 결국은 체코 프라하에 도착했다. 도착하자마자 감격스러운 마음을 안고 프라하공항 사진을 찍었는데, 뭘 찍었는지 알아볼 수 없는 사진 한 장만 건졌다. 이 책에 실린 사진들은 대부분 다 내가 직접 찍은 사진들인데 종종 이런 정체를 알 수 없는 사진들이 나타날 예정이다. 그냥 내가 사진을 대충 찍었던 것이지만 '이런 특이한 사진들이 기존의 여행기들과 차별점을 줄 수 있지 않을까' 하는 자기합리화를 해본다.

　프라하에 도착했을 때 이미 현지 시각으로 밤 9시가 넘은 상태여서 우리는 바로 예약해 둔 숙소로 가기로 했다. 숙소로 가는 가장 쉽고 빠른 경로는 택시겠지만 우리는 이번 여행에서 택시를 안 타기로 했었다. 대신 인터넷 서핑을 통해 숙소로 가는 대중교통 편을 찾아 고대로 따라 가보기로 했다. 생각보다 자세하게 길 안내가 되어 있길래 찾아가는 데 별 어려움은 없어 보였다. 그러나 대중교통을 타기 전 버스 정류장을 찾아가는 일부터 난관에 부딪히고 말았다. 숙소로 가는 버스 정류장이 공항 바로 앞에 있는 게 아니라서 GPS 안내를 따라 10분 정도 걸어야 했다. 그런데 10분을 넘게 걸어도 버스 정류장이 보이지 않는 것이었다. 이상함을 느낀 나는 GPS 안내를 끄고 지도를 유심히 살펴봤다. 아뿔싸! 프라하의 느린 3G 탓인지 무엇

하여튼 이 사진은 프라하공항 사진이다

때문인지 GPS 신호에 에러가 생겨 우리를 버스 정류장과 다른 길로 인도하고 있었다. 뒤늦게 제대로 된 방향을 잡고 부랴부랴 정류장에 도착할 수 있었다.

이제는 교통수단을 이용할 티켓을 구매해야 했다. 우리나라에서 버스 탈 땐 교통 카드를 찍거나 현금을 내본 적은 있지만, 티켓을 구매해본 적은 없었다. 시스템이 달라서 조금 헤맸지만 결국 방법을 찾아낼 수 있었다. 프라하는 신기하게 시간을 기준으로 티켓을 팔고 있었다. 총 4가지의 티켓 중 하나를 골라 구매할 수 있었고 그 종류는 30분 이용권(단일 교통만 이용 가능), 90분 이용권(다른 교통수단으로 환승 가능), 1일 이용권(버스, 트램, 지하철 다 가능), 3일 이용권(버스, 트램, 지하철 다 가능)이었다. 다음

날 관광에 필요한 티켓은 내일 새롭게 끊기로 하고 지금은 일단 숙소까지 한 시간 정도 걸리니까 90분 이용권을 끊기로 했다. 잠시 기다림의 시간이 흐르고 마침내 숙소 가는 방향 버스를 탈 수 있었다. 사진에 보이는 것처럼 생긴 기계에 표를 집어넣으면 단순한 기계음이 들렸다. 그리고 다시 표를 빼서 챙기면 끝이었다. 프라하의 시내버스는 엄청 이쁘다거나 좋다는 느낌은 딱히 없었고 그냥 버스였다. 오히려 우리나라보다 좌석이 조금 불편한 느낌이 있었다.

숙소를 가려면 중간에 내려 트램으로 갈아타야 했다. 트램은 지하철과 비슷하게 생겼지만 좀 더 앙증맞은 느낌이 있고 지하가 아닌 도로 한복판에 깔린 레일을 따라 달린다는 차이점이 있다. 우리나라도 1899년도 서울에 트램을 운영했었다곤 하는데 오래 지나지 않아 사라졌고 지금은 찾아볼 수 없는 교통수단이 되었다. 그래서 그런지 나는 해외여행을 다닐 때 트램이 있으면 자주 이용하곤 했다. 버스와는 다른 매력이 있었고 지하철보다 탁 트인 풍경에 내가 여행을 왔다는 걸 체감하게 해주는 교통수단이었다. 이제 그 트램을 타야 할 시간인데 또 실수가 생겼다. 트램역이 아닌 지하철역으로 와버

프라하의 90분 이용권

버스 안에 달린 티켓 넣는 기계

린 것이었다. 잘못 온 것을 깨닫고 트램역으로 가려고 하는데 지도에서 역을 찾아볼 수가 없었다. 나름대로 여행 경험이 쌓여 있다고 자부하고 있던 나였기에 길을 찾고 이동하는 걸 내가 다 맡아서 하고 있었는데 첫날부터 완전 체면을 구겼다. 지도가 먹히지 않을 때 할 방법은 하나였다. 원시적이면서도 가장 확실한 방법! 사람들에게 직접 물어보는 일이다. 길 가던 현지사람 몇

프라하 트램 내부 사진

명 붙잡고 물어물어 드디어 트램역을 찾았다. 하지만 시간은 이미 밤 11시 20분이었고 이 시간은 첫날 숙소를 제공해줄 에어비앤비 호스트와 만나기로 한 시간이었다. 호스트한테 안내를 받고 열쇠를 받아야 숙소를 들어갈 수 있는데 길을 너무 헤매다 보니 시간을 맞추지 못한 것이었다. 그래도 밤 11시가 넘는 시간에도 다행히 트램이 운영을 해서 트램을 타고 숙소로 갈 수 있었다. 그리고 점점 줄어드는 핸드폰 배터리와 GPS 인식이 왔다 갔다 하는 지도를 붙잡고 자정이 넘기 전에 간신히 숙소에 도착했다.

이번 여행의 첫 번째 호스트는 체코 사람인 '스테판'이었다. 스테판은 숙소 밖에서 우리를 기다려주고 있었고 한 시간 정도 기다렸는데도 별말 없이 따뜻하게 우리를 맞이해줬다. 많이 늦어져서 미안했는데 잘 챙겨주시는 모습에 감사함을 느꼈다. 따뜻한 스테판을 보니 덩달아 프라하의 첫인상도 더 좋아졌다.

이렇게 오늘은 순수 이동만으로 24시간을 보냈다. 여행 기간 내내, 당일

기록을 원칙으로 삼았기 때문에 간단한 짐 정리 후 바로 기록을 시작했다. 글 쓰다 보니 어느덧 새벽 두 시 반을 넘겼고 이렇게 첫째 날을 마무리 지었다.

첫 번째 호스트인 스테판과 함께

설렘을 안고 모스크바를 거쳐 프라하로

1. 아들과 함께 집을 나서다

1월 7일(일) 아침 7시 30분에 아내의 배웅을 받으며 집을 나와 도심역에서 인천공항행 버스를 7시 40분에 탔다. 나와 아들, 그리고 나와 비슷한 연령대의 남성이 버스에 올라 도곡, 덕소 시내에서 모두 세 사람이 탑승했다. 버스는 신나게 달려 8시 10분쯤 북부 외곽순환 고속도로에서 삼송지구 아파트 방면으로 향했고 이곳 아파트 단지에서 아이 포함 세 사람이 탑승했다. 삼송역 정류장에서 외국인이 탑승했으나 요금이 없어 다시 하차하는 일이 벌어졌다. 이후 원흥지구 아파트 단지에서 김포공항에 가시는 아주머니 한 분이 더 탔다. 아주머니 한 분 외에는 모두 인천공항으로 가는 승객이었다. 의외로 삼송지구와 원흥지구를 통과하는 데 시간이 꽤 걸렸다. 아파트 단지마다 들러서이다. 아파트가 많았고, 지금도 공사 중이었다. 이렇게 도심역을 출발한 지 두 시간이 지나서 인천공항에 도착할 수 있었다.

우리는 먼저 유심칩(USIM chip)을 받으려고 14번 출구로 향했다. 신년에다 방학이어서 그런지 인천공항에는 사람들로 인산인해였다. 인파를 헤치고 도착하여 칩을 찾은 뒤 아침을 먹으려고 2층 전문식당가를 찾았다. 메뉴가 단출하여 선택의 여지가 별로 없었다. 아들은 장조림 버터 오므라이스, 나는 부대찌개로 아침을 먹었다. 휴식 시간을 조금 가진 후 발권하고 여행 가방을 부치려고 발권 창구로 이동했다. 대기 줄이 라인 바깥까지 나와 있었다. 한참을 걸려 발권을 마치는 바람에 쉴 틈도 없이 곧바로 출국 수속을 받아야 했다. 여행객이 몰리는 시즌이라는 사실을 예측하고 적절하게 대처하지 못해 이런 일이 일어났다. 또 지체할 틈도 없이 13시 20분 모스크바행 비행기에 몸을 실어야만 했다. 면세점을 둘러볼 시간조차 없이 정말 시간이 빠듯했다. 비행기도 제때 출발하지 않아 예정 시각보다 30분 뒤에나 하늘로 날아올랐다.

비행기는 고도 약 10,900m, 지상 시속 약 890km를 유지했다. 기내에서는 두 번의 식사를 했다. 화장실을 두 번 다녀오고 두 편의 영화를 시청하는 사이 경유지 모스크바에 도착했다. 모스크바 시각으로 오후 5시 30분(한국은 다음 날 0시 30분)이었다. 최종 목적지인 프라하행 비행기로 갈아타기 위해 모스크바 공항에 대기하면서 한 커피 가게에 들러 오렌지와 포도 주스 한 잔씩을 주문했다. 그런데 주문 후 가져온 주스는 오렌지와 자몽이었다. "왜 이렇게 가져왔지?" 하면서 주문과 다르게 주스가 나오게 된 이유를 확인해 봤다. 결국은 우리의 실수였다. 영어의 뜻을 정확하게 이해하지 못했던 것. grapefruit(자몽)를 그냥 grape(포도)로 보아 벌어진 일이었다. 주스는 한 잔에 425루블(약 8,000원)로 비싸게 느껴졌다.

드디어 8시 20분이 되었고 프라하행 비행기에 몸을 실었다. 이 비행기 역시 30분 정도 늦게 프라하를 향해 이륙했다. 방금 이륙한 비행기에서 이

글을 쓰고 있다. 앞으로 2시간 40분 후에 프라하에 도착할 예정이다. 나와 아들은 24번 열 B, C 좌석에 나란히 앉았다. 우리보다 먼저 A 좌석에 앉아 있었던 서양인 학생도 노트북으로 무언가를 열심히 기록하고 있었다. 궁금하기도 해서 용기를 내 말을 걸어보았다. 여학생은 러시아 출신으로 체코 대학에서 Historical Arts를 전공하는 유학생이었고 노트북으로는 과제를 하는 중이었다. 그런 중에 내가 말을 걸었으니 공부를 방해한 셈이 됐다. 그녀는 학비가 저렴해 체코 대학에 다니고 있으며, 두세 달에 한 번 모스크바에 있는 집에 다녀간다고 했다. 학생을 통해 우리가 공항에서 숙소까지 가는 저렴한 교통편을 알아봤다. 지하철이나 버스를 이용하는 것이 저렴한 교통편임을 재확인할 수 있었다.

2. 친절을 먹고 숙소에 도착하다

무사히 프라하공항에 도착했다. 친절하게 응대해주었던 학생과 작별 인사를 하고 공항을 빠져나왔다. 이제 남은 것은 숙소를 찾아가는 일이다. 첫날이고 피곤하니 우버 택시를 타고 숙소까지 이동할까도 했었다. 그러나 그렇게 하지 않고 대중교통을 이용하면서 많은 우여곡절이 생겼다. 구글로 버스 노선을 확인했다. 공항에서 119번 버스를 타고 가다가 지하철로 갈아타거나, 또는 191번 버스를 한 번 갈아타면 숙소까지 무난하게 도착하겠거니 생각했다. 이 중에서 우리는 119번 버스와 지하철 노선을 선택했다. 그런데 알고 보니 우리가 갈아타려고 했던 지하철은 지하철이 아니라 트램(tram, 전차)임을 뒤늦게 알게 되었고, 결국 메트로 지하철역까지 내려갔다가 다시 올라와야 했다. 무거운 여행 가방을 들고 계단을 타고 오르

내리는 일은 힘든 일이었다.

버스 정류장에서 버스를 기다리고 있는 사람들에게 물어 인근에 있는 트램 정류장을 찾을 수 있었다. 트램을 타자마자 트램이 생각했던 것보다 안락하고 편리한 교통수단임을 직감했다. 트램 내에 게시되어 있는 노선도를 보니 트램은 도시 내 곳곳을 촘촘하게 연결하고 있었고, 트램 내부가 넓고 장애인들도 쉽게 타고내릴 수 있는 구조로 만들어진 전동차로 보였기 때문이다. 숙소 근처 정류장에 내린 때가 프라하 시계로 밤 11시 50분이었다. 숙소까지 걸어가야 하는데 지도를 잘못 봐서 헤매다가 12시가 넘어서야 숙소에 도착했다. 그때까지 호스트가 우리를 기다리고 있었다. 숙소에까지 도착하는 데 여러 사람의 신세를 졌으며 그들 모두 다 친절했다.

숙소에 도착해서 짐을 부렸다. 마침 아들이 배가 출출하여 먹을 것을 사러 100코루나(약 5,400원) 지폐 한 장과 동전 몇 개를 들고 나갔다. 그러나 아들은 문을 연 상점을 찾지 못해 빈손으로 돌아왔다. 그것도 지폐는 잃어버리고 동전만 가지고…. 지폐 분실은 충분히 이해되었으나 이 일을 대하는 아들의 태도로 인해 약간의 말 실랑이가 벌어졌다. 첫날부터 감정이 상했다. 나의 반성과 아들의 반성으로 흥분된 감정을 겨우 가라앉힐 수 있었다. 집을 떠난 지 24시간이 넘었다. 많이 피곤했다. 간단히 씻고 내일 일정을 얘기한 후 잠자리에 들었다.

하루 안에 둘러본 프라하

1. 목표는 '프라하성' 그러나 뜻밖의 여정?

오랜 이동과 새벽 글쓰기로 몸이 너무 피곤했기에 둘째 날 일정은 충분히 잔 후 시작하기로 했다. 일정이 딱 정해져 있는 패키지여행과 달리 이렇게 유동적으로 일정을 조절할 수 있다는 점은 자유여행의 큰 장점 중 하나다. 휴식을 취한 후 오전 10시 30분에 집을 나섰다.

숙소 바로 앞에 다니던 트램

오늘의 핵심 목적지는 프라하성이었다. 프라하성은 그 자체로도 아름답고 이쁘지만, 프라하를 내려다볼 수 있는 언덕에 있어 끝내주는 도시경관을 구경할 수 있다는 점이 킬링포인트였다. 숙소 앞에 버젓이 트램이 다니지만, 오늘만큼은 대중교통도 이용하지 않고 걸어서만 다니기로 했다. 직접 걸어 다니며 프라하의 구석구석 자리 잡은 아름다움을 놓치지 않고 체감하기 위해서였다. 이 선택은 정말 후회가 없었다.

프라하의 거리는 어디서 찍어도 인생 샷이 찍힐 만큼의 아름다움을 자랑했다. 하지만 나는 내가 저 배경에 끼면 사진이 망가질 수 있다는 우울한 진실을 알고 있었고 아름다운 배경 사진만 건지기로 했다. 유명한 관광지가 아닌 숙소 바로 옆 거리도 이렇게나 이쁘다.

어디를 찍어도 그림 같은 프라하 거리

계속 길을 걸어가던 중 도심 속 동물 농장과 마주했다. 우리 안에 작은 양과 당나귀, 그리고 알파카 비스름하게 생긴 동물도 있었다. 길 가는 사람들이 자유롭게 그들을 쓰다듬을 수 있었고 우리 한 모퉁이에는 먹이 자판기가 있어 먹이도 직접 먹일 수 있었다.

도심 속 동물 농장

귀엽고 신기하긴 했는데 동물들 털이 너무 지저분해서 나는 그냥 눈으로만 보는 것에 만족했다. 이 동물들 우리 뒤로는 성당처럼 보이는 건물이 있었고 꽤 많은 사람이 오고 가는 것 같았다. 그래서 우리도 안에 한 번 들어가 보기로 했다. 안에는 사람이 더 많았다. 왜 이렇게 사람들이 있을까 궁금해

당시엔 모르고 찍은 아기 예수상
(사진 정중앙에 위치)

서 알아본 결과 이곳은 유명한 관광지 중 하나로 프라하의 아기 예수상이 있는 성당이었다. 내가 아무것도 모르고 그냥 뭔가 있어 보이길래 찍은 사진이 아기 예수상이었다. 여행자들이 일부러 찾아서 오는 유명한 곳을 동물 농장에 이끌려 들어갔다가 운 좋게 발견하고 말았다.

아기 예수상을 뒤로하고 다시 발걸음을 옮겨 프라하성으로 향했다. 성으로 가는 내내 언덕이 너무 많았다. 성 자체가 지대가 낮은 곳이 아닌 높은 곳에 많이 위치하니까 어쩌면 당연한 일이겠지만 경사진 길을 계속 걷는 건 좀 힘들었다. 성 위에서 보게 될 아름다운 풍경을 생각하며 참고 걸었다. 저 멀리 드디어 프라하성이 윤곽을 드러내기 시작했다.

얼핏 봤을 땐 마치 드라큘라 백작의 성 같은 느낌이었다. 다만 유명한 성이라고 보기엔 너무 초라해 보이는 느낌이 들었다. 이 생각은 점점 커지고 과연 이곳이 프라하성이 맞는 건지 의심마저 생기기 시작할 때쯤 뒤를 돌아봤는데 저 뒤에 누가 봐도 '프라하성'처럼 보이는 건물이 우뚝 솟아 있었다.

프라하성으로 착각한 수도원

왼편에 보이는 진짜 프라하성

그렇다. 지도를 중간마다 체크 안 하고 자유로운 여행이라며 감 믿고 가다가 또 엉뚱한 곳으로 오고 만 것이다. 이쯤 되면 우리가 말만 '무계획 자유여행'이 아니라 정말 무계획이었다는 걸 느낄 수 있으실 것 같다. 숙소랑 교통편 예약이 프롤로그의 절반을 차지한 이유는 정말 그것만 준비해갔기 때문이었다.

그런데 프라하성인 줄 알고 착각해서 올라간 드라큘라 백작 성 같던 이곳도 알고 보니 유명한 관광지였다. 바로 '스트라호프 수도원'으로 1140년에 세워진 수도원인데 지금은 수도원 겸 문학박물관으로서 기능하고 있다고 한다. 문학박물관에는 장서가 14만 권에 달하는 도서관이 있고 일반인에게도 공개되고 있다고 한다. 그러나 도서관 쪽에 들어가보진 않았다. 스트라호프 수도원 자체가 시간을 할애해서 볼 만큼 와닿지 않았기 때문에 한 바퀴 빙 돌아 둘러만 보고 원래 목표인 프라하성으로 가기로 했다. 프라하에서 허락된 시간이 어림잡아 이틀이 조금 안 되는 시간이었기에 선택과 집중을 한 것이다.

가는 길에 이쁜 건물이 있길래 달려가서 찍고 무슨 건물인지 알아봤는데 '로레타 성당'이라는 곳으로 역시 유명한 관광지 중 하나였다. 거뭇거뭇해진 민트색 지붕에서 세월의 흔적을 느낄 수 있었다. 흐린 날씨와 필터 사용 탓에 아쉽게도 그 흔적이 사진에 잘 담긴 것 같지 않다. 로레타 성당도 스트라호프 수도원과 마찬가지로 내부 구경은 하지 않았다.

처음 숙소에서 나올 때 핵심 목표로 프라하성을 설정하기만 하고 무작정 나왔었다. 그런데 프라하가 좁은 건지 아니면 얼떨결에 좋은 경로를 개척하게 된 건지 뜻밖의 여정이 되었다. 의도를 가지고 움직이지 않았는데도 주요 관광지들을 둘러봤다는 사실이 신기한 오전이었다.

길 가다 마주친 로레타 성당

2. 프라하의 음식을 맛보다!

애초 계획은 프라하성을 둘러보고 점심을 먹는 것이었는데 뜻밖의 여정으로 인해 시간은 어느새 오후 1시를 넘기게 되었다. 아침도 안 먹고 시작한 하루라서 많이 허기지기 시작했고 우리는 점심을 먹고 프라하성을 보는 것으로 계획을 변경했다.

여행의 빠질 수 없는 묘미 중 하나는 역시 맛집 탐방이다. 대부분 여행자는 철저한 정보검색으로 그 지역에서 가장 유명한 맛집을 찾아가기 마련이다. 하지만 우리는 오늘 그마저도 즉흥적인 감에 맡기기로 했다. 프라하에서의 첫 식사는 웬만하면 동유럽식으로 하고 싶었다. 그래서 프라하성을 따라 걸어가면서 길가에 늘어진 식당들을 유심히 관찰했다. 무조건 현지인처럼 보이는 외국인들이 많이 있는 곳으로 가기 위해서였다. 사실 그들이 여행 온 서양인인지 현지인인지 그냥 봐서는 전혀 구분할 수 없었다. 그래도 나름대로 추리를 하며 편해 보이고 여유로워 보이는 사람들이 많은 곳으로 따라서 들어갔다. 놀랍게도 우리가 간 식당은 딱 원하던 동유럽 현지 음식을 파는 곳이었다. 열심히 관찰한 보람이 있었다. 너무 배가 고파서 정신없이 식당으로 들어간 탓에 입구 사진 찍는 걸 깜박했다. 그 결과 슬프게도 지금은 식당 이름도 기억나지 않는다.

우리는 본 메뉴를 시키기 전에 '코젤' 맥주부터 시켰다. 코젤은 세계적으로도 유명한 체코의 맥주 브랜드로 염소가 맥주를 들고 있는 그림이 상징이다. 이번 여행에서 숨은 컨셉 중의 하나가 각 도시의 대표 맥주를 맛보는 것인데 과연 성공할 수 있을지 모르겠다. 일단 체코에선 성공했고 무료로 제공되는 식전 빵과 함께 맛을 봤는데 향도 강하지 않고 맛이 괜찮았다. 정말 맛만 보기 위해 시켰기 때문에 맥주는 아빠와 반씩 나눠 마셨다.

이어서 본 메뉴들이 등장했다. 우리는 굴라쉬(Goulash)와 슈니첼(Schnitzel)이란 음식을 시켰다. 사실 처음 시켜 먹을 땐 다 처음 들어보는 것이라 둘 다 체코의 전통음식인 줄 알았다. 그런데 둘 다 체코 전통음식은 아니고 보통 굴라쉬는 헝가리 음식으로 치고 슈니첼은 독일이나 오스트리아 음식으로 친다고 한다. 어느 국가가 원조인지를 따지기엔 역사적으로나 지리적으로 애매한 부분이 많아 보여서 나는 그냥 이 음식들을 동유럽식 음식이라고 두루뭉술하게 묶었다. 굴라쉬는 빵을 고기가 들어간 스튜에 찍어 먹는 음식이었다. 빵은 좀 싱겁고 고기 스튜는 짭짤해서 둘이 같이 먹으면 입맛에 딱 맞았다. 특히 함께 제공되는 양파랑 곁들여 먹는 게 꿀맛이었다. 다음은 슈니첼인데 이건 생긴 것도 맛도 그냥 돈가스 같았다. 굳이 차이점을 찾자면 고기가 얇은 편이었고 튀김의 느끼함을 잡아주기 위해 레몬이 같이 나온다는 것이었다. 맛이 나쁘진 않았는데 개인적으론 굴라쉬가 더 맛있었다. 그런데 아빠는 오히려 굴라쉬는 별로였고 슈니첼이 맛있었다고 하셨다. 부자지간이라도 입맛은 확실히 다른 것 같다.

프라하의 굴라쉬

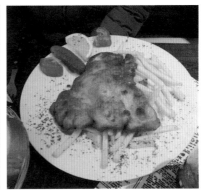
프라하의 슈니첼

그렇게 밥을 먹고 나왔는데 얼마 못 가 지나치지 못할 비주얼을 발견했다. 꽈배기 핫도그처럼 생겼지만 속은 텅 비어 있는 빵 위에 악마의 잼 누텔라까지 더해진 모습이 너무나 맛있어 보였다. 바로 체코의 명물로 불리는 뜨르들로(Trdlo)였다. 특히 프라하성, 구시가지 쪽에서 많이 팔고 있었다. 하나 먹어 보고 싶어서 주문했는데 이렇게 위에 귤도 올려줬다. 맛은 추로스랑 비슷했다. 겉은 바삭하고 속 안은 부드러웠다. 한 입 베어 물었을 때 먹을 만하다고 생각했는데 생각보다 양이 엄청 많아서 먹다 보면 조금 질리는 감이 있었다. 신기하게도 마치 스프링 늘리듯 분해할 수도 있었다.

뜨르들로의 모습   스프링처럼 늘어나는 모습

3. 프라하 하루 안에 다 돌아버리기~

드디어 오늘의 핵심 프라하성에 도착했다. 역시 중요한 관광지라 그런지 안에 들어가기 전에 몸수색도 가볍게 받아야 했다. 안으로 들어가자마자 가장 먼저 눈에 띄는 건 성 비투스 대성당이었다. 성 비투스 대성당은 프라하에서 제일 큰 성당으로 고딕 양식에 따라 지어졌고 14세기에 건설되기 시작해 무려 600년 뒤인 1929년에 완성되었다고 한다. 그래서 그런지 예스러움과 세련됨이 공존하는 느낌이 있다. 건축물에 대해 문외한인 내가 보기엔 약간 스페인 바르셀로나에 있는 가우디의 '사그라다 파밀리아 대성당'과 비슷한 느낌도 있었다. 그리고 그만큼 아름답기도 했다.

성 비투스 대성당의 모습

성당 내부의 스테인드글라스

안에도 잠깐 들어갔다 나왔는데 내부 역시 고풍스러운 느낌이 가득했다. 성당 내부 공간은 넓었고 중앙에 있는 예배당은 출입을 막아둔 상태였다. 내부에서 가장 눈길을 끄는 건 스테인드글라스였다. 개인적으로 성당 내부에서 가장 화려한 작품이었는데 얼마나 화려하면 폰 카메라로는 그 색감을 온전하게 담아낼 수가 없었다.

성 비투스 대성당에서 나온 우리는 외곽을 따라 돌면서 경치를 관람했다. 날씨가 흐려 평소보다 가시거리가 안 나왔는데도 주황 지붕의 건물들이 참 보기 아름다웠다. 사진보다 현장에서 본 아름다움이 훨씬 컸는데 온전히 담기지 않음이 아쉬울 따름이다.

흐린 날에도 아름다운 프라하 전경

경치 관람을 마치고 프라하 성에서 나오면서 우리는 성 근처에 카를교라는 멋진 다리가 있다는 정보를 얻었다. 바로 그곳을 향해 발걸음을 옮겼다. 카를교로 가는 도중 또 우연히 '존 레논의 벽'이라는 곳을 발견해서 사진 한 장 찍었다. 나는 존 레논에 관해선 비틀즈 멤버

존 레논의 벽

중 하나이고 비극적인 사건으로 세상을 떴다는 사실 정도만 알고 있었다. 그리고 비틀즈가 영국의 그룹이라는 것도 알고 있었다. 그런데 왜 대체 체코 프라하에 존 레논의 벽이 있는 건지 알 수 없었다. 알고 보니 이 벽의 낙서들은 1980년에 사망한 존 레논을 추모하기 위해 체코의 음악인들이 그린 것이라고 한다. 그랬던 이 벽이 시간이 흐른 후 체코의 민주화 운동을 상징하는 장소가 되었다고 한다. 그럴 만도 한 게 1980년대만 해도 체코는 체코슬라바키아 공화국이었고 공산주의 국가였다. 근데 비틀즈의 존 레논은 민주주의인 영국의 가수였으니까 그를 추모하는 벽은 프라하에서 상당히 이질적인 구조물이었을 것이다. 공산주의 시절, 국가에 의해 부서지지 않고 민주화가 성공적으로 이뤄진 지금까지 보존되어 관광지로 남아있다는 사실이 참 신기했다.

카를교에 거의 다 왔을 때 충격적인 강가를 발견했다. 수많은 비둘기와 거위, 오리 그리고 그들을 구경하는 사람들로 인산인해를 이루던 강가였다. 사진을 찍긴 했는데 워낙 넓은 곳에 많이 분포하고 있어서 한 컷에 다

담아낼 수가 없었다. 일단 비둘기, 거위, 오리 같은 새들이 한 곳에 있는 환경 자체가 깨끗해 보이진 않았다. 그것들의 배설물만 해도 수질이 엄청나게 나빠질 것 같다. 관리가 제대로 안 되면 잘은 몰라도 바이러스가 파생될 가능성이 있

사진에 보이는 것보다 새들이 더 많았다

어 보이기도 했다. 조류에 대한 공포증이 있는 사람이 보면 혐오감이 들 수도 있을 것 같다. 나는 공포증은 없었지만, 위생이 안 좋을 것 같아 사진만 멀리서나마 찍고 얼른 자리를 피했다.

드디어 우리는 카를교에 도착했다. 여전히 흐린 날씨는 아쉬웠다. 그래도 강가에 펼쳐진 경관이 이뻤고 넓은 강은 바라보기만 해도 마음이 탁 트였다. 필터를 통해 한 폭의 그림 같은 흑백 감성을 연출해보려고 했

카를교에서 찍었던 유일한 사진

는데 역시 내가 배경 사이에 껴버리니까 감성은 사라지고 흑백만 남은 기분이다. 카를교의 이쁜 경관을 보여주고 싶었는데 숙소로 돌아와 확인하니 카를교에서 찍은 사진은 흑백사진 하나가 유일했다.

이어서 다리를 건너 구시가지 쪽으로 들어갔다. 위에 올라가면 프라하 시가지가 한눈에 보인다는 천문 시계탑은 아쉽게도 공사 중이었다. 이럴

때 보면 여행은 역시 타이밍이 중요하다. 그리고 구시가지 중심에 있는 광장에 들어섰다. 우리가 갔을 땐 광장에 하얀 컨테이너들이 잔뜩 있었고 무엇 때문에 놓여 있는지는 알 수 없었다. 아마 밤에 여는 야시장이거나 조만간 축제가 열리는 걸 수도 있다고 생각했다.

공사 중인 천문 시계탑

광장 근처에서 흔히 '뱅쇼'라고 불리는 몰드와인을 팔길래 한번 사서 먹어봤다. 뱅쇼는 따뜻하게 끓인 와인이다. 유럽에서 겨울철에 즐겨 마시는 음료로 감기약으로도 쓰인다고 한다. 맛은 길거리에서 사 마셔서 그런진 몰라도 일반 마트에서 파는 값싸고 맛없는 와인 맛이었다.

광장을 채운 하얀 컨테이너들

근데 그걸 데워 놓으니까 더 맛이 없었다.

오늘의 마지막 일정은 구시가지 근처에 있는 '하벨시장'이었다. 아빠가 특히 외국의 시장에 관심이 많으셔서 여행하는 도중에 시장이 열리는 곳이 있으면 최대한 가보기로 했었다. 그 첫 번째인 하벨시장은 좀 실망스러웠다. 전통 시장처럼 특산품을 파는 게 아니라 그냥 기념품 가게들을 나열해 놓은 것 같았다. 잡다한 기념품이 제일 많고 과일이나 채소를 파는 곳이 군데군데 있었다. 가죽장갑을 파는 곳도 있길래 기념으로 하나 사볼까 했는데 손에 들어맞는 게 하나도 없었다. 내가 손이 큰 편도 아니고 오히려 유럽사람들이 더 컸으면 컸을 텐데 아마 아동용 가죽장갑들이었나보다.

　이렇게 오늘 하루도 끝이 났다. 온종일 대중교통 한번 안 타고 허리가 끊어질 정도로 프라하 시내 구석구석을 돌아다녔다. 여행 첫날이라 쌩쌩하다고 좀 무리한 느낌도 있다. 그래도 이렇게 열심히 다니니까 프라하에서 가볼 만한 곳들을 속성으로 많이 볼 수 있었다. 저녁을 먹고 숙소로 돌아와 하루 기록을 마치니 밤 11시 45분이었다. 그래도 새벽에 잠들었던 어제보단 일찍 잠을 잘 수 있기에 체력을 더 잘 회복할 것 같았다. 내일 마주하게 될 프라하의 또 다른 모습들이 기대되는 밤이다.

하벨시장의 모습

걸어서 프라하를 즐기다

1. 처음 겪어본 유료화장실

1월 8일(월) 프라하 여행 첫날을 설레는 마음으로 맞이했다. 숙소 창문 밖으로 내다보이는 날씨는 흐렸다. 그러나 우리나라처럼 미세먼지로 인한 문제는 없어 보였다. 10시 30분 숙소를 출발해 첫 여행지인 프라하성(城)으로 향했다. 구글 지도로 보았을 때 성까지의 거리가 그리 멀지 않아 보였다. 트램이나 버스를 타지 않고 걸어가도 되겠다 싶었다. 그래서 모바일 구글 지도를 이용해 숙소에서부터 걸어가기로 했다. 그러나 앱이 안내하는 길을 따라가는 길은 순조롭지 못했다. 때로는 지름길을 놓쳐 돌아가고, 또 때로는 출입구를 잘못 들어서 뒤돌아 나오는 등 목적지까지 가는 데 많은 시간이 걸렸다. 이 때문에 여행지 방문 순서도 조정을 받았다. 맨 먼저 가기로 했던 프라하성 대신 스트라호프 수도원이 우리의 첫 번째 여행 장소가 되었다. 가파른 골목과 언덕길을 오른 후에야 수도원에 다다를 수 있었다. 지금은 수도원으로 사용되지 않는 듯 성당을 제외한 나머지 옛 수도

원 건물들은 레스토랑과 같은 다른 시설로 활용되고 있었다.

수도원에서 화장실이 급했다. 그런데 화장실을 찾았으나 요금을 내야만 했다. "돈을 내야 한다고?!" 다른 데로 가보았다. 허사였다. 무료화장실을 찾을 수 없었다. 어쩔 수 없이 난생처음 이용료(20코루나)를 내고 화장실을 쓰는 일이 벌어졌다. 처음으로 겪어보는 문화 충격이었다. 화장실은 깨끗했다. 오늘 우리가 들렀던 프라하의 모든 여행 장소에서는 유료화장실만 있었다. 수도원에 있는 화장실 사용 이후로 나는 오후 5시 숙소로 돌아갈 때까지 유료화장실을 이용하지 않고 되도록 참았다. 화장실 이용에 요금을 지출해야 한다는 것이 못내 경제·심리적으로 부담이 되었기 때문이다.

아침을 먹지 않고 걷고 언덕을 오르고 했더니 에너지가 소진되었다. 그래서인지 아들과 나는 스트라호프 한 곳을 여행했을 뿐이었는데 금방 시장해졌다. 그때가 12시쯤이었고 스트라호프 수도원을 지나 프라하성으로 가는 도중이었다. 가는 길에 조그마한 레스토랑에서 아침 겸 점심으로 굴라쉬(Goulash, 헝가리 전통요리)와 슈니첼(Schnitzel, 독일과 오스트리아의 고기 요리)을 주문해 맛있게 먹었다. 맥주 한 잔과 자릿세(cover charge) 100코루나를 합해 770코루나(약 41,500원)를 냈다. 배가 든든해지니 몸이 한결 가벼워졌다.

2. 프라하성-카를교-구시가지

프라하성에 가까워질수록 관광객 수가 많아졌다. 한국 사람들도 두세 사람씩 짝을 지어 다니며 여행하고 있었고 가끔은 단체 관광객도 보였다. 성 안에는 세인트 비투스 대성당을 비롯한 여러 웅장한 건물들이 있었다. 성은 프라하 시내를 흐르는 블타바강에서 조금 떨어진 언덕 위에 건설되어 있어서 성벽에서는 프라하 구시가지(Old Town)와 블타바강을 한눈에 조망할 수 있었다. 성 아래로 내려오는 길에 체코 길거리 국민 간식이라는 뜨르들로(trdlo, 체코 전통 빵)를 하나 사서 아들과 함께 찬바람을 맞으며 맛있게 먹었다. 앉을 곳도 없어서 서서 먹었고, 찬바람에 빵이 금방 식었다.

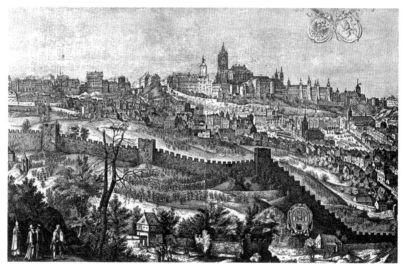

프라하성 모습(1607)

'존 레논 벽'을 향해 걸어가다가 블타바강 변에 사람들이 모여 있길래 가봤다. 고니, 비둘기 등 여러 종류의 새가 모여 있고 사람들이 모이를 주기도 했다. 강에는 강물이 흐르고, 강물을 따라서 또는 거슬러 유람선이 다니고 있었다. 강변에서는 카를교(Charles bridge)가 한눈에 들어왔다. 블타바강과 유람선, 카를교 그리고 새와 사람이 어울린 한 폭의 멋진 그림을 스마트폰에 담을 수 있었다. 가던 길에 영어로 쓰인 책을 파는 서점을 구경했다. 혹시나 프라하에 관한 상세한 정보를 얻을까 해서였다. 한 권을 찾았으나 한국에서도 얻을 수 있는 정보라고 생각해 구매하지는 않았다. 드디어 '존 레논 벽'에 도착했다. 많은 사람이 벽에 그려진 존 레논과 그를 추모하는 글, 그림을 감상하거나 촬영하고, 또 그림을 배경으로 인물 사진을 찍고 있었다. 한쪽에서는 한국인 단체 관광객 한 팀이 가이드의 설명을 경청하고 있었다. 그러나 나는 그림이 복잡하고 낙서 같아 보여 그림을 이해하기가 어려웠다.

'존 레논 벽'을 뒤로 하고 카를교로 향했다. 카를교는 블타바강 좌안 언덕의 프라하성과 우안의 구시가지를 이어주는 체코에서 가장 오래된 다리이다. 날씨만 맑았더라면 하는 아쉬움이 남는 여행 장소였다. 다리는 소통의 수단이다. 프라하의 지배 계층이 카를교를 건설했다는 것은 이들이 단절보다는 소통을 중시했기 때문에 가능했으리라. 프라하성에서 카를교를 건너면 구시가지가 전개된다. 구시가지로 가는 길에는 다닥다닥 붙은 건물들과 빈번하게 오가는 트램과 버스들을 볼 수 있다. 구시가지 광장에 이르기 직전에 천문 시계탑이 있다. 이 시계탑에 오르면 구시가지 전체를 조망할 수 있다고 하는데, 아쉽게도 지금은 공사 중이어서 전망대에 오를 수 없었다.

여행의 흥미로운 장소 중 하나는 시장이다. 그것도 이 지역의 산물을 거래하는 전통 시장은 나의 관심을 끄는 주요 장소였다. 프라하 주변 지역에서 무엇을 생산하고 있는지, 프라하의 주요 산물을 알고 싶었다. 이것을 알아야 프라하의 진면목을 더 잘 이해할 수 있을 것만 같았다. 그래서 카를교 다음 여행지로 인근의 하벨 시장을 선택했다. 그러나 이 시장은 지역의 산물을 거래하는 시장이 아니었다. 우리네 5일 장과 같은 전통 시장이 아닌 서울 남대문 시장과 같은 현대 시장이었다. 실망이 컸다. 이제 더는 여행할 힘이 남아 있지 않았다. 그래서 약 100m 길이의 시장 지역을 속히 벗어나 리전교(Legion' bridge)를 거쳐 숙소로 돌아가기로 했다. 돌아가는 길목, 리전교 바로 앞에 있는 국립 오페라 극장은 프라하의 역사적인 건축물과는 달리, 현대식의 세련된 건물이었다.

오후 5시경에 숙소로 돌아온 우리는 1시간 정도 휴식을 취한 후 숙소에서 가까운 곳에서 저녁을 먹으려고 안델역(驛) 주변의 식당을 찾아 메뉴와 가격을 알아봤다. 최종적으로 이탈리안 피자와 파스타 전문점 '콜로세움'으로 저녁 장소를 정했다. 나는 파스타, 아들은 피자를 시켜 먹었다. 맛은 인상적이지 못했지만, 아들과 많은 대화를 나눌 수 있어서 좋았다. 저녁 식사 후 대형 슈퍼마켓에 들러 바나나, 생수 등을 사서 8시가 되어서야 숙소로 다시 돌아왔다.

3. 오로지 걸어서 여행한 하루

오늘 여행의 큰 경험은 10시 30분부터 오후 5시까지 버스, 트램, 지하철, 택시를 전혀 이용하지 않고 오로지 '걸어서 여행'을 했다는 데 있다. 점심 시간을 제외하고 계속 걸어다니며 여행을 즐겼다. 걸음 수는 약 25,000보였다. '걸어서 여행'은 관광 명소가 아닌 골목에도 관심을 돌리게 하고, 그 골목의 아름다움을 누릴 수 있게 해주었다. 아들은 허리가 아프고 나는 종아리가 댕길 정도로 많이 걸었음에도 정말 즐겁고 유익한 여행이 되었다.

프라하에서의 마지막 하루

1. 숨은 명소 '비셰흐라드성'

　우리는 어제, 프라하성 하나를 핵심으로 계획하고 나왔었다. 오늘은 숙소에서 나올 때 '비셰흐라드성' 하나를 계획하고 나왔다. 원래 알고 있던 성은 아니고 프라하에서의 마지막 날을 맞이하며 떠나기 전 어디를 꼭 가보면 좋을지 찾던 중에 발견한 장소였다. 인터넷에서 찾아봤을 때 비셰흐라드성에 대해 '숨은 명소'라고 표현한 코멘트들을 많이 발견할 수 있었다. 사실 저 말에 혹해서 결정한 것 같다. 숨은 명소라는 말은 마치 대다수 사람이 아닌 소수의 사람만 알고 있는 '나만 아는 명소' 같은 느낌을 준다.

　비셰흐라드성은 프라하성이 있는 구역에서 강을 건넌 후 반대편으로 대략 2km 정도 아래쪽에 있다. 이 성은 8세기경에 세워졌다고 하는데 프라하성이 9세기 말경 세워졌다고 하니까 비셰흐라드성이 더 오래된 성인 셈이다. 오늘은 성이 있는 비셰흐라드 지구까지 트램을 타고 갔다. 어제 많이 걷기도 했고 오늘 다닐 곳들은 그래도 거리가 꽤 있는 편이어서 아예 하루 동안 트램, 지하철, 버스를 자유롭게 타고 다닐 수 있는 이용권을 구매했다.

트램을 타니 확실히 금방 비셰흐라드성 입구에 도착했다. 화려하고 멋있기보단 투박하고 오래된 느낌이 강했다. 얼핏 보면 교도소 입구 같은 느낌도 들었다. 우리가 어제 다녔던 프라하성, 카를교, 성당 등지에는 그래도 여행 온 한국인들을 꽤 볼 수 있었는데 비셰흐라드성은 확실히 숨은 명소라서 그런지 한국인들이 현저하게 적었다. 입구 옆에는 친절하게 안내판이 있었고 어떤 식으로 성을 구경하면 좋은지 간소하게 알려줬다. 하지만 우리는 안내판 사진만 찍고 마음 가는 대로 움직였다.

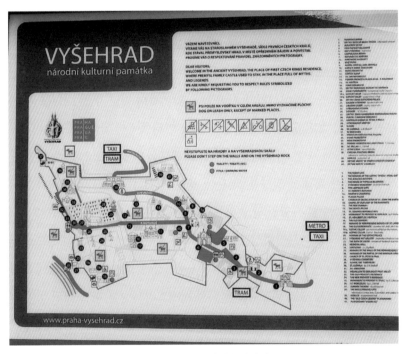

입구 옆에 있던 친절한 안내판

비셰흐라드성의 입구

  우리가 성 안에 들어가자마자 한 일은 성벽 위를 거니는 일이었다. 성벽에 올라가니까 바로 아름다운 경관들이 눈을 사로잡았다. 다행히 어제보다 날씨가 맑아 그림 같은 프라하의 풍경을 마음껏 감상할 수 있었다. 사실 실제로 보면 훨씬 아름다운데 내가 사진을 못 찍은 탓인지, 폰 카메라의 한계인지 계속해서 아름다움이 온전하게 담기질 않는다. 이때만큼은 정말 집에서 공부하고 있을 동생이 보고 싶었다. 동생이 우리 가족 중에선 사진을 가장 잘 찍는 편이라 같이 왔다면 아마 훌륭한 사진을 많이 건지지 않았을까 싶었다.

프라하성에 비하면 비셰흐라드성은 둘레가 좀 작은 편이어서 천천히 걸었는데도 어느새 반대편 성벽에 도달할 수 있었다. 이쪽에서는 프라하의 한강인 '블타바강'도 보이고 강을 가로질러 놓인 철교도 보였다. 푸른 강과 철교의 조화가 너무 아름다웠다. 우리는 계속해서 여유롭게 성벽을 거닐며 경치 감상을 즐겼고 마침 날씨도 춥지 않아 걷기엔 딱 맞았다.

외곽 한 바퀴를 다 돌고 안쪽으로 들어가니 성당이 하나 나왔다. 두 개의 첨탑이 가장 먼저 눈에 들어오는 이 성당은 비셰흐라드의 대표적인 건물이라고 할 수 있는 성 베드로와 바오로 성당이라고 한다. 확실히 유럽은 가톨릭의 영향을 많이 받아서 그런지 어딜 가나 성당과 마주할 수 있었다. 마침 성당 쪽에서 종소리가 엄청나게 울려댔다. 시간을 보니까 딱 정시였다. 아마 정시를 알리는 종소리였던 것 같다. 근데 성당을 구경하던 사람들이 종소리가 나는 장면을 동영상으로 찍고 있었다. 알고 보니 아름다운 멜로디로 유명한 비셰흐라드 성당의 종소리였다. 참 잔잔하고 편안한 소리였다. 성당 옆에는 공동묘지도 있었다. 예술인들을 기리기 위한 무덤이라고 하는데 체코 사람들이라 아는 사람은 한 명도 없었다.

나는 잘 알아보고 가는 것보다 즉흥적인 여행을 좋아하는데 이게 참 장단점이 뚜렷한 것 같다. 자유롭고 편한 장점이 있지만, 즉흥적인 만큼 놓치는 것도 많고 내가 볼 수 있는 시야가 그만큼 좁아지는 단점이 있다. 어느것이 중요하고 의미 있는지 잘 몰라 사진 찍는 걸 놓치는 때도 있었다. 비셰흐라드에선 그래서 사진이 다른 장소에 비해 적은 편이다. 다음에 또 여행을 올 수 있게 된다면 즉흥적인 건 많이 해봤으니 철저한 자료조사와 계획성 있는 일정을 지닌 여행도 한번 해보고 싶다.

위가 잘려버린 성 베드로와 바오로 성당

불타바강과 철교를 포함한 프라하 모습

2. 그래 이 맛이야!

계속해서 아빠와 함께 이런저런 이야기를 나누며 비셰흐라드성 안을 가볍게 다 돌아보았다. 프라하성은 사실 전체를 꼼꼼하게 다 돌지 못했는데 비셰흐라드성은 다 도는 데 그렇게 오랜 시간이 걸리지 않았다.

이제는 점심을 먹으러 갈 차례다. 이번 점심은 개인적으로 무척 기대하고 있었다. 프라하 여행 경험이 있는 친구에게 추천받은 맛집인 '콜코브나 첼니체'라는 식당으로 갈 예정이었기 때문이다. 찾아보니 인터넷에 맛집 포스팅도 엄청나게 올라와 있었다. 우리가 매 끼니 맛집을 찾아 헤매진 않지만 이렇게 추천받은 공인된 맛집이 있는데 마다할 이유 역시 없었다. 콜코브나 첼니체는 어제 한창 돌아다닌 구시가지 쪽에 있는 식당이었다. 트램을 타고 바로 식당으로 향했다.

역시 유명한 맛집은 달랐다. 일단 사람들이 매우 많았는데 특히 한국 사람들이 진짜 많았다. 그래서 그런지 종업원이 한국 사람들을 한쪽에 모으는 거 같았다. 반대편에도 분명 자리가 있는데 한국 사람들 오면 굳이 우리가 있는 쪽으로 몰아서 앉혔다. 그 결과 우리 양옆, 앞, 뒤 전부 한국인이었다. 과장 좀 보태면 그냥 이태원에 있는 외국 종업원 있는 식당에 온 느낌이었다. 이 식당이 한국인들 입맛에 특히 잘 맞는 건지 아니면 다들 인터넷 검색하고 와서 몰린 건지 모르겠지만 타국에서 느끼는 특이한 경험이긴 했다.

이 식당에서 꼭 먹어야 할 메뉴로 추천받은 건 '콜코브나 윙'이라는 음식이었다. 메뉴에 식당 이름을 내건다는 건 그만큼 자신이 있다는 의미로 받아들여도 될 것이다. 닭 날개를 원체 좋아하긴 하는데 이건 진짜 맛있었다. 아직 3일 차이지만 여행 오고 먹은 음식 중에 가장 맛있었다. '그래, 이

맛이야!'라는 말이 절로 나왔다. 윙은 아주 살짝 매콤한 양념이 되어 있었고 추가로 칠리소스와 샤워크림 소스가 같이 나왔다. 그냥 먹어도 소스를 찍어 먹어도 좋았다.

다음은 체코 요리하면 빠질 수 없는 '꼴레뇨'를 시켰다. 꼴레뇨는 체코의 전통음식인데 족발을 이용한 음식이다. 진짜 그냥 족발 튀김 같았다. 겉튀김이 너무 질기긴 한데 신기하게 또 맛은 있었다. 튀김 안에 속살은 그냥 흔히 먹던 족발과 비슷한 맛이었다. 꼴레뇨에도 소스가 두 개 제공됐는데 하나는 겨자소스 맛이 났고 하나는 생크림 같이 생겼는데 맛은 시큼한 뭔지 모를 소스였다. 개인적으론 둘 다 아쉬운 맛의 소스였고 오히려 꼴레뇨를 윙 소스에 찍어 먹으니까 맛이 배가됐다. 생각보다 양이 많아서 윙과 꼴레뇨로 배부르게 점심을 먹을 수 있었다.

콜코브나 윙   꼴레뇨

어제는 코젤, 오늘은 '필스너' 맥주를 마셨다. 필스너 맥주가 체코에서 생산량이 가장 많은 체코를 대표하는 맥주라고 한다. 살짝 쓴맛이 난다고 하는데 먹는 음식이 기름지고 양념도 있고 그래서 그런지 나는 전혀 느끼지 못했고 그냥 맛있었다. 사실 미식가가 아니라서 코젤과 필스너의 차이도 명확하게 설명할 수가 없다. 그냥 현지에서 현지를 대표하는 맥주를 마셨다는 사실에 의의를 두고 있는 아빠와 나다.

3. 에피소드가 빠질 수 없지

아침에 비셰흐라드성으로 갈 트램을 타기 위해 티켓머신을 찾아갔었다. 그런데 티켓머신이 카드랑 동전만 사용이 가능한 상태였다. 설상가상으로 다른 곳에선 잘되던 우리의 마스터카드가 이 티켓머신에선 읽히지 않았다. 마지막 방법으로 지폐를 동전으로 바꾸기 위해 근처 잡화점으로 향했다. 티켓머신에서 교통권을 끊어야 해서 동전으로 바꿔야 한다고 열심히 짧은 영어로 설명을 했는데 그곳의 종업원은 영어를 할 줄 모르는 분이었다. 나는 분명 영어로 말했는데 답변은 알아들을 수 없는 체코어로 돌아왔다. 결국, 단순교환을 포기하고 아무 물건이나 하나 사는 것으로 방향을 바꿨다. 그렇게 해도 잔돈은 얻을 수 있으니까! 그래서 수그리고 앉아 열심히 가격표를 보면서 저렴한 껌이나 하나 살까 하고 있는데 그분이 갑자기 내 어깨를 두드리셨다. 고개를 들어보니 그분 손엔 내가 티켓머신에서 뽑으려고 한 교통 1일 이용권이 들려 있었다. 이어서 뭐라고 말을 하셨는데 해석은 불가능했지만, 뉘앙스가 마치 '네가 찾는 거 이거 맞지?'라고 말하는 것처럼 들렸다. 그분도 내가 뭘 하려고 하는지 경험과 감으로 아신 것 같았다. 교통권은 무조건 티켓머신에서만 뽑아야 하는 줄 알았는데 생각해보니 우리나라에서도 편의점이나 역 근처 잡화점에서 교통 카드를 팔곤

했었다. 잔돈 바꾼다는 말이 아니라 교통권 파냐고 물어봤다면 좀 더 쉽게 일이 해결됐을지도 모른다. '교통권은 무조건 티켓머신에서 뽑아야지'라는 나의 확고한 생각이 어쩌면 더 유연한 방향의 사고를 막았을 수도 있겠다는 생각이 들었다. 이렇게 사소한 일에서 또 하나 배웠다.

도시 색이 아름다운 프라하

1. 비셰흐라드성에서 프라하를 만끽하다

1월 9일(화) 아침에 일어나 창밖을 보니 날씨가 맑아 기분이 좋았다. 날씨가 여행의 즐거움을 더해줄 것이라 예상했다. 11시에 숙소를 출발해 안델역까지 걸어갔다. 거기서 7번 트램을 타고 오늘의 첫 여행지 비셰흐라드성으로 가고자 했다. 어제는 온종일 걸어서 여행해 승차권이 필요하지 않았으나 오늘은 트램을 타고 이동하기로 해 승차권이 필요했다. 내일 아침 독일 뮌헨으로 가야 할 시외버스 정류장까지 여행 가방을 가지고 이동해야 하므로 어차피 대중교통을 이용해야 했다. 내일 프라하를 떠날 때까지 사용할 승차권으로 24시간 승차권이 제격이었다. 승차권은 보통 거리의 옐로우박스(yellow box)에서 동전이나 카드로 구매할 수 있다. 카드 결제는 여러 번 시도했으나 실패했고 가지고 있는 동전은 충분하지 못했다. 그래서 지폐를 동전으로 바꾸려고 엊저녁에 이용했던 대형 슈퍼마켓에 들어갔다. 슈퍼마켓 계산대가 아닌 계산대 바로 앞에 있는 담배 등을 파는 잡화점에 들어가 점원에게 '승차권을 사기 위해 지폐를 동전으로 교환하고 싶다.'라는 말을 했다. 그런데 뜻밖에도 그 점원은 우리의 말을 듣고 승차권을 꺼내며 선택 시간대를 물어왔다. 그리하여 감사하게도 24시간(1일) 승차권을 쉽게 구매할 수 있었다.

드디어 7번 트램을 타고 안델역에서 3번째 되는 역에서 내려 비세흐라드성으로 걸어 올랐다. 블타바강 변의 우안 언덕에 우뚝 솟은 비세흐라드성으로 가는 길은 오르막이었다. 높은 성벽으로 둘러싸인 성 안에는 어김없이 성당이 자리를 차지하고 있었다. 성벽을 따라 걸으며 조망이 좋고, 경치가 수려한 장소가 나타나면 거기서 사진을 촬영했다. 우리가 성당 가까이 갔을 때, 마침 12시가 되어 성당에서 울리는 종소리가 들려왔다. 어릴 적 교회 종소리가 연상되었다. 어릴 적 교회 종소리보다 훨씬 은은한 종소리였다. 성 안에는 10평 정도의 아주 작은 면적이었지만 햇볕이 잘 들어오는 강변 쪽 성벽 근처에 포도밭이 조성되어 있었다. 포도에 관심이 있었던 터라 포도밭 경관을 사진으로 남겼다. 산책로 삼아 걸었던 성벽 둘레길에서는 사방으로 펼쳐진 프라하 시가지를 선명하게 조망할 수 있었다. 멋진 풍경 덕분에 마음이 편안하고 기분이 상쾌했다. 아들과 얘기를 나누고 서로 사진을 찍어주며 행복한 비세흐라드성 여행을 마쳤다.

2. 맛집과 쇼핑센터에서 체코를

아침을 먹지 않고 나와 성을 한 바퀴 돌았더니 시장기가 왔다. 그래서 비세흐라드성 근처(7번 트램 하차정류장과 다른 곳) 트램 정류장에서 24번을 타고 첼니체(kolkovna celnice) 맛집을 향해 이동했다. 인터넷에서도 추천하고 아들 친구도 추천한 맛집이었다. 맛집답게 식당 안은 많은 사람으로 붐비고 있었다. 이미 한국인 여행객 두 팀도 먼저 와서 점심을 먹고 있었다. 직원으로부터 자리를 안내받아 착석했다. 메뉴판을 보고 먹을 음식을 골랐다. 나는 고기가 아닌 음식을 먹고 싶었다. 그러나 체코 전통음식을 먹는 것이 좋겠다는 아들의 의견을 받아들였다. 나는 치킨 윙스를, 아들은 꼴레뇨를 선택했다. 오늘 여행의 하이라이트라고 할 만큼 두 메뉴는 인상적인 맛을 선사해주었다. 왜 인터넷에서 추천하고 있는지를 알 수 있었다. 점심을 먹는 동안 한국인 관광객 4팀이나 더 식사하러 왔다. 점심이 끝나자 식당 종업원은 한국말로 "계산서!"라고 하면서 영수증을 우리에게 갖다 주었다.

맛있는 점심을 먹은 후 오후 2시쯤부터는 근처에 있는 체코에서 가장 큰 쇼핑센터 팔라디움을 방문했다. 갖가지의 고급 상품들을 진열하고 있었다. 그중에서도 여기가 체코라는 사실을 전해주는 상품이 눈에 들어왔다. 바로 겨울스포츠 용품이었다. 특히 아이스하키 스틱, 스키 장비 등의 상품을 판매하는 매장의 규모가 한국과는 비교가 되지 않을 정도로 넓었고, 상품의 종류도 다양했다. 체코가 우리나라보다 고위도에 위치하고 게다가 내륙에 있어 겨울이 길고 추운 냉대 기후 지역임을 겨울스포츠 용품 판매장에서도 확인할 수 있었다. 여러 매장을 돌아보는 동안 어제의 피로에 오늘의 피로가 겹쳐 걷기가 힘들어졌다. 설상가상으로 아들은 허리통증을 호소했다. 그래서 좌석에 앉아 음료를 마시면서 한동안 휴식을 취했다. 아들은 임시방편으로 허리통증을 덜어 주는 알약을 복용했다. 우리가 그 자리를 뜰쯤에는 아들의 허리통증이 많이 경감되었다. 피로로 인해 더는 다른 곳을 방문할 엄두를 내지 못하고 곧바로 지하철을 타고 안델역을 거쳐,

대형 슈퍼마켓에서 음료와 과일을 산 후 걸어서 6시경 숙소에 도착했다.
좀 더 여유 있는 여행 계획이 절실해졌다.

프라하 이모저모

하나. 사람들이 친절하고 대체로 영어를 잘한다.

모르는 길, 모르는 것이 있을 때마다 'Excuse me'로 주변 현지인들에게 도움을 요청했는데 진짜 하나 같이 다 친절하게 끝까지 질문을 듣고 답해준다. 프라하에서 트램 정거장을 찾는 일이 제일 힘들었는데 친절한 분들 덕에 도움을 많이 얻을 수 있었다. 앞선 부분에서 이야기한 종업원분이 거의 처음으로 의사소통이 원활하게 안 됐던 경우였다. 그 정도로 체코어를 몰라도 현지 사람들과 소통엔 큰 문제가 없었다.

둘. 체코 사람들은 티켓을 안 찍고 트램을 탄다.

트램 탈 때 가만히 보면 티켓을 찍는 건 나랑 아빠밖에 없다. 혹시 먼 곳에서 온 외국인들한테만 돈을 받는 건 아닐까 하는 의심이 생기기 시작했다. 그래서 알아봤다. 프라하 사람들은 보통 반년~1년 권을 끊어놓고 탄다고 한다. 만약 검표원이 와서 찍었냐 물어봐도 1년 권을 보여주면 프리패스라고 한다. 하긴 매일 1일권 끊어가면서 교통수단을 이용하는 일은 현지 사람들 입장에선 매우 비경제적일 것 같다. 그리고 애초에 트램은 티켓 검사도 잘 안 해서 무임승차가 많다고 한다. '아하 그럼 우리도 무임승차해야지'하면 안 되는 게 검표원의 주 검사 대상이 관광객이란다. 하지만 프라하에서 트램 타면서 한 번도 검표원을 본 적이 없긴 하다. 그래도 꼭 교통을 제값을 내고 이용하시길 바란다. 이왕이면 정직하고 모범적인 여행객이 좋지 않겠는가?

셋. 트램은 정말 훌륭한 교통수단이다.

프라하에서 트램에 완전히 반했다. 흔들림이 적어 편하고, 앞서 한번 언급한 적 있듯이 주변 경치 보는 재미도 있고 뭔가 버스보단 여행 온 기분이 물씬 난다. 트램이 있어서 프라하 도로의 바닥은 온통 레일 천지고 하늘은 스파이더맨이라도 왔다 간 듯 거미줄(?) 천지다. 이 하늘의 거미줄 같은 전선들은 트램에 직접 연결되어 달리는 동안 동력을 제공해준다.

레일과 전선 천지인 프라하의 도로

넷. 마트가 정말 훨씬 싸다.

특히 대형마트의 가격이 너무 싸다. 특별한 재료가 안 들어가는 일반 빵 2개가 5코루나(한화로 250원 정도)였고 맥주 가격도 물값이랑 비슷한데, 보통 20코루나(한화로 1,000원 정도)다. 어떨 때는 물보다 맥주가 저렴하기도 했다. 물 대신 맥주를 마신다는 게 단순 우스갯소리가 아니라는 걸 실감했다. 한 봉지 가득 먹을거리를 사도 음식점 커버차지(cover charge)보다 싸게 나왔다. 여기서 잠깐 커버차지에 대해 짧게 설명하면 자릿값 혹은 상차림 값이라고 할 수 있겠다. 우리나라 식당에선 거의 찾아볼 수 없긴 한데 여기 식당에선 항상 영수증에 커버차지가 붙어서 나온다.

하여튼 대형마트 음식 재료가 많이 저렴하므로 만약 요리할 공간이 있는 숙소에서 지낸다면 마트에서 구매한 값싼 재료로 간단히 뭘 만들어 먹는 것도 가성비가 좋을 것 같다는 생각을 했다.

두 번째 도시

독일 뮌헨

뮌헨에서의 짧지만 강렬했던 하루

1. 프라하를 떠나다

벌써 프라하를 떠날 시간이 다가왔다. 이틀 내내 돌아다닌 결과, 이제 프라하 시내 어디에 떨궈놔도 숙소까지 무리 없이 돌아올 수 있을 만큼 익숙해졌는데 익숙해지니까 옮길 때가 됐다. 금방 정이 든 만큼 아쉬움이 크지만 앞으로 갈 여행지들에 대한 기대감도 크기 때문에 아쉬움은 잠시 접어두고 아빠와 함께 길을 나섰다.

우리의 다음 목적지는 독일의 뮌헨이었다. 프롤로그에서도 언급했듯이 우리가 국가별 이동에 가장 많이 이용할 교통수단은 유럽 내 시외버스인 플릭스 버스(Filx Bus)였다. 뮌헨 역시 프라하에서 플릭스 버스로 한 번에 갈 수 있었고 예약도 다 해둔 상태였다. 프라하의 시외버스 터미널은 플로렌츠(Florenc)역 근처에 있었다. 플로렌츠역은 어제 다녀온 콜코브나 첼니체 식당에서 트램으로 한 정거장 더 가면 나왔다. 프라하의 시외버스 터미널은 서울의 시외버스 터미널에 비하면 작은 편이고 시설은 전반적으로 깔끔했다.

앞으로 플릭스 버스는 정말 자주 보게 될 것 같다. 내부는 우리나라 고속버스와 크게 다를 게 없었고 꽤 편했다. 버스 안에서 와이파이도 터지고 옆에 콘센트도 있어서 충전도 가능했기에 버스 타고 가는 길에 그동안 쓴 여행기를 블로그에 올려볼까 했는데 그런 작업을 할 만큼 강한 와이파이는 아니었다. 결국, 포기하고 숙면을 선택했다. 버스에서 오래 잠을 자면 아무래도 자세가 불편해서 목이나 허리가 뻐근하고 아픈데 왜 버스만 타면 잠이 엄청나게 쏟아지는지 미스터리다.

프라하에서 뮌헨까지는 5시간 정도 걸렸다. 터미널에서 아침 9시 5분에 떠났는데 오후 2시 20분쯤에 뮌헨에 도착했다. 중간에 화장실을 가거나 간식을 사서 먹을 만한 정차 시간은 한 번도 없었다. 가다가 맥도날드 근처에서 차가 멈추길래 휴게소가 아니라 햄버거 가게에서 쉬는 시간을 주는구나 하면서 햄버거 먹을 생각에 설렜었는데 기사님만 교체되고 바로 버스는 떠났다.

플릭스 버스의 겉과 내부 모습

2. 뮌헨에서 만난 My friend

드디어 도착한 뮌헨, 뮌헨의 터미널에서 우리를 기다리고 있는 건 내 친구 '브라이언'과 그의 동반자인 '주팔 누나'였다. 브라이언은 초등학교 때부터 20년 가까이 알고 지낸 친한 친구로 이번 여행 경로에서 우리가 뮌헨을 포함한 건 전적으로 그를 만나기 위함이었다. 브라이언은 고등학교 때부터 해외 유학 생활을 하고 있었고 우리가 여행을 간 시점엔 독일에서 교환학생을 하던 중이었다. 방학을 맞아 주팔 누나와 함께 시간을 보내던 중 우리가 근처 동유럽으로 온다는 소식을 듣고 뮌헨으로 우리를 초대했다. 추가로 말하자면 프라하의 콜코브나 첼니체 식당을 알려준 친구도 브라이언이었다. 브라이언은 뮌헨 초짜인 나와 아빠를 위해 1박 2일 동안 뮌헨 가이드를 자청했다.

오랜만에 만난 반가움을 나누고 바로 점심을 먹으러 떠났다. 쉴 새 없이 달린 버스 덕에 쫄쫄 굶은 채로 점심시간을 훌쩍 뛰어 넘겼기에 나와 아빠는 배가 많이 고픈 상태였다. 점심으론 브라이언이 추천해준 피자집으로 갔고 허겁지겁 맛있게 식사를 할 수 있었다.

다음으로 간 곳은 BMW 박물관이었다. 나는 특이하게도 어렸을 때부터 자동차에 별로 관심이 없었다. 주변 친구들을 보면 대체로 자동차에 관심이 많은 편인데 나는 BMW랑 벤츠가 독일의 자동차 브랜드라는 것도 뮌헨에 와서 처음 알았다. 하지만 독일이 자동차로 유명하다고 하니 본고장까지 와서 안 가볼 순 없었다. 박물관은 BMW 본사 옆에 있었다. 박물관 건물이 아주 멋있고 미래지향적인 느낌이었다. 건물이 무슨 열기구의 풍선처럼 신기하게 생겼다.

열기구 풍선 같은 BMW 박물관

　박물관의 입장료는 1인당 10유로였다. 우리는 박물관 문 닫기 한 시간 전인 오후 5시에 방문을 했기 때문에 좀 더 저렴한 7유로에 박물관 입장을 할 수 있었다.

　안에는 정말 여러 종류의 자동차들이 많이 있었다. 박물관 초입에는 BMW의 옛날 버전 자동차들이 있었는데 자동차에 대해 아는 게 없다 보니 별로 큰 감흥은 없었다. 그래도 BMW 박물관에서 인상적이었던 게 몇 가지가 있긴 했다.

먼저 전시되어 있던 차의 프레임! 이렇게만 보면 별로 안 튼튼해 보이는데 저런 구조에서 살이 붙어서 멋진 자동차가 된다는 게 신기했다.

두 번째는 나무로 만든 자동차였는데 표면이 너무 매끄럽고 정교하게 디자인되어 있어서 놀랐다.

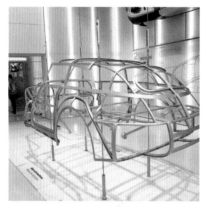

전시된 차의 프레임   매끄럽고 정교한 나무 자동차

마치 봅슬레이처럼 생긴 오토바이도 볼 수 있었다. 헬멧도 외계인 머리 같기도 하고 스타워즈의 클론 헬멧 같기도 한 디자인으로 만들어져 있었다. 왜 이런 걸 만들었을까 생각해봤는데 아마 경주용 오토바이였던 것 같다. 문과라서 자세하게는 모르지만 저렇게 만들어 놓으면 공기의 저항을 적게 받지 않을까 생각했다.

박물관을 다 돌고 나오면 반대편에 실제 판매하는 자동차들을 디스플레이 해놓은 곳이 있었다. 여기서 판매뿐 아니라 렌트를 해주기도 한다고 한다. 그리고 무료 자동차 시승과 사진 촬영까지 할 수 있었다. 면허도 없는 자동차 무지렁이지만 무료 시승과 사진 촬영이 가능하다는데 마다할 이유

는 없었다. 가장 괜찮아 보이는 차에 탑승해 사진 한 장 찍는 것으로 박물
관 나들이를 마무리 지었다.

볼슬레이 모양의 오토바이

3. 뮌헨 밋업(Mit Up)을 가다!

박물관에서 나와서 우리는 뮌헨 밋업으로 향했다. 밋업이란 바로 독일
에서 스팀잇을 하는 사람들과 만나는 것이었다. 스팀잇(Steemit)은 블록체

인 기반 블로그 및 소셜 미디어 서비스를 제공하는 SNS다. 일반적으로 우리가 알고 있는 블로그와 매우 흡사한 플랫폼이다. 자신이 올리고 싶은 주제에 대해 자유롭게 텍스트, 사진, 영상으로 된 콘텐츠를 올릴 수 있고 다른 사용자들이 내가 올린 걸 보고 나와 함께 소통할 수도 있다. 스팀잇은 올린 모든 콘텐츠가 블록체인에 저장되고 콘텐츠의 가치에 따라 가상의 암호화폐를 얻을 수 있다는 차별점이 있다. 콘텐츠의 가치는 다른 이용자들이 글을 추천하는 투표 행위로 매긴다. 사실 조금 더 복잡한 시스템으로 돌아가는 부분들도 있는데 그 이상은 나도 잘 알지 못한다. 스팀잇도 브라이언이 추천해줘서 개인 블로그에 올릴 글을 스팀잇에 쓴다는 생각으로 1년 정도 활동하고 있었다. 그래서 스팀잇(Steemit)과 '~와 만나다'라는 뜻을 지닌 영단어 'Meet Up'을 합성해 밋업(Mit Up)이 탄생한 것이다. 한국에서도 여러 번 밋업이 열렸었는데 낯을 가리는 성격인 나는 한 번도 참여해 본 적이 없었다. 그런 내가 독일까지 와서 밋업에 참여하게 될 줄은 몰랐다. 뮌헨에서 열린 밋업의 시기가 우연히 우리의 여행 타이밍과 겹쳤고 브라이언과 주팔 누나 역시 스팀잇을 하므로 갈 수 있게 되었다. 아빠는 스팀잇을 하진 않지만, 외국인들과 자유롭게 소통할 기회를 좋게 생각하셨고 같이 가고 싶어 하셨다.

밋업은 카페 같은 술집에서 열렸고 뮌헨 밋업이라 그런지 동양인은 우리 4명이 전부였다. 나이, 직업, 국적 상관없이 스팀잇 하나로 똘똘 뭉친 사람들이 참 인상적이고 신기했다. 내가 이 자리에 함께하고 있다는 사실도 낯설었다. 모두 열정도 넘치고 즐거워 보였다. 내가 영어를 잘하는 편이 아니었기 때문에 모든 대화를 이해하고 분위기를 완벽하게 읽어낼 수 없었음에도 뜨거운 열기만큼은 확실하게 느낄 수 있었다. 대부분 열린 마음으로 우리에게 다가와서 악수도 청하고 말도 걸어주었다. 덕분에 나도 용기를 얻고 사람들과 말 몇 마디 나눌 수 있었다.

뮌헨 밋업에서 브라이언과

스페인에서 와서 뮌헨 BMW에서 일하고 있다는 '안토니오'도 그중 하나였다. 안토니오는 오늘 나랑 가장 많이 이야기를 나눈 친구다. 안토니오 덕분에 부전공인데도 써먹을 데가 없던 스페인어를 원 없이 해볼 수 있었다. 그는 아빠처럼 아직 스팀잇을 하진 않지만 밋업에 참여했다고 한다. 밋업은 회사 동료를 통해 알게 됐다고 한다. 한 가지 안타까운 점은 안토니오가 너무 급히 떠나게 돼서 경황이 없는 와중에 내

아빠와 안토니오 그리고 나

가 나의 SNS 아이디를 잘못 알려주고 말았다는 것이다. 뒤늦게 깨닫고 수정하려 했을 땐 안토니오는 이미 저 멀리 가 있었다.

4. 뮌헨에서의 하루는 정말 길었다!

밋업에서 2시간 정도 보낸 우리는 이제 저녁을 먹기 위해 '호프브로이하

우스'로 향했다. 이곳은 세계에서 가장 유명한 맥주 양조장 중 하나라고 한다. 세계적으로 유명해서 그런지 사람이 정말 바글바글했다. 식당 한쪽에선 악단이 곡을 연주하고 광주리를 든 여인이 테이블 사이를 이리저리 돌아다니며 프레첼을 판매하고 있다. 프레첼은 매듭 모양의 짭짤한 과자인데 여기서 파는 건 좀 더 빵에 가까워 보였다.

'독일 음식'이라는 말을 들으면 나는 먼저 맥주와 소시지를 떠올리곤 했다. 오늘 호프브로이하우스에선 그 두 가지를 모두 맛볼 수 있었다. 특히 뮌헨에서 맥주를 정말 질리게 마셨던 것 같다. 점심때 피자를 먹으면서 '파울라너'라는 뮌헨의 지역 맥주를 한잔했고 밋업하면서는 맥주와 레모네이드의 혼합인 '라들러'를 한잔 마셨다. 그리고 마지막으로 호프브로이하우스에서 '호프브로이' 1ℓ짜리를 한잔 마셨다. 사실 맥주의 구체적인 맛의 차이를 설명하긴 힘든데 개인적으론 호프브로이하우스의 맥주가 제일 맛있었다. 역시 세계적인 맥주 양조장이라 그런지 목 넘김도 깔끔하고 시원했다. 그리고는 파울라너, 라들러 순서인데 특히 라들러는 레모네이드 때문에 맥주에서 신맛이 감도는 게 입맛에 잘 안 맞았다.

이제 맥주 이야기를 했으니 음식 이야기로 넘어가 보겠다. 먼저 소시지다. 소시지는 그냥 소시지였다. 사실 소시지에서 어떤 특별한 맛을 기대한 것인지는 나도 잘 모르겠다. 그냥 소시지의 본고장이니까 말도 안 되게 맛있지 않을까 생각했다. 먼저 소시지를 맛본 브라이언이 별거 없다면서 차라리 다른 것을 먹자고 했지만 나는 그래도 경험해보고 싶어 소시지를 고집했다. 그래서 나중에 브라이언이 '소시지 별로지?'라고 할 때 일부러 '나는 맛있는데?' 하면서 내 선택에 정당성을 부여하려 했다. 하지만 속으로는 삼겹살 구워 먹을 때 가끔 같이 굽는 소시지랑 맛이 똑같은데 가격은 왜 훨씬 비싼 건지 생각하고 있었다. 소시지 밑에는 독일의 김치라고도 할 수 있는 양배추절임, '사워크리스트'를 깔아주었다. 사워크리스트에 고춧가루만 뿌리면 신김치처럼 될 것 같았다. 딱히 맛은 없는데 뭔가 자꾸 손이 가는 이상한 음식이었다.

소시지와 함께 시킨 건 '학센'이라 불리는 독일식 족발이다. 프라하에서 먹은 꼴레뇨가 딱딱한 족발 튀김이었다면 학센은 좀 더 부드러운 갈비찜 같은 맛이었다. 개인 취향으로는 꼴레뇨의 맛이 더 좋았다. 족발을 먹는 나라는 우리나라랑 중국을 비롯해 몇 국가 안 될 것으로 생각했는데 유럽에서도 족발을 즐겨 먹는다는 사실이 신기했다.

소시지와 사워크리스트

학센과 카토펠클로스

학센 옆에 곁들여 먹는 음식이 하나 있었는데 처음에 딱 보고 그냥 매쉬드포테이토인 줄 알았다. 근데 먹어 보니 감자는 맞는데 식감이 내가 알던 매쉬드포테이토가 아니라 떡처럼 쫀득쫀득한 느낌이었다. 이 음식은 '카토펠클로스'로 독일식 감자경단이라고 한다. 카토펠클로스는 정말 아무 맛도 나지 않는 무(無)맛이었다. 식감만 있고 찐빵에서 끝 없이 빵만 먹는 듯한 맛이었다. 이걸 학센이랑 같이 먹었어야 했는데 학센을 다 먹고 나중에 먹은 것이 실수였다.

이렇게 만족스러운 저녁 식사를 끝마쳤다. 뮌헨에 처음 도착했을 때가 오후 2시 20분이었는데 그때부터 정말 쉬지 않고 먹고 돌아다니고 먹고 돌아다녔다. 오늘 숙소는 브라이언의 지인이 방을 제공해준 덕분에 따로 구하지 않고 편하게 쉴 수 있었다. 숙소 근처에서 브라이언과 주팔 누나와 헤어지고 들어와 기록을 시작했다.

뮌헨으로 가는 길가 풍경

1. 차창 밖 날씨와 토지 경관

1월 10일(수) 8시에 정들었던 프라하 숙소를 뒤로하고, 메트로(지하철) 안델역에서 트램이 아닌 지하철을 이용해 플릭스 버스(Flixbus) 터미널로 향했다. 버스터미널은 엄격히 말해 체코 프라하와 독일 뮌헨 간 노선이어서 국제버스터미널이라고 불러야 정확한 표현일 것이다. 9시 5분발 버스인데 8시 50분쯤 터미널에 도착했다. 이미 많은 사람이 뮌헨행 버스를 타기 위해 기다리고 있었다. 여행을 떠나기 전 한국에서 인터넷으로 예매한 버스였다. 여행 가방을 짐칸에 넣고 예약 QR코드와 여권이 확인되고서야 버스에 탑승할 수 있었다. 앞에서 두 번째, 전망이 좋은 자리에 앉았다. 화장실까지 갖추고 와이파이도 제공하는 괜찮은 버스였다. 그런데 와이파이는 그다지 성능이 좋지 못했다. 버스는 정확하게 9시 5분에 출발했다.

버스에서 빵과 사과로 아침을 대신했다. 프라하 시내 날씨는 살짝 흐린 정도였으나 시내를 벗어나 체코의 중소도시 플젠(Plzen)에 가까이 갈수록 대기는 짙은 안개로 바뀌었다. 프라하에서 뮌헨으로 가는 고속도로 주변의 지형은 전반적으로 높은 산지가 없는 나지막한 언덕과 평지의 연속이었다. 토지는 무슨 작물인지 정확히 모르겠으나 대부분 세 가지 종류의 작물로 이루어진 초지나 경작지로 이용되고 있었다. 그중 하나는 체코의 플젠과 독일의 뮌헨이 맥주로 유명한 도시이므로 맥주보리가 아닐까 짐작했고, 나머지는 돼지 등 가축 사육에 쓰이는 사료 작물로 추측해보았다.

　체코에서 독일로 넘어가는데 두 나라의 국경 지대에는 그럴싸한 관문, 국경 수비대 등이 없어 마치 한 나라같이 느껴졌다. 독일 땅에 들어와서도 안개 자욱한 날씨는 계속되었다. 고속도로 휴게소가 가끔 있긴 한데, 우리나라와 같은 휴게소라고 생각하면 오산이다. 실제 우리가 탄 버스는 약 5시간을 달리는 동안 휴게소에 한 번도 들리지 않았다. 버스에 화장실이 있어서였다. 달리는 버스에서 휴게소를 외관상 보았을 때 휴게소의 주 기능은 주유이고, 간단히 먹을 수 있는 즉석 음식(fast food)과 음료 제공이 전부인 것처럼 보였다.

　중간 경유지인 독일의 레겐스부르크라는 중소도시에 12시쯤에 도착했다. 1명이 하차하고 6명이 승차했다. 20분 후 버스는 뮌헨을 향해 다시 출발했다. 대략 레겐스부르크부터는 고속도로 주변의 토지 이용에 이전과는 다른 새로운 경관이 나타났다. 네모 난 토지에 높이가 4~5m 되는 장대를 3~4m 간격으로 세우고 장대 꼭대기와 꼭대기를 줄로 연결해 놓은 경관이 보였다. 한쪽은 줄 간격을 촘촘하게, 또 한쪽은 성글게 하여 그물망처럼 연결되어 있었다. 무엇을 위한 시설인지가 매우 궁금했다. 자세히 찾아보지는 못했지만 짐작하건대, 호프(Hof) 재배 시설이라는 생각이 들었다. 호프는 맥주 양조의 원료로 맥주 특유의 향과 맛을 내게 하는 작물이며 넝쿨 식물이기 때문에 이 경관에 잘 어울린다고 판단했다. 더구나 뮌헨은 맥주의 본고장이 아닌가. 오래전 대학교 시절, 답사 다녀온 강원도 홍천의 홉 재배 경관과 유사했다. 레겐스부르크와 뮌헨 중간지점에 이르자 짙은 안개는 사라지고 맑은 하늘이 나타났다.

버스가 두 번째 경유지라고 생각되는 장소에 도착했다. 이제까지 우리를 책임졌던 2명의 운전기사가 내리고 다른 팀의 기사들이 올라와 운전대를 잡았다?! 우리는 보통 터미널에서 버스 기사 교대가 이루어지는데, 의외였다. 그럼 이곳이 운전기사 교대 장소인가보다. 버스의 중간 정차지는 맥도날드, 버거킹, 케이에프씨 등이 모여 있는 곳으로 승객이 승하차하는 곳으로 보이지 않아 정차 이유가 궁금했는데, 운전기사 교대가 정차 이유였던 것. 교대 장소는 버스가 고속도로에 쉽게 오르고 내릴 수 있는 진출입로 바로 옆에 있었다. 임무를 교대한 기사는 버스회사 관계자와 함께 버스 주위를 한 바퀴 돌면서 차량의 상태를 점검했다. 버스는 오후 1시 50분에 뮌헨을 향해 출발했다. 그리고 오후 2시 20분에 뮌헨 중앙역과 맞닿아 있는 뮌헨 중앙버스터미널에 도착했다.

2. 흥미로운 곳, 뮌헨

중앙버스터미널에는 아들 친구와 그의 여자 친구가 약속대로 마중을 나와 있었다. 서로 반갑게 인사했다. 아들 친구는 뮌헨대학교에 교환 학생으로 와 있었는데, 2월이 끝이란다. 그래서 뮌헨을 여행 일정에 집어넣었었다. 프라하에서는 어디를 어떻게 가야 하나 신경을 많이 썼었는데, 이곳에서는 그럴 필요가 없어져 마음에 충분한 여유가 생겼다. 먼저 짐을 숙소에 가져다 놓기로 했다. 지하철을 이용하기 위해 시내용(Innenraum) 1일 승차권(6.70유로, 약 9,000원)을 끊었다. 뮌헨 지하철은 도심 지역에서 교외 지역으로 가면서 차례대로 1~16 동심원(Ring)으로 구획하고, 이를 다시 4개 동심원씩 묶어 4단계 지역으로 구분해 요금을 차등적으로 부과하는 시스템이었다. 우리는 시내에만 있을 예정이어서 1~4 동심원에 해당하는 승차권을 구매했다.

숙소는 아들 친구의 친구가 거주하는 기숙사였다. 그 친구가 마침 여행 중이라 우리에게 방을 내주어서다. 물론 공짜는 아니었다. 1박에 30유로(약 40,500원)를 지불하는 조건이었다. 숙소는 1972년 이곳 뮌헨에서 열린 하계올림픽의 선수촌을 학생 기숙사로 활용하고 있는 집이었다. 단독주택인데 아주 작은 규모, 요즘 말로 타이니 하우스(tiny house) 크기이다. 침대가 1인용 침대 하나밖에 없어—침대 외에는 마땅히 누울 자리가 없고 여분의 이부자리도 없는 상황—아들과 나는 서로 다른 방향으로 머리를 두고 잠을 잤다.

짐을 숙소에 부린 후 우리는 아들 친구가 교수님으로부터 소개받았다는 피자집으로 점심을 먹으러 지하철을 타고 갔다. 가성비가 좋다는 이유에서였다. 4명이 피자 두 판과 각 1병 음료수를 주문했다. 피자가 엄청나게 크고 맛도 괜찮았다. 그중에서도 BBQ 피자가 맛있었다. 늦은 점심으로 시장이 반찬이기도 했다. 비용은 39.80유로가 들었다. 1인당 13,000원의 식비가 들었던 셈이다.

점심을 먹은 후 곧바로 BMW(Bayerische Motorenwerke) 박물관을 구경하러 갔다. 박물관 입장료는 성인 1인당 10유로였다. 우리가 박물관에 도착한 시간은 문 닫기 1시간 전(5시)이었다. 그 시간에도 입장이 가능해서 다행이었는데, 1시간 관람이라 유아 가격인 7유로로 할인을 받을 수 있어서 더 고마웠다. 할인 사유는 '제대로 관람할 수 있는 시간이 부족하다'였다. 여기서 나는 독일의 힘을 느꼈다. 우리나라에서는 이런 제도의 혜택을 경험해본 적이 없었기 때문이다. 박물관은 우리가 묵을 숙소가 있는 동네에 있었다. BMW 자동차 회사는 고등학교에서 '사진으로 하는 세계 여행' 동아리를 지도할 때, 학생들이 준비해 온 여행지 자료이기도 해서 이 자동차의 역사에 대해 조금은 알고 있었다. 그것을 실제 현장에 와서 볼 수 있다니! 견학 그 자체만으로도 기분 좋은 일이었다. 박물관에서 자동차의 역사를 쭉 훑어보고 난 후 소감은 한마디로 '참 대단하다'라는 것이었다.

박물관 관람을 마친 후 출구를 막 나왔을 때 내 손에 쥐어져 있어야 할 목도리가 없어진 것을 알게 되었다. 나는 '넓은 박물관 내에 목도리를 어디에 떨어뜨린 줄 알고 다시 들어가 찾아야 하나'라고 생각하면서 목도리를 포기하려 했다. 그러나 아들 친구와 그의 여자 친구는 목도리를 찾으려고 한걸음에 출구 쪽으로 달려갔다. 다행히도 목도리는 안에 들어가지 않아도 출구 쪽에서 보이는 곳, 복도에 떨어져 있다는 것을 쉽게 발견할 수 있었다. 이에 여자 친구는 직원에게 출입을 허락받고 직원과 함께 박물관 안으로 들어가 목도리를 가져왔다. 그 여자 친구와 박물관 직원에게 감사를 표했다. 그리고 박물관 옆에 있는 건물로 이동해 전시 자동차에 앉아 보기도 했다. 관람 시간이 촉박해서 모든 자동차를 다 시승해보지 못한 아쉬움을 뒤로하고 나왔다.

전시 자동차 시승 건물을 나와 아들 친구가 참석하기로 되어 있는 '밋업(mitup: steemit을 하는 동호인 모임)'에 동석하기 위해 지하철을 타고 모임 장소로 이동했다. 6시 30분에 모임 장소에 도착했다. 이미 20명 이상의 동호인들이 음료와 음식을 앞에 놓고 대화를 나누고 있었다. 우리는 앉을 마땅한 자리를 찾지 못하다가 겨우 구석진 자리를 통해 합석할 수 있었다. 물론 모임의 주요 관심사는 스팀잇(steemit)이지만 그것만이 전부는 아니었다. 모임을 시작한 때가 얼마 되지 않아서인지 서로를 알아가는 대화 내용도 많았다. 시베리아에 갔다 온 일, 360도로 사진 찍은 얘기, 한국을 다녀온 경험, 우리 여행에 관심을 표하는 말 등등 일상적인 삶을 나누는 모임이었다. 맥주 한 잔을 놓고 서로 대화하고 삶을 나누는 모습이 참 좋아 보였다. 가게 바깥은 안개로 자욱했다. 낮 동안 포근했다가 저녁에 기온이 내려가면서 나타난 안개이다.

모임이 끝나지 않았지만, 우리는 저녁 장소로 이동해야 해서 도중에 자리에서 일어날 수밖에 없었다. 오늘의 마지막 목적지는 호프브로이 하우스(Hofbräuhaus)다. 독일에서 가장 오래된 맥주 양조장으로서, 손님들을 위해 지금과 같은 맥주 가게를 연 것은 1897년이라고 한다. 익히 알려진 명성답게 9시 반이었는데도 불구하고 가게 안은 많은 손님으로 붐비고 있었고 악단이 흥을 돋우고 있었다. 근사한 곳에서 맥주 한 잔씩과 간단한 요리로 저녁을 먹을 수 있어 행복했다. 조금 마셨는데도 취기가 와 절반 정도만 마시고 잔을 놓았다. 즐겁게 시간을 보낸 후 지하철을 타고 숙소로 향했다. 아까보다 안개는 더 짙어졌다. 올림픽역에서 안개를 헤치며 숙소로 돌아온 시간이 12시에 가까웠다.

뮌헨 이모저모

하나. 지하철 객차 간 이동이 불가능하다.

물론 모든 지하철이 그런 건 아니다. 뮌헨의 지하철은 신식이 있고 구식이 있는데 구식은 진짜 오래돼 보인다. 약간 나무로 만들어진 전철 같이 생겼는데 객차 사이가 막혀 있어서 구식을 타면 다른 칸으로 이동할 수가 없었다. 신식 지하철은 객차 간 이동이 가능하지만 문 여는 게 수동이다. 우리나라도 아직 1호선처럼 예전 지하철을 타면 수동으로 열긴 하는데 신식 지하철은 전부 다 자동으로 대체된 상황이다.

둘. 에스컬레이터의 방향이 바뀐다.

이건 우리나라에 있는지 없는지 잘 모르겠다. 사진을 보면 사람들이 에스컬레이터를 타고 올라오고 있다. 이렇게 타고 있는 사람이 다 올라오고 연이어 올라오는 사람이 없으면 얼마 후 에스컬레이터는 작동을 멈춘다. 작동이 멈췄을 때 우리가 에스컬레이터 앞으로 가면 센서가 우리를 인식하고 내려가는 방향으로 움직인다. 우리나라에서도 사람이 오면 작동하고 안 오면 스스로 멈추는 센서 인식 에스컬레이터는 많이 봤다. 근데 방향이 바뀌는 에스컬레이터는 처음 보는 것 같다. 만약 내려가려는 사람과 올라가려는 사람이 동시에 에스컬레이터를 향하고 있다면 둘 중 조금이라도 빠른 사람이 이 에스컬레이터를 이용할 수 있는 선착순 시스템이다. 물론 뮌헨에는 한 방향으로만 움직이는 에스컬레이터도 있었다. 아마 에스컬레이터를 상황상 두 개 이상 설치하지 못할 때 사용하는 대안인 것 같다. 사람이 많이 다니지 않는 곳에서는 경제적이고 좋을 것 같은데 사람 많은 곳에서 이런 쌍방향 에스컬레이터를 만나면 거의 무의미한 능력이지 않을까 생각이 들었다.

신기한 쌍방향 에스컬레이터

셋. 자전거 도로가 잘되어 있다.

뮌헨에 도착해서 봤을 때 정말 자전거 도로가 없는 곳이 없고 잘 깔려 있었다. 놀라는 내게 브라이언은 여기선 자동차에 치이는 것보다 자전거에 치일 확률이 더 높을 거라고 했다. 브라이언의 말은 사실이었다. 사진에서 보면 순서대로 도로, 자전거 도로, 인도이다. 보면 도로는 확연히 넓고 구분이 쉽다. 자전거 도로와 인도도 생긴 모양은 완전히 다르다. 일단 자전거 도로는 매끈한 아스팔트 느낌이고 인도는 타일 모양으로 되어 있다. 그런데 자전거 도로와 인도의 크기가 거의 비슷하고 어떨 때는 자전거 도로가 인도보다 클 때도 있다. 이렇다 보니 이야기 나누며 함께 걸어가다 나도 모르는 사이 자전거 도로로 빠져나와 걷곤 했다. 그러면 이제 뒤에서 경적이 울려댄다. 1박 2일 동안 3번 이상 자전거 도로로 걷다가 깜짝 놀라 비켜준 것 같다. 이게 실제로 보지 않으면 체감하기가 힘든데 뮌헨 자전거가 굉장히 빠르게 달린다. 라이더들처럼 쌩하고 지나간다. 귀에 이어폰 꽂고 조심성 없이 걸어가면 정말 사고 날 것 같았다.

인도만큼이나 넓은 자전거 도로

오스트리아 잘츠부르크

굿바이 뮌헨 헬로우 잘츠부르크!

1. 벌써 떠나는 뮌헨

뮌헨은 애초에 1박 2일로 계획했었기에 이제 떠날 시간이 왔다. 어제 새벽 4시가 다 되어 갈 때까지 기록을 정리하느라 피곤해서 오전엔 푹 쉬었고 일어나서 가볍게 숙소 주변 산책을 했다. 12시 30분쯤 다시 브라이언과 주팔 누나를 만나 점심을 먹으러 갔다. 뮌헨 중앙역보다 세 정거장 더 간 곳에 있는 중국인이 운영하는 초밥뷔페 집이었다. 나는 초밥을 좋아해서 처음에 신나서 막 먹었는데 어느 순간 밥이 너무 셔서 먹을 수가 없었다. 그래서 밥을 빼고 회만 쏙쏙 골라 먹고 싶은 충동이 일어났다. 하지만 어글리 코리안이 되지 말자 다짐하며 참았다. 독일 뮌헨에서 중국인이 운영하는 일본 요리인 초밥집을 한국인끼리 갔다는 게 참 재밌었다.

밥을 먹었으니 이제 진짜 떠날 시간이다. 우리의 다음 목적지는 오스트리아 잘츠부르크였고 여기는 플릭스 버스로 가는 것보다 기차를 타고 가는 게 더 편하고 좋았다. 마침 기차를 타는 뮌헨 중앙역이 근처에 있기도

했다. 브라이언이 바이에른 티켓을 끊
는 걸 도와주었다. 바이에른 티켓은
한번 끊어놓으면 24시간 이내 자기가
원하는 시간에 기차를 탈 수 있는 티
켓이었다. 바이에른 티켓 속 보이는
빈칸에 이름만 적으면 된다. 대신 지
정석이 없어서 자리가 있으면 앉는 거
고, 없으면 서서 가는 방식이었다.

바이에른 티켓

　기차는 다행히 자리가 텅텅 비어서 앉아 갈 수 있었다. 떠나기 전, 이틀
동안 우리를 안내해주느라 수고한 브라이언과 주팔 누나와 아쉬운 작별을
나눴다. 아빠와 친구랑 외국에서 같이 시간을 보냈다는 사실만으로도 참
기억에 많이 남는 순간들이었다.

2. 오스트리아 입성! 첫 도시 잘츠부르크

　오후 2시 55분 출발 기차였는데, 우리가 생각보다 역에 일찍 도착했다.
기차에 미리 탑승해 자리를 잡고 한 30분 정도 출발을 기다렸다. 다행히 기
차는 딱 정시에 출발했다. 가는 길 내내 대부분은 사진과 같은 풍경의 연속
이었다. 중간에 깊이 잤기에 내가 놓쳤을 수도 있다. 하지만 깨어 있는 동
안 본 바깥 풍경은 '와~!' 같은 탄성을 내뱉을 만한 게 없었다. 안개도 엄청
나게 껴 있어서 날씨 자체도 별로였다. 그렇게 기차는 달리고 달려서 2시간
후 오스트리아 잘츠부르크에 도착했다. 잘츠부르크 중앙역에 도착했을 때
시간은 5시가 되기 직전이었다. 내리자마자 역 사진도 하나 찍어두었다.

기차에서 자주 보이던 풍경

잘츠부르크 중앙역의 모습

이제 숙소로 가면 되는데 그전에 중앙역에서 할 일이 있었다. 바로 중앙역 인포메이션 데스크에서 판다는 잘츠부르크 시티 카드를 구매하는 일이었다. 하루 25유로로 잘츠부르크 내 교통(버스, 트램, 지하철)을 이용할 수도 있고 각종 관광지(모차르트 생가, 운터베르그 산 케이블카 이용 등)를 별도의 입장권 구매 없이 들어갈 수 있다. 그야말로 가성비 최고의 상품이다. 나중에 잘츠부르크로 여행을 가신다면 여행 날짜에 맞춰 잘츠부르크 시티 카드를 구매하는 걸 꼭 추천하고 싶다.

사진 속 장소가 바로 인포메이션 데스크다. 걸어가면서 찍었는지 사진의 초점이 흐릿하다. 기차에서 내린 후 지상으로 올라와 시내버스가 다니는 정류장 쪽으로 나가기 직전에 있다. 카드를 구매하면 카드로 이용할 수 있는 각종 혜택의 안내가 담긴 팸플릿도 준다. 단점은 다 영어로 되어 있다는 사실. 그래서 나도 잘 안 읽어봤다. 본격적인 잘츠부르크 여행은 내일부터 시작이라 내일 자세히 읽어보고 어느 곳을 무료로 이용할지 정하기로 했다.

흔들린 인포메이션 데스크 사진

가성비 최고 잘츠부르크 시티 카드

3. 수제 맥주를 판매하는 수도원! 아우구스티너 브로이!

잘츠부르크에선 에어비앤비가 아닌 저렴한 호텔을 이용했기 때문에 별도로 호스트를 만나고 할 필요 없이 바로 체크인을 했다. 숙소로 들어가 짐을 정리하고 조금 쉬니 어느새 오후 6시 30분이 됐다. 동유럽은 겨울에 해가 5시 전에 저물기 때문에 날은 벌써 어두컴컴했다. 해가 빨리 져서 야경을 보는 게 아닌 이상 오전 시간대에 여행하는 것이 가장 좋다. 물론 이런 꿀팁을 우리는 여행 전에 몰랐기 때문에 날 밝은 오전엔 열심히 이동하고 해가 저물어서야 목적지에 도착하는 일이 종종 있었다.

여하튼 시내 관광은 글렀고 며칠 전 잘츠부르크를 여행한 친한 동생이 소개해준 맥줏집을 가기로 했다. 그런데 아무리 인터넷에서 길 찾기를 해도 맥줏집까지 갈 마땅한 교통수단이 나오지 않았다. 분명히 갈 수 있는 교통수단이 있을 텐데, 버스 정류장까지 13분을 걸으라는 식으로 안내가 떴다. 그리고 분명 오고 가면서 트램도 본 거 같은데 인터넷에서는 버스 정보만 떴다. 이상함을 느끼고 잘츠부르크 교통수단에 대해 알아보던 중 'qando'라는 앱을 찾아냈다. 이게

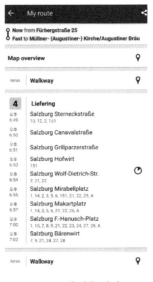

qando 앱 사용 사진

뭐냐면 우리나라에서 흔히 사용하는 대중교통 안내 앱이랑 똑같은 것으로 오스트리아 잘츠부르크와 비엔나 두 도시만 지원되는 것이었다. 이유는 모르겠지만 인터넷에선 오스트리아 교통수단 정보가 지원되지 않는다

고 한다. 대신 qando를 쓰면 'My route' 카테고리에서 길 찾기가 가능하고 정확한 시간 정보를 바탕으로 적합한 교통수단을 이용할 수 있었다. 거기다가 GPS 기능도 아주 훌륭했다. qando는 잘츠부르크 버전과 비엔나 버전이 따로 있었기 때문에 각각 다운로드해야 했다. 인터넷에선 13분을 걸어 버스 정류장으로 가라고 했는데 qando는 집 앞 트램으로 우리를 이끌고 이동 시간을 많이 줄여줬다. qando 덕분에 오스트리아 여행 중 교통 걱정은 덜었다.

소개받은 맥줏집 아우구스티너 브로이에 무사히 도착했다. 다른 말로는 잘츠부르크 수도원 맥주라고도 하는데 실제 수도원에서 수제 맥주를 직접 만들어 팔기 때문이다. 1600년대부터 시작하여 무려 400년의 오랜 역사를 자랑하고 있고 현재는 잘츠부르크에서 수제로 맥주를 만드는 유일한 곳이다. 확실히 공간이 주는 느낌이 맥줏집보다는 수도원에 들어가는 듯했다.

아우구스티너 브로이에선 맥주를 사는 특별한 방법이 있다. 간단히 소개해보려고 한다. 입구 한쪽에 맥주잔들이 잔뜩 있다. 맥주잔은 두 종류인데 하나는 500㎖, 또 하나는 1ℓ짜리 용량이다. 본인이 마시고 싶은 양대로 맥주잔을 골라 집어 들고 이동하면 된다. 우리는 어제 뮌헨 호프브로이하우스에서 이미 맥주를 충분히 마셨기에 500㎖ 맥주잔을 선택했다. 맥주잔을 들고 옆을 보면 수돗가가 있다. 이곳에서 맥주잔을 씻어줘야 한다. 딱히 맥주잔이 더러워서 씻는 건 아니었다. 우리에게 알려준 사람은 없었지만 내가 생각했을 때 이곳은 맥줏집 이전에 수도원이기 때문에 이렇게 정해진 장소에서 맥주잔을 헹구는 일이 일종의 의식일 수도 있겠다고 생각했다. 아니면 디스플레이 되어 있는 맥주잔이니까 가라앉아 있을 먼지나 혹여 들어갔을 불순물 제거를 위해 단순히 씻는 걸 수도 있다. 감시하는 사람도 없고 수도원에서도 크게 신경 쓰는 분위기는 아니라서 아마 헹구는 절차를 건너뛴다 해도 쫓겨나진 않을 것 같다. 그리고 이제 맥주잔을 들고 맥주 통 앞에 서 있는 직원한테로 간다. 가서 맥주잔을 내밀면 직원이 통 안에 든 수제 맥주를 가득 채워준다. 그리고 바로 옆에 계산대에서 계산하면 된다. 1ℓ는 안 마셔봐서 모르겠고 500㎖는 1잔당 3.2유로였다.

맥주를 사고 안으로 들어가면 같이 먹을 안주를 판매하는 곳이 나온다. 전반적인 느낌은 마치 백화점 푸드코트 같다. 원하는 안주를 골라서 구매한 후에 맥주와 함께 들고 자리로 가면 된다. 맥줏집 안에 서빙하시는 분들이 없어서 모든 일은 셀프로 진행해야 했다. 안주 구매는 필수가 아니었다. 주변을 살펴보니까 바깥에서 산 안주를 가져와 함께 먹는 외국인들도 있었다. 단 안주는 선택사항이지만 맥주는 무조건 구매해야 한다. 애초에 맥주를 구매해야지 테이블 있는 자리로 갈 수 있는 시스템이 구축되어 있었다. 우리는 그래도 멀리서 온 기념으로 슈니첼과 감자볶음 비슷하게 생긴 안주를 시켰다. 하지만 이건 잘못된 선택이었다. 안주는 최악이다 싶을 정도로 맛이 없었다. 어쩐지 현지인 느낌 나는 외국인들이 안주 없이 맥주만 마시고 있는 이유가 있었다. 안주 먹는 팀들은 거의 여행객처럼 보였고 놀랍게도 그들 중 절반 정도는 한국인이었다.

맥주부터 안주까지 선택을 마치면 이제 테이블이 있는 방 안으로 들어갈 수 있었다. 방은 마치 연회장 느낌이 나게 꾸며져 있었는데 각각의 방은 숫자로 구분되어 있다. 1~5번 방까지 있는데 마음에 드는 곳을 선택해 아무 데나 앉으면 된다. 방마다 분위기가 다른데 1~3번 방은 앉을 수 있는 사람도 더 많고 엄청 시끌시끌한 분위기였고 4~5번 방은 앞방들에 비해 크기도 작고 조용한 편이었다.

입구 한쪽에 있는 맥주잔돌

잔을 씻는 수돗가

맥주를 따라주는 곳

우리는 부자지간의 더 돈독한 시간을 보내기 위해 시끄러운 방보다는 조용한 5번 방을 선택했다. 자리에 앉아 먹고 마시며 그간의 여행에 대한 소감과 잘츠부르크의 첫인상 등 다양한 이야기를 나눴다. 그리고 수제 맥주의 잔이 다 비었을 때 다시 숙소로 돌아갔다.

그렇다면 400년 전통의 수제 맥주의 맛은 어땠을까? 여태까지 여행하며 나는 맥주 맛의 차이를 전혀 구분하지 못했었다. 근데 이건 진짜 맛이 달랐다. 맥주인데 탄산이 별로 없다. 김이 다 빠진 맥주 같아서 약간 보리차 마시는 듯한 느낌도 들었다. 나처럼 탄산의 목 넘김을 좋아하시는 분들은 아마 이 맥주를 별로 선호하지 않을 것 같다. 그래도 한 번쯤은 마셔볼 만한 수제 맥주였다.

올림픽의 도시, 뮌헨에서 잘츠부르크로

1. 역사를 간직한 올림픽공원

오늘(1월 11일, 목)은 7시에 기상해 수돗물 한 잔을 마시고 어제 일을 노트북으로 정리했다. 이곳 수돗물은 알프스 산지에서 내려오는 청정수라 일반 생수보다 낫다고 해서 한 잔을 마셨다. 어제 동행했던 친구들과 12시 30분에 만나 점심을 먹기로 약속했다. 그 사이 숙소에 머물다가 짐을 챙겨 나갈 예정이었다. 숙소에 있기에는 시간이 아까워 잠깐 틈을 내 숙소 인근 올림픽 공원을 산책했다. 어젯밤 안개로 풀과 나무들은 젖어 있고 공기는 깨끗하여 산책하기에 더할 나위 없이 좋은 날씨였다. 1972년 뮌헨 하계 올림픽 때 테러당한 이스라엘 선수단을 추모하는 기념관도 있어 둘러보았다. 기념관에서는 당시 찍은 테러 관련 동영상을 보여주고 있었다. 뼈아픈 역사를 잊지 않고 기억하는 건 중요하다는 생각을 했다. 뛰는 사람, 걷는 사람, 자전거 타는 사람, 애완견과 산책하는 사람 등 다양한 사람들이 공원을 이용하고 있었다. 쾌적한 날씨와 그곳을 이용하는 사람들이 어우러진

공원은 한 폭의 그림이었다.

만남 시간이 다 되어가 숙소로 돌아왔다. 여행 가방을 끌면서 지하철 올림픽역으로 이동했다. 오늘은 우리 스스로 약속 장소까지 지하철을 이용해 이동해야 했다. 만나기로 한 역까지 별일 없이 도착했다. 우리 일행(4명)은 중국인이 운영하는 '스시 무한리필'로 발걸음을 옮겼다. 모두 거기서 점심을 배불리 맛있게 먹었다. 우리가 비운 접시가 탑처럼 쌓였다. 그야말로 점심의 가성비가 좋았다.

다음 여행지인 잘츠부르크로 가기 위해 뮌헨 중앙역으로 이동했다. 중앙역에 도착한 시각은 오후 2시 10분, 2시 55분발 잘츠부르크행 열차가 출발하려면 45분이 남아 있었다. 우리 일행은 역의 플랫폼을 배경으로 기념사진을 찍었다. 그리고 아들 친구와 작별 인사를 나누고 헤어졌다. 아들과 나는 열차가 출발하는 정확한 플랫폼과 출발 시각을 다시 한번 확인하는데 15분가량 시간을 보내고 열차에 올랐다. 30여 분을 열차 안에서 기다린 후, 드디어 2시 55분이 되자 열차는 레일 위로 잘츠부르크를 향해 미끄러져 나갔다.

열차는 레일 위로 부드럽게 질주하고 있다. 바퀴와 레일이 맞닿으면서 내는 거친 소리가 거의 들리지 않을 정도로 조용하고, 또 흔들림이 적다. 그래서 탁자 위에 노트북을 올려놓고 글을 쓸 수 있었다. 음료수도 한 잔 마시며 낭만을 즐겼다. 철도 주변의 촌락은 전통적인 모습을 그대로 간직하고 있었다. 토지는 주로 초지와 삼림 지대로 이용되고 있었고, 뮌헨과 잘츠부르크의 중간지점에 자리한 로젠하임에는 공업 지대가 조성되어 있었다. 뮌헨에 가까운 경유지들, 즉 뮌헨 근교에서는 승차객이 하차객보다 많았고, 중간 경유지에서는 오르고 내리는 손님이 반반이었으며, 독일 국경에 가까워질수록 하차객이 많았다. 특히 트라운슈타인(Traunstein)역에서는 열차 승객의 2/3가 하차했다. 트라운슈타인이 오스트리아와의 국경 주변에서 가장 큰 철도교통의 중심지였기 때문이다.

2. 아우구스티너 브로이의 특이한 맥주 체험

이윽고 우리는 4시 45분에 이 열차의 종착역 잘츠부르크역에 무사히 도착했다. 잘츠부르크역은 전통적인 유럽의 역사(驛舍)라고는 찾아볼 수 없는, 최신식의 근사한 역사의 모습을 하고 있었다. 역 주변에서는 고층 호텔을 신축하는 등 도시가 살아 있다는 생동감을 느낄 수 있었다. 도착 직후 우리는 먼저 잘츠부르크 24시간용 시티 카드를 1인당 25유로를 지불하고 2장을 구매했다. 시티 카드는 대중교통과 몇몇 관광지를 무료로 이용할 수 있는 카드이다. 인터넷에서는 1인당 24유로로 알고 왔는데, 해가 바뀌어 1유로가 인상되었나 하는 의문이 남는 카드 구매였다. 그러나 그렇게 추측했을 뿐 자세한 정보를 알아보려고 하진 않았다. 구매한 시티 카드로 15번 버스를 탔다. 숙소 근처 정류장에 도착해 숙소까지 걸어갔다. 체크인하고 짐을 풀었다. 프라하, 뮌헨에서의 숙소와는 비교가 되지 않을 정도로 시설이 좋았다. 오늘 저녁은 편안한 잠자리가 될 수 있겠구나 하는 느낌이 들었다.

이후 저녁을 먹으러 '아우구스티너 브로이(Augustiner-Bräu)'로 외출하고 숙소로 되돌아올 때도 이 카드를 사용했으며 4번 트램을 이용했다. 아우구스티너 브로이는 수도원 전통 맥주로 유명한 가게이다. 이곳에서 맥주를 마시려면 먼저 잔을 골라 물에 헹구고, 계산대에 가 현금으로(카드는 안 됨) 맥주 비용을 낸다. 맥주 배급받는 곳에 영수증을 제출하면 맥주를 잔에 채워준다. 이 맥주잔을 들고 여러 개로 나누어진 홀 중 아무 곳이나 원하는 홀에 들어가 맥주를 마신다. 우리처럼 2명에서부터 많게는 20명에 가까운 사람들이 군데군데 모여 맥주를 마시며 모임을 하고 있었다. 간혹 이곳에서 사거나 외부에서 가져온 저녁 음식을 맥주와 함께 먹는 사람들도 있었다. 우리는 5번 홀에 들어가 500㎖짜리 맥주 한 잔씩과 이곳에서 산 돈가스, 감자로 저녁을 대신했다.

체코 프라하, 독일 뮌헨, 오스트리아 잘츠부르크 등 세 도시에서는 시민들이 대중교통을 이용할 때 버스나 트램, 지하철에서 요금을 내는 행위를 하지 않았다. 다시 말해 이용권을 간직하고 다니지만, 대중교통을 이용할 때마다 이용권 카드를 찍거나 현금을 내지 않았다. 왜냐하면, 대중교통 이용권을 미리 사서 요금을 냈기 때문이었다. 그래도 언뜻 '이용자 중에 무료로 대중교통을 이용하는 사람이 생기면 어떻게 하나.'라는 생각이 들었다. 이는 기우에 불과했다. 교통 요원이 대중교통수단에 잠행하여 교통이용권을 사지 않고 무료로 이용하는 사람을 색출하고, 그런 사람에게 벌금을 물리고 있음을 확인했기 때문이다. 오늘 잘츠부르크 트램에서 그 장면을 똑똑히 목격했다. 어떤 남성이 트램에 오르더니 조금 있다가 이내 우리를 포함한 승객들의 이용권을 요구하면서 위법 승차 여부를 확인했다. 우리는 당당히 24시간 시티 카드를 제시했다. 그러나 우리 옆에 있었던 한 여성은 이용권을 제시하지 못해 벌금을 물어야 했다. 위법 이용을 확인한 요원과 이용자는 다음 정류장에서 바로 내렸다. 아마 벌금 업무를 처리하기 위한 절차가 아니었을까.

잘츠부르크! 너무 이쁜 거 아니야?

1. 이른 체크아웃, 우리 짐은 어떡해?

적당한 휴식을 취한 후 오전 9시 30분에 숙소에서 나왔다. 오늘은 이제 잘츠부르크를 즐겁게 구경하고 저녁에 비엔나로 가는 일정이었다. 하지만 여기엔 미처 예상하지 못한 문제가 하나 있었다. 바로 체크아웃 후 둘 곳이 없어진 우리의 짐이었다. 이번 여행에서 아빠와 나는 짐을 최소화하려고 노력했다. 둘 다 배낭 하나씩만 메고 다니고 싶었지만, 두꺼운 부피의 겨울 옷들과 생활필수품들을 배낭 하나에 담아낸다는 건 여행 내내 단벌 신사로 살지 않는 한 불가능에 가까운 일이었다. 그래서 큰 캐리어 하나와 작은 캐리어 하나를 준비해 우리의 옷들을 나눠 담고 기록에 필요한 노트북을 비롯한 귀중품과 자주 사용하는 물품들을 담기 위한 배낭을 각각 하나씩 메고 여행을 왔다. 그래서 여태까지 여행 중 새로운 도시에 도착하면 우리는 숙소부터 방문해 번거로운 캐리어를 처리했었다. 그리고 체크아웃할 때도 보통 숙소에서 짐을 더 맡아줬기 때문에 도시 간 이동을 할 때만 캐리어를 끌고 다닐 수 있었다. 잘츠부르크 숙소에서도 체크아웃 이후에 우리의 짐을 맡아준다고 했으나 우리가 잡은 숙소의 위치가 너무 외곽이라 잘츠부르크를 열심히 돌아다닌 후 짐을 가지러 다시 이곳에 돌아오는 건 완전 비효율적인 동선이었다.

고민하던 차 갑자기 코인 로커(Coin Locker)가 떠올랐다. 우리나라 지하철역 같은 데 보면 작은 짐부터 크게는 캐리어까지 보관할 수 있는 코인 로커가 설치되어 있다. 잘츠부르크에도 코인 로커가 있으리라 생각하고 알아보니 저녁에 비엔나로 떠나는 기차를 탈 잘츠부르크 중앙역에 떡하니 코인 로커가 있었다. 만약 없었으면 하는 수 없이 비효율적일지라도 숙소에 짐을 놓고 다니거나 힘들게 캐리어를 끌고 다녔어야 했을 텐데 정말 감사한 일이었다.

중앙역 안에서 어렵지 않게 코인 로커를 찾을 수 있었다. 사진에 나온 표지판 맨 끝을 보면 열쇠와 가방이 그려진 아이콘이 보이는데 그게 바로 코인 로커 표시다. 코인 로커 표시만 따라가다 보면 바로 나온다. 코인 로커는 S부터 XL까지 4개의 크기로 나뉘어 있었다.

중앙역 곳곳에 보이는 표지판

그리고 생각했던 것보다 개수도 많아서 꽉 찰 염려도 적어 보였다. 코인 로커 배치만 보면 흡사 워터파크에 온 듯한 느낌도 든다. S도 꽤 커서 배낭 두 개 정도는 가뿐하게 들어갈 정도였다. 우리는 L에 짐을 넣었는데 커다란 캐리어 하나, 작은 캐리어 하나, 배낭 2개가 무리 없이 다 들어갔다. 24

시간 동안 짐을 보관해주는 L크기
의 코인 로커의 가격은 3.5유로 정
도였다. 한화로 한 5,000원 정도니
까 가격 면에서도 좋다고 생각했
다. 빈 곳을 찾아서 짐을 넣고 중앙
에 있는 기계로 가 돈을 넣으면 티
켓을 뽑아준다. 티켓은 잘 가지고
있다가 나중에 짐을 찾을 때 같은

중앙역 코인 로커의 모습

기계에 바코드를 인식시켜주면 된다. 이제 짐을 해결했으니 본격적으로
잘츠부르크 여행을 떠날 시간이다.

2. 어머, 여긴 꼭 가봐야 해! '운터베르크 산'

아빠와 내가 다음에 갈 목적지는 '운터베르크 산'으로 최근 잘츠부르크
다녀온 또 다른 친구가 너무 이쁘다고 꼭 가보라고 강력추천했던 곳이었
다. 마침 지리 선생님이신 아빠도 산을 좋아하셨기 때문에 잘츠부르크에
서 이곳만큼은 꼭 다녀오자고 서로 다짐했었다. 그리고 산을 오르는 케이
블카가 왕복 22유로(3만 원 정도)인데, 우리가 어제 구매한 잘츠부르크 시
티 카드로 이 케이블카를 무료로 이용 가능했기에 운터베르크 산 방문은
본전을 뽑고도 남을 최고의 가성비였다.

운터베르크 산 케이블카를 타는 곳까진 잘츠부르크 중앙역에서 딱 한
대의 버스만 운행한다. 중앙역 앞에 있는 B번 버스 플랫폼에서 25번 버스
를 타면 버스의 종점이 바로 케이블카 타는 곳이다. 종점에서 종점으로 가

는 노선인지라 40분 정도 시간이 걸렸다. 종점에 도착하면 바로 앞에 케이블카가 보인다. 우리가 막 도착했을 땐 짙은 구름이 내려앉은 모습을 볼 수 있었다. 이제 우리는 저 구름을 뚫고 정상을 향해 올라갈 것이다.

케이블카 타는 곳의 모습

케이블카 대기실 내부는 평범하게 생겼다. 케이블카는 아침 9시부터 오후 4시까지 30분 간격으로 운행하고 있었는데 우리는 11시 10분쯤 도착해서 20분 정도를 기다린 후에야 케이블카에 오를 수 있었다. 케이블카는 사진에 보이는 저 한 대로 왔다 갔다 왕복 운행을 하고 있었다. 나는 고소공포증이 있거나 놀이 기구 같은 걸 잘 못 타는 사람이 아니었는데도 이 케이블카는 어딘가 무서운 느낌이 있었다. 위로 많이 올라가는 것 치고는 첫인상이 부실해 보여서 더 그랬던 것 같다. 그런데

운행하는 한 대의 케이블카

막상 탑승하고 나서는 안심했다. 케이블카 안에 운행을 담당해주시는 분이 계셨기 때문이다. 보통은 밖에서 케이블카를 조종하는 걸 자주 봤는데 안에서 직접 운행해주시니 떨어질 일은 없겠구나 싶었다. 드디어 케이블카가 상공을 향해 치솟기 시작하더니 곧 구름을 뚫고 위로 올라갔다.

구름에 가려 보이지 않던 산 위는 그야말로 절경이었다. 올라가자마자 탄성이 절로 나왔다. 운터베르크 산은 알프스산맥에 속해 있는 산 중의 하나로 비교적 고도가 낮은 편이다. 우리가 갔을 땐 타이밍이 잘 맞아서 사방이 눈으로 덮여있는 설산을 만날 수 있었다. 참고로 우리가 여행하는 동안 눈이 내렸던 적은 없다. 위에는 해가 쨍쨍한 맑은 하늘이 펼쳐져 있고 주위엔 아름다운 눈과 구름으로 뒤덮인 산의 모습이 펼쳐져 있었다. 구름 때문에 아래가 하나도 안 보여서 얼마나 높게 올라온 건지 체감할 수 없었다. 그냥 밑으로 떨어져도 푹신한 구름이 나를 감싸 안아줄 것만 같았다.

배경만 보면 확 추워졌을 것 같은 느낌인데 막상 위에는 별로 춥지 않았다. 실제 온도도 영하 4도로 아래쪽이랑 큰 차이 없었다. 동 시간대 서울보

다 따뜻한 날씨였다. 그리고 구름 위라 대기가 안정적이어서 그런지 바람이 안 불었다. 바람은 안 불고 햇볕은 바로 위에서 따뜻하게 내리쬐니 추위를 느낄 수가 없었다. 운터베르크 산은 정말 후회 없는 선택이었다. 시각적인 만족도 상당했다. 사진으로 다 담아내지 못한 환상적인 경치는 대신 본인의 눈에 꾹꾹 눌러 담았다.

구름 뚫고 올라가는 중

눈 덮인 운터베르크 산

운터베르크 산에서의 아빠

3. 호엔잘츠부르크성과 게트라이데 거리!

운터베르크 산에서 하산한 우리의 다음 목적지는 호엔잘츠부르크성이 었다. 운터베르크 산 갈 때 탔던 25번 버스를 다시 타고 그대로 중앙역 방 향으로 돌아가다가 '잘츠부르크 법원(Justizgebaude)'역에 내려 주위를 둘 러보면 저 멀리 성이 보인다. 보자마자 다른 것보다 '저길 언제 올라가냐' 라는 생각이 제일 먼저 들었다. 편하게 오르내렸던 운터베르크 산의 케이 블카가 벌써 그리워지는 순간이다.

멀리 보이는 호엔잘츠부르크성

경사의 길을 걷고 또 걷다 보면 어느 순간 매표소가 등장한다. 호엔잘츠부르크성 역시 잘츠부르크 시티 카드 보유자들은 무료로 입장할 수 있다. 이 카드를 누가 고안한 건진 모르겠지만 정말 여행객들을 위한 최고의 시스템인 것 같다.

호엔잘츠부르크성은 이번 유럽 여행에서 가는 3번째 성으로 남아 있는 중부 유럽 성채 중 가장 큰 성이라고 한다. 방어 목적으로 세워진 성이라고 하는데 그래서 그런지 경사 자체가 앞서 다녀온 프라하성이나 비셰흐라드성하고 비교가 안 된다. 경사 때문에 진입로 옆쪽에 나무 계단을 만들어 놓았다. 안 그래도 경사 오르는 일이 만만치 않았는데 계단이 있으니까 확실히 걷기가 더 수월했다. 또 성 안을 돌아다니다 보면 곳곳에 배수 시설이 참 잘 갖춰져 있었다. 배수로는 사진상에서 자갈들이 곳곳에 박혀 있고 가운데가 움푹 파여 있는 곳이다. 하지만 우리나라처럼 집중호우가 내린다면 이걸로 커버가 될지 의아했다. 지리 선생님이신 아빠한테 물어보니 오스트리아는 집중호우가 거의 내리지 않는 기후라 충분할 거라고 알려주셨다.

진입로 쪽 나무계단

곳곳에 보이는 배수 시설

성 위에서 본 잘츠부르크의 모습

　길을 따라 어느 정도 올라가면 성 안에 따로 마련된 박물관이 나온다. 그
곳엔 중세시대 호엔잘츠부르크성의 모형과 당시 사람들의 모습들이 전시
되어 있었다. 박물관을 다 돌고 나오면 선물 사기 괜찮은 기념품 가게도 있
다. 사진 찍는 걸 깜박했는데 여기서 나도 동생 선물을 하나 구매했다. 마
지막으로 경사를 오르고 올라온 만큼 성벽 근처로 가서 바깥 경치를 구경
했다. 프라하성과 비셰흐라드성에서 본 경치와는 또 느낌이 다른 잘츠부
르크의 경치였다. 프라하가 형형색색의 아름다움이라면 잘츠부르크는 건
물의 모양이 좀 더 고급스러운 아름다움이었다. 충분히 구경을 마치고 성

을 내려왔다. 그런데 내려오고
나서야 놀라운 걸 발견했다. 어
쩐지 성 오르내리기가 너무 힘
들다고 생각했었는데 꼭대기까
지 편하게 데려다주는 모노레
일이 있었다. 운영 시간이 오전
9시부터 오후 5시까지로 시간
도 딱 맞았고 역시 잘츠부르크
시티 카드로 무료이용이 가능

내려오고서 발견한 모노레일

했었다. 모노레일을 못 타봐서 아쉬웠지만 걸어 올라가야만 볼 수 있는
것들도 봤기에 자족할 수 있었다.

호엔잘츠부르크성 구경을 마친 다음은 잘츠부르크의 번화한 쇼핑가라
는 게트라이데 거리를 가봤다. 잘츠부르크는 볼거리들이 다 따닥따닥 붙
어 있어서 호엔잘츠부르크성과, 잘츠부르크 대성당, 게트라이데 거리까지
걸어서 연달아 구경할 수 있었다. 그리고 모차르트 생가를 재구성한 모차
르트 박물관도 게트라이데 거리 안에 있다.

게트라이데 거리를 가는 길에 크고 늠름한 잘츠부르크 대성당을 볼 수
있었다. 구경하기 위해 안에도 들어갔었는데 금요일이라 그런지 사람들이
미사를 드리고 있었다. 너무 정숙한 분위기라 사진도 찍지 않고 금방 있다
가 나왔다.

역시 가는 길에 만난 모차르트 광장! 하지만 이곳은 공사 중인지 자재들
이 널려 있었다. 주변 길거리에는 마차도 돌아다니고 있었다. 개인적으로
마차를 한번 타보고 싶었는데 아빠가 별로 달가워하지 않으셨다. 마차로

설렁설렁 돌아다니는 시간을
아끼고 좀 더 집중적으로 잘츠
부르크를 구경하고 싶다고 하
셨다. 나도 동의했기에 마차를
포기했다.

드디어 원래 가려던 게트라
이데 거리에 도착했다. 유럽 하
면 흔히 떠오르는 그런 분위기
가 있는 거리였다. 좌우로 이름

길거리에 돌아다니던 마차들

만 대면 알 만한 브랜드 상점들이 쫘르륵 놓여 있었다. 함정 카드처럼 맥도
날드 같은 프랜차이즈도 껴 있었는데 거리 분위기 때문인지 덩달아 품격
있어 보였다.

게트라이데 거리를 걷다 보
면 모차르트 박물관을 만날 수
있다. 때마침 나는 핸드폰 배터
리가 바닥이 나는 바람에 여기
서부터 사진을 못 찍었다. 나름
강철 배터리라서 보조 배터리
도 따로 안 챙겼었는데 낮에 운
터베르크 산에서 신나서 사진
하고 동영상을 너무 많이 찍은

모차르트 생가의 부엌 모습

게 화근이었나보다. 대신 아직 살아 있는 아빠의 핸드폰으로 모차르트 박
물관이자 그의 생가를 담았다.

우리는 안에서 모차르트 생가의 부엌도 구경하고 모차르트가 살아생전 사용한 것으로 추정되는 바이올린과 피아노도 구경할 수 있었다. 모차르트 박물관에는 각 나라 언어로 해석된 텍스트 가이드를 제공하고 있다. 박물관 입구에 있는 QR코드를 인식시키면 무료로 가이드를 이용할 수 있고 한국어도 있다. 우리는 유일하게 데이터 로밍을 한 내 핸드폰이 죽어버리는 바람에 가이드를 이용할 수 없었다. 가이드가 없으면 모든 안내는 독일어로 되어 있으므로 읽을 수가 없는 상황이었다. 그래서 살아생전 사용한 것으로 '추정'된다는 표현을 사용한 것이다. 어쩌면 그냥 모양만 본뜬 모조품일 수도 있다.

모차르트의 바이올린과 피아노

게트라이데 거리의 모습

잘츠부르크 대성당의 모습

운터베르크 산의 황홀한 경치

1. 케이블카를 타고 오른 겨울 산은 장관이었다

좋은 잠자리 덕분에 잠을 잘 자, 1월 12일 금요일, 오늘은 5시 30분에 기상했다. 감사의 기도를 드리고, 모처럼 한국에 있는 아내와 카카오 보이스톡으로 통화를 했다. 9시 40분에 메닝거 호텔을 나와 2번 트램을 타고 잘츠부르크 중앙역으로 갔다. 우리의 여행 가방들을 코인 보관함에 3.50유로를 넣고 보관시켰다. 떼어 놓은 짐으로 인해 발걸음이 훨씬 가벼워졌다. 오늘의 첫 여행지, 운터베르크(Untersberg) 산으로 가기 위해 25번 버스를 탔다. 25번 버스 종점에는 운터베르크 산(1,776m)까지 운행하는 케이블카가 있다. 우리는 케이블카를 타고 산에 올라가 볼 것이다.

버스 종점에서 산을 올려다보니 중턱쯤에서 구름이 하늘을 가리고 있었다. 전망이 좋지 않으면 어떡하나 하고 조금은 걱정되었다. 그런데 케이블카 탑승장 대기실에 들어가 안내판을 살펴보니 전망이 양호하다는 정보가 게시되어 있었다. '아! 그럼 구름을 헤치고 올라가면 맑은 날씨가 전개

되는구나'하고 안심이 되었다. 11시 30분에 케이블카가 정상을 향해 올라가기 시작했다. 높은 데로 올라가면 가슴이 두근거릴지도 모른다고 생각했는데, 막상 올라가니 그런 느낌은 전혀 생기지 않았다. 오히려 올라가면서 펼쳐지는 아름다운 경치에 탄성이 절로 나왔다. 산지의 중턱은 암석으로 노출되어 있었고 가파른 경사를 가졌다. 산 아래의 마을과 계곡에서 흘러 내려오는 맑은 물, 푸른 풀로 뒤덮인 농경지, 하늘의 구름이 조화를 이뤄 멋진 경치를 만들어 내고 있었다. 구름을 통과하여 위로 올라가니 과연 햇빛이 찬란히 빛나는 맑은 하늘이 전개되었다. 발아래 운해(雲海)가 장관이었다. 케이블카 종착 지점과 그 주변은 온통 눈으로 도배된 눈 세상이었다. 능선을 따라 산꼭대기 쪽으로 조금씩 걸어 올라가면서 보이는 경관은 우리를 사진의 세계로 이끌어주었다. 멀리 보이는 첨봉과 그 아래 구름, 그리고 내가 서 있는 곳에서의 햇빛에 반짝이는 눈이 한 폭의 그림으로 연출되었다. 종착 지점의 대기실에서 와이파이로 한국에 있는 아내에게 이 경치를 보여주고 싶어 카카오 페이스톡으로 실시간 영상을 보며 경치를 감상하게 도와주었다. 딸도 엄마와 함께 실시간으로 아름다운 경치를 감상했다. 다시 케이블카를 타고 하산해 버스 종점에 대기해 있던 25번 버스를 타고 12시 50분에 호엔잘츠부르크성으로 향했다. 점심을 성 아래 유명 맛집, 스티글캘러(Stieglkeller)에서 먹고 성을 둘러볼 생각이었다. 거기에서 호사를 누리는 맛있는 점심을 먹었다.

2. 모차르트의 도시

점심을 먹은 후 성을 오르기 시작했다. 올라가면서 경사가 조금씩 급해졌다. 성벽 아래에서 바라본 성벽은 감히 오를 엄두도 내지 못할 정도로 높고 가파른 절벽과 같은 성벽이었다. 그러나 성 안으로 들어가는 길은 경사가 있긴 해도 점심 후 운동코스로는 적당했다. 또 길 가는 띄엄띄엄 보행을 도와주는 나무계단이 있어 오르고 내리는 일이 그리 어렵지는 않았다. 한참을 걸어 들어가 성의 한쪽 끝에서 시내를 바라보았다. 잘츠부르크의 평온한 도시 풍경이 한눈에 들어왔다. 이곳은 성 주변의 평지와 하천을 한눈에 조망할 수 있는 위치에 있어 성채의 기능 중 방어에 최적화된 성 입지인 것 같다. 호엔잘츠부르크성 안에 있는 박물관에 들어갔다. 성 축조 모습을 담은 모형이 인상적이었다.

성 바로 아래에는 잘츠부르크 대성당이 자리하고 있었다. 마침 성당 안에서 미사가 진행되고 있어 잠깐 뒤에 서 있다가 나왔다. 곧장 인근에 있는 모차르트 박물관으로 향했다. 잘츠부르크는 모차르트가 태어난 동네다. 모차르트에 관한 수많은 자료가 방 크기 정도의 작은 전시실 여러 곳에 나뉘어 체계적으로 전시되고 있었다. 잘 정리된 박물관을 보니 매우 부러웠다. 아쉬운 점은 내가 음악을 잘 몰라 깊이 있는 감상을 하지 못했다는 것이다. 이곳을 방문한 결과를 한마디로 요약하면, '잘츠부르크는 모차르트의 도시다'였다. 모차르트 없이는 잘츠부르크를 상상할 수 없을 정도다. 박물관이 쇼핑 거리인 게트라이데 거리(Getreidegasse)에 있어서 박물관 가는 길에 자연스럽게 게트라이데 거리를 걷게 되었다. 거리 길이는 500m 정도로, 거리 양편에 서 있는 건물의 1층에는 각종 상품을 파는 현대식 가게들이 줄지어 입점해 있었다. 우리는 물건은 사지 않고 눈으로 한 번 쓱 구경하고는 거리를 빠져나왔다. 거리 입구에서 가까운 버스 정류장에서 22번 버스를 타고 서둘러 잘츠부르크 중앙역으로 이동했다. 우리가 중앙역으로 서둘러 이동하려 한 것은 24시간 시티 카드가 종료되는 시간이 다가오고 있었고, 또 아들 핸드폰의 배터리가 다 되어 꺼져서였다. 다섯 시가 되기도 전에 중앙역에 도착해서 핸드폰을 충전할만한 장소를 찾다가 역 앞에 있는 버거킹에 들어가 충전과 이른 저녁을 동시에 해결했다. 이후 OBB 라운지—OBB 철도 이용자 휴식 공간, 열차 출발 1시간 전부터 이용 가능함—에 자리를 옮겨 하루를 정리하는 글을 쓰고 라운지에서 제공하는 무료 음료를 마시면서 열차 탑승 시각까지 기다렸다.

3. 비엔나에 가다

드디어 비엔나로 가는 열차의 출발 시각이 다 되어 6번 플랫폼으로 올라가 비엔나행 기차에 올랐고, 기차는 7시 12분 정각에 출발했다. 밤 열차였기에 차창 밖은 짙은 어둠이다. 부자(父子)는 탁자가 있는 좌석에 앉아 각자의 노트북을 펴고 잘츠부르크의 추억을 남기고 있다. 그러는 사이 어느새 비엔나 중앙역에 도착했다. 그때가 10시 5분이었다. 우리는 먼저 대중교통을 이용하기 위해서 72시간 비엔나 시티 카드를 구매하고자 했다. 시티 카드를 구매하려 한 것은 대중교통뿐 아니라 주요 관광지 입장권도 할인된다고 해서였다. 정보 센터에 들러 시티 카드를 사려고 했더니, '여기서는 취급하지 않는다.'라고 하면서 건너편에 있는 민간 상점에 가보란다. 상점에서는 시티 카드가 아닌 대중교통 할인만 되는 72시간 비엔나 이용권을 권했다. 이것으로 18번 트램을 타고 숙소 가까운 역으로 가, 거기서부터 걸어서 11시경에 무사히 비엔나 숙소에 도착했다. 반가이 맞아주는 호스트와 인사를 나누고 숙소에 대한 안내 사항을 들은 뒤, 여행 가방을 풀었다. 우리 말고도 다섯 팀이 같은 숙소에 짐을 풀고 있었다. 샤워기가 고장이 나서 물이 새고 따뜻한 물과 찬물이 번갈아 나와 샤워를 제대로 하지 못했다. 늦은 시간이어서 대충 씻고 하루를 마무리했다.

잘츠부르크 이모저모

하나. 잘츠부르크 트롤리 버스!

위로 전깃줄이 뻗어 있어 트램처럼 보이는 이것이 바로 잘츠부르크 트롤리 버스

다. 나도 처음엔 트램인 줄 알았는데 바퀴가 달려 있고 도로를 쌩쌩 달리는 걸 보

고 트램과는 다르다는 걸 느꼈다. 이 트롤리 버스는 전기를 동력으로 달리는 교

통수단이다. 전깃줄로 동력을 받기 때문에 줄이 없는 차선에선 달릴 수 없는 것

같았다.

잘츠부르크 트롤리 버스

둘. 무임승차의 최후

지금까지 아빠와 함께한 프라하와 뮌헨에선 교통권 검사를 한 적이 없었다. 그런데 잘츠부르크 트램에서 유럽 여행 중 처음으로 검표원을 만났다. 우리는 잘츠부르크 시티 카드를 보여주니까 바로 통과할 수 있었다. 그런데 옆에 계신 분은 무임승차 였나보다. 걸린 즉시 벌금을 카드로 계산하더니 다음 역에서 검표원과 함께 하차했다. 검사를 잘하든 하지 않든 항상 정직하게 생활하면 걱정할 일 자체가 없다. 너무나 당연하게도 우리는 이번 여행 내내 정직하게 교통수단을 이용할 것이다.

셋. 삼거리 신호등

사진 중앙에 보이는 건 누가 봐도 신호등이다. 그런데 우리나라처럼 거치대가 따로 없다. 그냥 천장에 전등 달아 놓듯이 세로 신호등이 줄에 덩그러니 달려 있다. 심지어 삼거리 신호등이라서 삼면에 각각 다른 신호가 뜬다. 생긴 건 매우 부실하게 생겼는데 문제없이 잘 고정되어 있나 보다.

하늘에 매달린 삼거리 신호등

네 번째 도시

오스트리아 비엔나

비엔나, 품격은 있지만 내 스타일은 아니야!

1. 비엔나에 들어오다

비엔나는 사실 오늘이 아닌 어젯밤에 도착했다. 어제 게트라이데 거리까지 구경을 마친 우리는 중앙역으로 돌아와 짐을 찾았다. 그리고 잘츠부르크에서 비엔나로 가는 OBB(오스트리아 연방철도) 기차에 탑승했다. 기차는 OBB 앱을 내려받으면 손쉽게 예약할 수 있었고 잘츠부르크에서 비엔나까지 두 명 가는 데 총합 58유로(7만 8천 원 정도)가 들었다.

총 2시간 50분간의 운행 끝에 기차가 멈췄고 드디어 비엔나 중앙역에 도착할 수 있었다. 잘츠부르크 시티 카드처럼 비엔나도 '시티 카드'가 있다길래 바로 발급받기 위해 중앙역 인포메이션 데스크를 찾아갔다. 잘츠부르크에서도 중앙역 인포메이션 데스크에서 카드를 발급받았으니까 당연히 비엔나도 이곳에서 카드를 발급해줄 것으로 생각했다. 그런데 퇴짜를 맞았다. 여기 말고 반대쪽 담배랑 로또를 팔고 있는 곳으로 가보라고 했다. 그래서 알려준 곳으로 가서 시티 카드에 대해 열심히 설명했더니 그런 건 여기서 안 판다며 대신 대중교통을 이용할 수 있는 티켓을 판매하니까 그걸 사라고 말했다. 뭐가 어찌 된 영문인지 알 수가 없었다. 하지만 시간도 늦었고 지친 상황에서 시티 카드를 사기 위해 정처 없이 헤매고 싶진 않았다. 일단 숙소라도 빨리 가자는 마음으로 티켓을 구매했다.

티켓은 프라하처럼 지하철, 트램, 버스를 다 이용할 수 있었고 1일권부터 3일권까지 있었다. 우리는 비엔나에서 2박 3일 동안 머무를 것이기에 3일권을 끊었다. 가격은 1인당 17유로(약 22,000원)였다. 티켓을 산 후 꼭 첫 탑승 때 사진에 보이는 기계에 표를 집어넣어야 한다. 그럼 기계에서 날짜와 시간을 펀치로 찍어주고 그 시간부터 3일 동안 티켓을 이용할 수 있게 된다.

비엔나 교통 티켓의 모습

티켓을 발급받고 숙소 찾아 삼만리를 하다가 마침내 이번 여행의 두 번째 호스트와 극적으로 상봉할 수 있었다. 우리의 두 번째 호스트인 '조지(George)'는 아주 유쾌한 사람이었다. 시종일관

날짜와 시간을 찍어주는 기계

장난기 띤 미소로 때로는 농담도 건네며 낯선 환경 속에 놓인 우리 부자의 마음을 편안하게 만들어 주었다. 그의 말로는 숙소에 한국인들도 많이 들렀다 가고 현재는 아르헨티나, 스페인, 마카오 등등 다양한 국적의 사람들이 머물고 있다고 했다. 숙소가 게스트하우스여서 휴게실이나 화장실

을 공용으로 사용했기에 조지가 말한 외국인들을 자주 마주칠 수 있었는데 간단한 'Hi'라는 인사 외에 딱히 대화를 나눠보진 못했다. 숙소 내부는 무난하게 생겼지만 지내기에 좀 불편했다. 방이 춥기도 했고 무엇보다 제일 힘들었던 건 샤워기에서 찬물과 따뜻한 물을 계속 오

유쾌한 호스트 조지와 함께

락가락 틀어줬던 일이었다. 잘 씻고 있다가 갑자기 얼음물이 나와서 수시로 당황했다. 시간은 어느새 자정을 넘어갔다. 나는 내가 피곤해서 제때 6일 차 기록을 하지 못할 것이라고 미리 직감했고 그날 기록을 비엔나로 넘어오는 기차 안에서 먼저 작성해 두었다. 비엔나에 갓 도착한 어젯밤 이야기가 7일 차 기록으로 포함된 건 바로 이 때문이다.

2. 비 오는 비엔나를 걸어 다니며

이제 본격적인 7일 차 기록이다. 처음으로 맞이한 비엔나의 아침은 비가 내리고 있었다. 그런데 뭐 이런 비가 있나 싶을 정도로 부슬부슬하게 내렸다. 우산을 쓸지 말지도 애매하고 마치 하늘에서 계속 미스트가 뿌려지는 것처럼 기분만 찝찝한 이 부슬비는 종일 내렸다. 일단 혹시 몰라 우리는 우산을 챙겼는데 현지인들은 이 정도 비에 아무도 우산을 쓰지 않았다. 우리도 현지인들을 따라 우산을 쓰지 않다가 비가 좀 많이 내리면 그땐 그냥 썼다.

비엔나는 음악과 미술로 유명한 예술 도시다. 살면서 언제 또 올지 모르는 비엔나에 온 기념으로 오페라 한번 보기로 했다. 보통 공연은 저녁에 하니 오페라 극장에 미리 가서 예매해둘 생각이었다. 그런데 반대 방향으로 가는 트램을 타버려서 다른 곳에 먼저 당도하고 말았다. 그곳엔 외부 공사 중인 시청도 있었고 부르크라는 이름의 극장도 있었다. 부르크 극장은 들어가 보니 규모가 작은 공연을 하는 소극장이었다.

비엔나도 웬만한 명소들이 다 붙어 있어서 일단 중심지로 들어만 가면 그 이후부터는 걸어서 모든 것을 다 볼 수 있었다. 다시 발걸음을 옮겨 걷고 걸어 우리는 오페라하우스를 찾아냈다. 이것은 2018년 1월의 비엔나 오페라하우스 일정표이다.

2018년 1월 비엔나 오페라하우스 일정표

오늘은 13일이니까 〈La Fille du Régiment〉를 공연하는 날이었다. 우리나라엔 〈연대의 딸〉이라는 제목으로 알려진 오페라였다. 물론 한국어 제목을 들어도 오페라에 대한 지식이 거의 없는 우리는 어떤 작품인지 알 수 없었다. 그런데 바로 밑을 보니 14일에는 〈Don Giovanni〉를 공연한다고 나와 있었다. 이것은 바로 바람둥이로 유명한 〈돈 조반니〉! 심지어 오페라를 한 번도 본 적 없는 나도 알고 있는 유명한 작품이었다. 우리가 어제 생가에도 다녀온 모차르트의 오페라였다. 〈돈 조반니〉를 무조건 봐야겠다고 생각하며 매표소로 향했는데 들려온 말은 'Sold Out!'이었다. 오페라를 본다는 사실에 들떠 가장 중요한 걸 까먹고 있었다. 유명한 〈돈 조반니〉는 당연히 하루 전에 표를 구할 수 없을 거란 사실을 말이다. 심지어 내일은 전 세계가 공통으로 휴식을 취하는 일요일이었다.

비엔나 오페라하우스의 내부 사진

아쉬움을 뒤로하고 오늘 공연하는 〈연대의 딸〉이라도 보려고 했는데, 남아 있는 좌석 가격이 250유로랑 190유로짜리 2개였다. 가장 싸게 봐도 아빠와 나 2명이면 한화로 50만 원이었다. 어느 정도 비쌀 거라고 예상은 했지만 50만 원까지 쓸 생각은 못 하고 있었다. 참고로 오페라 좌석은 가격대가 정말 다양한데 가장 비싼 건 300유로 안팎이고 싼 좌석은 6유로짜리도 있었다. 6유로짜리는 물론 맨 뒤, 맨 끝에 있어 무대가 잘려 보인다거나 사람이 콩알만 하게 보이긴 할 것이다. 이렇게 저렴한 좌석도 있다는 사실을 알고 있었기에 우리는 매표소에서 제시한 가격을 선뜻 받아들이기가 어려웠다. 망설이는 우리를 보고 매표소에서 오페라를 볼 수 있는 또 다른 방법을 알려줬다. 그것은 바로 스탠딩 좌석을 구매하는 일이었다. 스탠딩 좌석은 2~3시간가량의 긴 공연 동안 멀리서 서서 봐야 하는 최악의 환경이지만 가격은 단 3유로(4천 원 정도)였다. 그리고 이 스탠딩 좌석은 미리 예매하는 게 아니라 공연 당일 오후 5시부터 티켓팅이 시작돼 선착순으로 입장을 한다고 했다. 고민 끝에 우리는 일찍 줄을 서서 〈돈 조반니〉 오페라를 보는 게 더 현명한 생각인 것으로 결론을 내리고 내일 줄서기에 동참하기로 했다. 과연 내일 어떻게 될지는 하나님만이 아실 거다.

오페라를 어떻게 할지 결정한 후 우리는 왕궁으로 향했다. 오스트리아 왕궁 건물에는 호프부르크(구) 왕궁과 신왕궁이 존재한다. 호프부르크 왕궁은 합스부르크 왕가 시대의 세워져 합스부르크 왕궁이라고도 불리며 약 650년의 세월을 견뎌낸 곳이었다. 그리고 신왕궁은 19세기 말부터 짓기 시작한 곳인데 완공 이후 얼마 안 되어 합스부르크 왕가가 망해버려서 정작 왕궁으로 쓰인 적은 없는 곳이라고 한다. 왕궁은 비엔나에 왔으면 꼭 가봐야 할 장소 중 하나였다.

가는 길에 가장 먼저 발견한 건 왕궁의 정원이었다. 왕궁의 정원 쪽에선 신왕궁 건물 뒤편을 볼 수 있었다. 정원은 시기가 겨울이라서 나뭇잎도 많이 떨어지고 잔디의 색깔도 푸른 초록색이 아니라서 그런지 미관상 엄청 이쁘지 않아 아쉬웠다. 할리우드 영화에서 나올 법한 대학 교정 같은 느낌도 있었다. 우리가 정원을 거닐 때도 역시 부슬비가 지속해서 내리고 있어

왕궁의 정원 모습

잔디에 앉아 하늘을 바라보는 것 같은 여유를 즐길 수도 없었다. 그래서 멈추지 않고 정원을 가로질러 걸었다. 그러다 보니 웬 온실 같은 게 나왔다. 이곳의 정체는 바로 나비 하우스였다.

왕궁에 왜 나비 하우스가 있는 건지는 모르겠지만 일단 있으니까 들어갔다. 입장료가 있었는데 1인당 6유로가 조금 안 되는 가격이었다. 입장하기 전에 가방이나 외투를 놓을 수 있는 보관함도 따로 있었다. 나비 하우스라는 이름답게 입구에서부터 나비 번데기들을 잔뜩 볼 수 있었다. 내부 공간의 분위기는 사진 한 장이면 설명될 것 같다. 이곳의 장점이 있다면 내부가 매우 따뜻했다는 것 하나뿐이었다. 이런 곳은 굳이 비엔나가 아니라도 어디에서든 볼 수 있을 것 같았다. 전에 싱가포르 여행을 갔을 때 '보타닉

가든'이라는 식물원을 간 적이 있는데 그 식물원의 수십 배 다운그레이드 된 버전이 비엔나의 나비 하우스였다. 그리고 겨울이라 그런지 몰라도 나비 박물관인데 나비가 별로 날아다니지 않았다. 안에서 날아다니는 나비는 한 3마리 정도 본 것 같다. 나머지는 저 높은 창문틀 쪽에 다닥다닥 붙어 앉아 있었다. 나비가 많이 보고 싶다면 창문틀과 천장 쪽을 유심히 보면 될 거 같다. 다만 그 모양새가 그다지 아름답지 않아 추천하진 않는다.

정원을 걷다 발견한 나비 하우스

입구에서 볼 수 있는 나비 번데기

나비 하우스 내부

3. 박물관 삼매경

비엔나엔 박물관이 엄청나게 많았다. 괜히 문화예술의 도시라 불리는 게 아니다. 비엔나에서의 2박 3일 일정 동안 박물관을 안 가볼 수 없었다. 비엔나의 박물관 중에 가장 대표적인 건 자연사 박물관과 미술사 박물관이라고 한다. 아빠가 그중에선 미술사 박물관만 가자고 하셔서 자연사 박물관은 포기했다. 대신 미술사 박물관 외에 돌아다니다가 끌리는 박물관이 있으면 하나 더 가기로 했다. 그렇게 우리는 오늘 총 2개의 박물관을 가게 될 것이다. 다행히 박물관은 거의 신왕궁 쪽에 몰려 있었기 때문에 나비 하우스에서 나온 우리는 따로 이동할 필요가 없었다.

시시 박물관 안내 사진

왕실 보물 박물관 안내 사진

맨 처음 발견한 곳은 '시시 박물관'이었다. 오스트리아-헝가리 제국의 프란츠 조세프 1세의 아내인 엘리자베스를 부르는 이름이 '시시'라고 한다. 오스트리아 사람들이 가장 사랑하는 왕비라고 한다. 하지만 우리는 시시에 대해 구체적으로 아는 게 없었기에 패스하기로 했다. 두 번째로 만난 박물관은 독일어로만 나와 있어 해석할 수 없는 곳이었다. 번역기를 돌려보니 이 박물관은 왕실의 보물들을 전시해 놓은 곳이었다. 오스트리아 왕실의 보물들을 구경할 수 있다니 호기심이 생겼다. 아빠와 이야기를 나눈 후 이곳을 들어가기로 했다.

입장을 위해 매표소에 줄을 섰다. 입장권 안내판을 살펴보던 중 44유로짜리 비싼 입장권이 눈에 띄었다. 이 입장권은 연간 회원권으로 1년 동안 비엔나에 있는 7개의 박물관을 자유롭게 이용할 수 있다고 한다. 알고 나니 가격이 그렇게 비싼 것 같진 않았다. 비엔나에 오래 머무는 박물관을 사랑하는 사람들에게 아주 매력적인 입장권일 것 같았다. 우리는 일반 입장권을 개당 12유로(약 16,000원)에 구매했다.

박물관 안에 있던 많은 전시물 중에서 내가 인상 깊었던 것 일부만 꼽아서 소개하려고 한다. 아쉽게도 박물관 내부에서 사진 촬영이 불가했던 것들은 빼놓았다. 먼저 들어가자마자 보였던 이 지도! 빨간 경계선으로 둘러싸인 저 영토는 어디일까? 저곳은 바로 오스트리아-

과거 제국의 영토를 보여주는 지도

헝가리 제국의 1804년부터 1918년까지의 영토였다. 생각보다 더 큰 제국이어서 놀랐다. 큰 영토를 보니 오스트리아 사람들이 제국에 대해 느끼고 있던 자부심의 원천을 보는 듯했다. 더불어 아는 만큼 보인다는 것도 느꼈다. 박물관은 확실히 모르는 게 많으면 제대로 즐길 수가 없다.

이것은 오스트리아 제국 당시 황제의 의상이라고 한다. 뒤의 퍼진 도포

자락만 봐도 옷 자체도 무거워 보이고 저렇게 질질 끌리는 옷을 어떻게 입고 다녔는지 존경스럽다. 옆에는 기사의 복장도 있었는데 황제의 옷차림과 유사한 모양이었지만 확실히 황제보다는 뒤에 뻗어 나가는 옷자락의 크기가 작았다. 기사가 결투나 싸움을 할 때도 이런 걸

제국 황제의 옷차림

입고 했는지는 모르겠다. 만약 저런 옷차림으로 결투를 한다면 이동하다가 옷자락에 걸려 넘어지는 불상사가 생길 수도 있을 것 같았다.

마지막으로 이건 유니콘의 뿔이라는데 엄청 길다. 저걸 왜 유니콘의 뿔로 부르는지 유례가 있을 것 같지만 언어의 한계에 부딪혀 알아낼 수 없었다. 박물관 안의 설명이 대부분 독일어였기 때문이다. 생긴 것만 봐선 마법사의 지팡이처럼 보이기도 했다.

유니콘의 뿔

아쉽게 왕실의 보물들은 사진 촬영이 대부분 금지됐다. 보물들은 대체로 화려하고 반짝반짝했고 흔히 볼 법한 왕관, 장신구 등이 많았다. 진짜 딱 '보물' 하면 떠올릴 만한 것들이라 오히려 왕실 보물 박물관인데도 보물

자체엔 큰 인상을 받진 못했다.

　다음으로 미술사 박물관에 갔다. 여러 박물관이 거의 다 끼리끼리 뭉쳐 있었기에 찾는 데 어려움은 없었다. 미술사 박물관에서는 때마다 특별전을 꾸준히 열고 있는데 2017년 10월부터 우리가 여행한 2018년 1월까지는 루벤스(Rubens)전이 열리고 있었다. 루벤스는 바로크 시대의 화가로 빛나는 색채와 생동감 넘치는 그림으로 유명하다.

　입구부터 사람이 쭉 줄을 서 있었는데 여태까지 여행 중에 가장 많은 사람이 한곳에 모여 있는 순간이었다. 오늘이 주말이기도 했고 미술에 관심 있는 사람이 참 많은 것 같았다. 가격은 1인당 15유로로 왕실 보물 박물관과 큰 차이는 없었다. 비엔나 시티 카드 소지자(Vienna Card holder)는 14 유로로 1유로 할인을 해주었다. 이는 왕실 보물 박물관도 마찬가지였다. 이게 잘츠부르크 시티 카드와 비엔나 시티 카드의 가장 큰 차이점이었다. 잘츠부르크는 시티 카드를 이용해 무료입장할 수 있는 곳이 많았지만, 비엔나는 무료입장이 아닌 할인의 개념이었다. 비엔나의 이곳저곳을 돌아다니며 할인 혜택을 다 이용할 것이 아니라면 비엔나에선 굳이 일반 교통권보다 더 비싼 시티 카드를 안 사도 될 것 같았다. 어젯밤에는 시티 카드를 못 사서 약간 짜증이 났었는데 지금은 못 산 것이 오히려 감사했다. 우리는 시티 카드를 샀어도 할인 혜택을 제대로 이용하지 못해 오히려 손해였을 것이다.

　이제 미술사 박물관으로 들어갈 차례이다. 미술사 박물관도 왕실 보물 박물관처럼 대다수가 촬영 금지였기에 간혹 촬영 가능한 인상적인 작품이 나올 때마다 사진을 찍으러 시도했다. 미술사 박물관의 구조는 -0.5층 기념품 가게, 0층 로비, 0.5층 고대의 유물&이집트문명, 1층 루벤스 특별전 시관&아트 갤러리, 2층 전망대 &코인 콜렉션, 콘서트홀이었다. 크기도 생각보다 커서 우리는 단시간 내에 많은 걸 보자는 마음으로 속도를 높여 0.5층과 1층을 돌았다. 그런데도 두 시간 이상이 걸렸다.

미술사 박물관에도 수많은 작품이 있었지만 그중 아주 미세한 부분만 소개해보려 한다. 먼저 내 눈에 들어왔던 작은 조각상. 이건 영화 〈판의 미로〉에 모티브를 줬던 그리스 로마 신화 속에 등장하는 염소를 닮은 요정 판의 조각상이다. 판은 잠든 사람에게 악몽을 꾸게 하는 아주 짓궂은 존재로 묘사된다. 이 조각상을 보면

판의 조각상

서 역시 미술은 신화, 종교와 연관된 부분이 많아 알면 알수록 많은 게 보인다는 사실을 느꼈다.

이것은 황제의 조각상이다. 그런데 조각상 밑부분에 사람 다리 같은 게 뻗어 있다. 자세히 봤더니 조각상의 아래쪽 좌우는 사람이, 앞뒤는 그리핀(새의 머리를 하고 날개를 지녔으며 몸통은 말의 모양을 한 상상 속 동물)이 떠받들고 있었다. 작품의 의미는 알 수 없었으나 조각상이 워낙 괴이해서, 한참을 쳐다봤다. 사람뿐만 아니라 상상의 존재도 떠받드는

황제의 조각상

황제의 높은 위상을 표현한 것일까? 하여튼 나는 이런 괴이한 작품이 좋다.

　다음은 말을 물어뜯고 있는 사자의 조각상이었는데 조각임에도 섬세하고 잔인한 묘사가 인상적이었다. 특히 사자가 물고 있는 말 몸통에 잡힌 주름과 고통스러운 말의 표정이 세밀했다.

　연이어 보게 된 불사조 조각상! 깃털 하나하나 살아 움직일 거 같은 정교함이 인상적인데 놀랍게도 저건 점토로 만든 게 아니라 전부 상아로 만든 조각상이었다. 사실을 알고 나니 제일 먼저 상아가 잘린 불쌍한 코끼리들이 떠올랐고 다음으론 투박한 상아를 정교한 불사조로 만들기 위해 구슬땀을 흘렸을 장인들이 떠올랐다. 이 작품도 정말 멋있어서 감탄은 했지만, 한편으로 인간의 사치와 욕심을 느낄 수 있었다.

말을 물어뜯는 사자의 조각상　　　　　　상아로 만든 불사조

　이어서 가게 된 곳은 이집트 전시관이었다. 이곳에선 크게 소개할 게 없

을 것 같다. 이집트 상형문자와 익숙한 모양새의 미라가 들어 있는 관들, 작은 피라미드 모형들을 볼 수 있었다. 아마 대다수가 이집트 하면 딱 떠올릴 그런 전시품들이었다.

이제 0.5층 구경을 마치고 1층으로 올라가 메인이라고 할 수 있는 루벤스 특별전시관으로 갔다. 하지만 이곳에선 크게 할 말이 없다. 먼저 루벤스 특별전시관은 전체가 촬영 불가여서 사진도 못 찍었고 내가 미술에 조예가 깊은 편도 아닌지라 멋진 감상평을 쓰거나 작품 소개를 할 수 없기 때문이다. 그냥 아름다워 보이는 그림이 있으면 '오~' 하면서 열심히 쳐다만 봤다.

나는 오히려 루벤스 작품보다 특별전시관과 함께 1층에 있던 아트 갤러리 쪽에서 제일 인상 깊은 작품을 볼 수 있었다. 작품 제목도 모르고

이집트 전시관 모습

가장 인상적이었던 그림

어떤 화가의 그림인지도 모른다. 그런데도 마치 하늘의 전사 같은 천사가 악마들을 짓밟고 승리하고 있는 모습이 멋있고 인상적이었다. 초점이 안 맞았는지 사진이 좀 흐리게 나왔다. 굳이 변명한다면 핸드폰의 작은 화면

으로 봤을 땐 그럭저럭 괜찮았다. 나도 크게 확대를 하고 나서야 초점을 놓치고 흔들린 사진이 많다는 걸 알았다.

4. 그 외 우리가 본 것들

이미 오늘은 많은 기록을 남겼음에도 아직 미처 기록하지 못한 것들도 많다. 그 남겨진 부분들을 속전속결로 설명하려 한다. 먼저 헬덴 광장과 그 뒤로 보이는 신왕궁이다.

헬덴 광장과 신왕궁

여기서 우측으로 가면 미술사와 자연사 박물관이 나오고 좌측으로 가면 왕실 보물 박물관이 나온다. 헬덴 광장 중앙에 놓인 기마상의 모델은 프란츠 오이겐(Franz Eugen)으로 합스부르크 제국 역사상 가장 위대한 장군이라고 한다. 또 헬덴 광장은 나치 독일의 오스트리아 병합 당시 아돌프 히틀러가 연설한 장소로도 잘 알려져 있다. 이렇게 역사 속 그 공간에 발을 딛고 서 있다는 게 신기했다.

앞서 언급했던 나비 하우스의 기념품 가게엔 아주 신기한 게 있었다. 바로 전 세계의 토양이 담긴 작은 화분들이었다. 지중해에서 온 것도 있었고 추운 지방에서 온 것도 있었으며 아프리카 광야에서 온 토양도 있었다. 각 토양에 맞는 식물들을 기를 수 있는 것 같았다.

세계 각자의 토양들

또 유명 브랜드들이 몰린 비엔나의 쇼핑 거리도 갔었다. 왕궁에서 나와 걷다가 우연히 들르게 되었다. 잘츠부르크에서 봤던 게트라이데 거리가 확장된 듯한 느낌을 주는 곳이었다. 거리에서 느껴지는 분위기가 상당했다.

비엔나의 쇼핑 거리

뭔가 품격 있는 건물들이 줄지어 있고 그 와중에 비까지 내려서 그런지 내가 느낀 비엔나는 아주 차가운 도시 느낌이었다. 개인적으로 이런 느낌을 좋아하지 않아 비엔나는 내 스타일이 아니었던 도시였다고 말할 수 있다. 이상하게 비엔나에 있으면서 잘츠부르크가 그립고 체코 프라하가 생각나고 그랬었다. 그런데 아빠는 비엔나가 지금까지 여행한 곳 중 가장 좋다고 말씀하셨다. 이때 아빠와 나의 스타일 차이를 좀 명확하게 느낄 수 있었다.

마지막으로 하루 일정을 마치고 숙소 근처에 영화관이 있길래 아빠와 함께 방문했다. 나는 해외 영화관에서 영화 보는 걸 좋아하고 실제로 다양한 나라 영화관에서 영화를 본 경험이 있었다. 해외 영화관을 가는 것도 나름 색다른 체험이다. 나라마다 묘한 특징이 있다. 아주 간단하게 예를 들면 '러시아 블라디보스토크 영화관'에선 할리우드 영화를 포함한 외국영화를 다 러시아어로 더빙을 해서 상영해주는 바람에 한마디도 알아듣지 못한 해프닝이 있었고 '태국 방콕 영화관'에선 영화 시작 전에 스크린에 나오는 국왕을 향해 일어나 경례하는 시간이 있었다. 이외에도 자잘한 문화적 차이와 나라별 관객들의 영화 관람 태도가 미묘하게 다른 것도 재밌는 부분이었다. 반면 아빠는 비엔나까지 와서 굳이 영화를 보고 싶어 하지 않으셨다. 그런데도 아들이 영화를 엄청나게 좋아한다는 걸 알고 계셨기 때문인지 별말씀 없이 따라와 주셨다. 너무나 감동적인 순간이었지만 우리는 영화를 보진 못했다. 숙소 근처 영화관이 내가 러시아에서 경험했던 것처럼 독일어 더빙에 영어 자막도 제공해주지 않았기 때문이다. 실망스러웠지만 내일을 위해 휴식을 취하란 뜻으로 받아들이고 주어진 시간 동안 편하게 쉬었다.

빗속을 뚫고 비엔나 맛보기

1. 음악의 도시에서 오페라 공연을 보려 했으나

1월 13일(토) 아침에 일어나 보니 이슬비가 내리고 있었다. 오늘 비는 종일 내렸다. 우리나라에서는 이런 비를 경험해본 적이 거의 없었다. 빗줄기가 일정하면서 끊이지 않고 계속 내려 우산을 쓰기도, 그렇다고 쓰지 않는 것도 모두가 애매한 날씨였다. 현지 시민들은 거의 우산을 쓰지 않고 다녔다. 이런 비에 대한 대처가 생활 관습으로 굳어 있는 듯했다. 오랜 경험으로 이 비의 특성을 잘 알고 있으며, 그래서 애써 우산을 쓰지 않아도 될 정도의 비로 생각하는 것 같았다.

비엔나에서 우리는 오페라 공연을 빼놓을 수 없었다. 그래서 공연 일정을 알아보기 위해 오페라하우스를 먼저 찾아갔다. 예매 창구에서 일요일 저녁에 공연되는 모차르트의 〈돈 조반니〉 오페라의 예매 여부를 물었더니 '솔드아웃(sold-out, 매진)'이라고 한다. 비엔나 시민들의 오페라에 대한 열정을 느낄 수 있었다. 미련이 남아 입석 자리를 물었다. '공연 1시간 전부터 줄을 서서 기다리면 차례대로 3유로를 내고 입장할 수 있다'라고 했다. 오늘 저녁에도 오페라 공연이 있었지만 그래도 제목이라도 들어본 적이 있는 〈돈 조반니〉를 보기로 했다.

오페라하우스 근처에 있는 시청사와 국회의사당 건물은 고풍스러운 자태를 뽐내고 있었다. 거리를 계속 걷다 보니 지치고 추워 실내로 들어가고 싶었다. 그래서 들어간 곳이 '나비 집(Schmetterling Haus)'이다. 두 사람이 11.5유로를 내고—아들은 학생 요금을 냄—나비 정원을 구경했다. 작은 규모에 나비도 몇 마리 보이지 않아 그다지 추천할 만한 여행 장소는 아니었다.

이어 '황실 보물관'이라는 전시실에 입장했다. 1인당 12유로의 입장료를 내고, 가방과 외투를 짐 보관소에 맡기고 난 다음 입장할 수 있었다. 1시간 정도의 감상 시간을 가졌다. 합스부르크 왕가 등 역대 오스트리아 황실들의 보물이 가득했다. 보물 한 점 한 점에 대한 감상평을 쓰는 것은 내 능력의 한계로 불가능했지만, 전체적인 느낌은 '왕관을 비롯한 왕의 장식품들이 대단히 화려하고 웅장하구나'라고 느꼈다. 실물로 보고 난 후에는 그런 느낌이 더 들었다.

점심 장소를 찾아 걸어가던 도중 서점이 있길래 짬 내어 들렀다. 우연히 보게 된 지도에서, '비엔나 운하(Vienna Kanal)'라는 지명을 발견했다. 운하에 관한 책을 구상하고 있던 터라 비엔나에 가면 운하의 존재를 답사하고 싶었다. 이런 마음이 있어 '비엔나 운하'가 크게 보였던 것 같다. 정보를 얻었으니 비엔나 운하를 답사해야 하지 않겠는가. 일단 점심을 먹은 후 비엔나 운하를 보러 가기로 했다. 보물을 얻은 것 같아 기분이 좋았다. 다시 걷기 시작하여 비엔나의 대표적인 쇼핑 거리 '게른트너 거리'와, 고딕 양식으로 지어진 '슈테판 대성당'을 지나서 조금 더 가니 오늘의 점심 장소가 나타났다. 그곳은 립(rib, 돼지등갈비구이)으로 현지 주민에게 잘 알려진 레스토랑, '힌터홀츠(Hinterholz)'였다. 메뉴판에 나와 있는 돼지등갈비구이의 가격이 비싸게 느껴져 이 메뉴를 1인분만 시켰다. 매일 식비 지출이 많아 오늘부터 식비를 좀 줄여볼 요량이었다. 감사하게도 요리되어 나온 갈비구이는 두 사람의 배를 충분히 채울 수 있는 양이었다. 현명한 주문을 하여 식비를 아낄 수 있었고, 음식의 맛도 괜찮아서 기분이 좋았다.

점심 후 비엔나 운하를 답사하기 위해 도나우강 쪽으로 발걸음을 옮겼다. 점심 식당에서 5분 정도 걸리는 거리에 운하가 있었다. 운하에는 배들이 몇 척 정박해 있었다. 운하 변에는 카페 겸 레스토랑이 자리하고 있었고, 산책로도 만들어져 있었다. 산책은 하지 못했다. 비에다 바람까지 불고 추워서 걷기가 힘들었다. 좀 더 자세히 관찰하지 못하고 사진 몇 장을 찍고선 금방 그 자리를 떴다. 비엔나 운하 사진을 얻을 수 있어 감사했다.

2. 미술사 박물관

오늘의 마지막 여행지, 미술사 박물관(Kunst Historisches Museum Wien)으로 향했다. 박물관에 도착하자 입구에서부터 이미 많은 사람으로 북적이고 있었다. 토요일 주말이고 비가 와서 그런지 박물관 안은 인산인해였다. 1인당 15유로 하는 입장권을 사기 위해 10번째에 줄을 섰다. 박물관에 들어가 전체를 개괄해서 관람했는데도 2시간이 걸렸고, 힘도 많이 들어 지쳤다.

0.5층 전시실부터 차근차근 관람했다. 0.5층에는 주로 오스트리아가 번

영했던 합스부르크와 오스트리아-헝가리 제국 시대에 만들어진 공예품, 이집트 유물, 미술품 등의 역사적 예술품들을 전시해 놓았다. 공예품은 각종 보석, 금과 은으로 세밀하면서도 화려하게 만든 예술품이었다. 왕가의 위엄을 나타내는 여러 종류의 장식품들이 전시실 안을 가득 채우고 있었다. 이집트의 미라와 관(棺)은 거대했다. 이집트의 관은 언뜻 보기에도 우리의 관과는 비교도 되지 않을 정도로 규모가 컸다.

1층에서는 루벤스(Rubens) 화가의 작품을 특별 전시하고 있었다. 그림들은 성서 내용을 주제로 한 그림이 많았다. 엄청난 크기에 정물화같이 세밀하게 그린 그림은 그가 나타내고자 하는 바를 정확하게 담아내고 있는 것 같았다. 화가의 열정과 소질이 고스란히 담긴 예술적이면서 대단히 훌륭한 작품이었다. 이같이 훌륭한 화가의 작품을 관람할 수 있었던 것은 크나큰 행운이었다.

48A 트램을 타고 숙소로 돌아오는 길, 숙소 근처에 있는 영화관에서 영화를 보기로 했다. 아들이 영화 비용을 대겠다고 해서 피곤하였지만 동의했다. 하지만 영화 더빙이나 자막이 전부 독일어로 되어 있어 아쉽게도 영화 보기를 포기했다. 숙소에 들어가 쉬고 싶었던 나에게는 잘된 일이었다. 저녁으로 2.5유로 하는 골목 상점의 케밥을 사서 숙소에서 먹었다. 미루어 둔 빨래를 하고 샤워를 했다. 다행히 어제와 다르게 따뜻한 물로 씻을 수 있었다. 하루의 일을 정리하는 글을 쓰고 9시쯤 잠자리에 들었다.

여유롭게 보낸 비엔나에서의 마지막 날

1. 이번 여행에서 맞이한 첫 일요일

오늘은 여행에서 맞이한 첫 번째 일요일이었다. 여행 중이지만 예배를 빠질 수 없었던 나와 아빠는 비엔나 한인교회에 가보기로 했다. 가기 전에 사전 조사도 좀 해보고 정확한 위치를 파악한 뒤 출발했다.

어제는 비가 부슬부슬 계속 내리더니 오늘은 눈이 내렸다. 눈도 우산을 쓰기 모호할 정도로 내렸다. 우리의 호스트 조지 말로는 비엔나에 오늘 첫 눈이 내린 거라고 한다. 비엔나에 있는 동안 햇볕 쨍쨍한 맑은 날씨를 못 보게 된 건 아쉬웠는데 그래도 첫눈이라도 맞이할 수 있음에 감사했다.

비엔나 한인교회는 벨베데레 궁전 근처에 있었다. 벨베데레 궁전은 비엔나의 유력자인 '오이겐 폰 사보이 공(Eugen von Savoyen)'이 여름 별궁으로 사용한 공간이라고 한다. 한 계절을 나기 위해 별장도 아닌 별궁을 가질 정도인 유력자의 삶은 어떨지 감히 상상도 가지 않는다. 벨베데레 궁전은 예배 후 가보기로 했다.

한인교회는 비엔나 시청 쪽에서 71번 트램을 타니까 한 번에 갈 수 있었다. 도착지인 렌베그(Rennweg)역에서 내리니 비엔나에 와서 처음으로 한국인들이 보이기 시작했다. 교회는 생각보다 컸고, 한국에서 예배드리는 것과 크게 다르지 않았다. 나는 여행 다니면서 다양한 도시의 한인교회를 가봤는데 그중 비엔나 한인교회는 예배당도 깔끔한 편이고 설교 말씀도 은혜로웠다. 또 비엔나 한인교회에선 성가대 찬양할 때 바이올린, 플루트 등을 함께 연주하며 아름다운 선율을 뽐냈다. 연주자들은 비엔나로 온 음대 유학생들이라고 한다. 역시 문화와 예술의 도시 비엔나답다고 생각했다.

2. 느긋하게 비엔나 나들이

예배를 마치고 점심까지 먹고 나니 오후 두 시가 되었다. 사실 나는 비엔나가 내 스타일도 아닌 데다 어제 충분히 많은 걸 봐서 오늘도 쉴 틈 없이 돌아다니고 싶진 않았다. 다행히 느긋하게 돌아다니자는 내 의견에 아빠도 동의를 해주서서 오늘은 간단하게 유명하다는 장소들 위주로 몇 군데만 가보기로 했다.

가장 먼저 교회 근처에 있던 벨베데레 궁전으로 갔다. 앞마당이 아주 널찍하다. 바라만 봐도 숨이 트이는 널찍한 공간을 비엔나에서는 벌써 몇 번째 보는 건지 모르겠다. 벨베데레 궁전 안에는 '구스타프 클림트'의 〈키스〉를 비롯한 명화들이 전시되어 있었다. 클림트는 오스트리아에서 가장 유명한 화가였다. 전시장 안으로 들어가는 입장권은 1인당 15유로였다. 우리는 모두 미술에 크게 관심이 없고 어제 이미 박물관 입장료로 돈을 많이 썼기에 클림트 그림은 구경하지 않기로 했다. 대신 기념품 가게는 입장권

없이도 들어갈 수 있어서 그 안에 있는 엽서나 도록들을 통해 클림트의 작품들을 봤다. 비엔나를 돌아다니면서 느끼는 건데 미술을 좋아하는 사람은 여기 오면 정말 정신을 못 차릴 것 같다.

넓은 벨베데레 궁전의 앞마당

다음으로 아빠가 '다뉴브강'의 전경을 직접 보고 싶다 하셔서 '도나우 타워 전망대'를 가보기로 했다. 다뉴브강은 유럽 제2의 강으로 불릴 정도로 큰 강줄기를 자랑하고 유럽의 동쪽으로 흐르며 독일, 오스트리아, 헝가리, 루마니아와 불가리아의 경계를 거쳐 흑해와 합쳐진다. 다뉴브강은 영어명이며 독일어로는 도나우강이라고 불린다. 그래서 다뉴브강을 보는 전망대 이름이 도나우 타워인 것이다.

도나우 타워의 모습

도나우 타워는 비엔나 신시가지 쪽에 있는데 이 신시가지는 여의도처럼 강 위의 섬 같은 지역에 있었다. 여기는 이제 진짜 일하는 구역이라고 볼 수 있다. 신식 빌딩으로 무장한 중심가인 셈이다. 그동안 비엔나의 궁전들과 문화예술 관련된 공간들만 보면서 '비엔나는 완전 이쪽에 특화된 도시구나' 생각했는데 오산이었다. 단지 지리적으로 분리되어 있었을 뿐 으리으리한 상업지구도 존재했다. 신시가지는 비엔나 지하철 U1라인을 타고 갈 수 있었다.

신시가지에 도착해 몇 분을 걷다 보니 드디어 전망대가 보인다. 이때쯤 갑자기 눈보라가 몰아쳐 매우 추웠지만, 우리는 추위를 뚫고 계속 전망대로 갔다. 드디어 도나우 타워에 도착했다. 그런데 아무리 살펴봐도 타워로 올라가는 입구를 좀처럼 찾을 수 없었다. 한참 헤맨 후에 입구를 발견했는데 문은 굳게 닫혀 있고 일하는 사람도 보이지 않았다. 어찌 된 영문인지 몰라 지나가던 행인들 3~4명 붙잡고 물어봤지만, 이 전망대 자체에 전혀 관심이 없어 보였다. 문 닫은 거냐고 물어보니까 대답은 '그런 거 같다(seems to) or 모른다(don't know)'로 돌아왔다. 유리창 안에 보이는 전망대 내부는 정리가 전혀 안 된 채 방치된 모습이었다. 그 모습 때문에 어쩌면 문 닫은 지 오래되었을 수도 있다고 생각했다.

아쉬움을 뒤로하고 쇤부른 궁전을 가기로 했다. 쇤부른 궁전은 바로크 양식으로 지어졌는데 그 앞의 정원과 더불어 보존 상태도 좋고 예술적 가치도 있는 곳이다. 이곳은 주로 합스부르크 왕가의 여름 별궁으로 사용되었다고 한다. 쇤부른 궁전은 또 신시가지와 정반대에 있어서 지하철로 돌아가 U1라인을 타고 중간에 U4라인으로 갈아타 30분 넘게 가다 보니 도착했다.

궁전으로 들어가는 길에 좌우로 조경된 덤불 울타리를 만날 수 있었다. 덤불은 진짜 정교하게 삐뚤삐뚤한 부분 없이 관리가 잘 되어 있었다. 입구부터 인상적이었다. 잘 보존된 상태와 예술적 가치가 어떤 건지 대략 바로 느낄 수 있었다. 쭉 걸어가 쇤부른 궁전 건물을 만났는데 외관을 보자마자 더 가치를 느낄 수 있었다. 개인적으로 비엔나에 와서 본 궁전 건물 중에 가장 외관이 깔끔하고 아름다웠다.

쉰부른 궁전에 도착했을 땐 거의 5시가 다 되어 해가 슬슬 지기 시작했다. 우리는 마지막 일정이 있었기 때문에 쉰부른 궁전 안에는 들어가지 않았다. 대신 한 바퀴 삥 돌고 오니 그새 해가 졌다. 그래서 조명이 밝혀주는 쉰부른 궁전의 외관 모습도 구경할 수 있었다.

해 질 무렵의 쉰부른 궁전

3. 비엔나에서 〈원더 휠〉을!

이제 비엔나에서 마지막 일정이 남았다. 그것은 바로 내가 어제 보려다 실패한 영화 보기였다. 그러면 어제 줄 서서 보기로 한 오페라는 어떻게 된 것이냐? 알아봤더니 〈돈 조반니〉 오페라의 주말 스탠딩 좌석을 구하기 위해선 새벽부터 나와 온종일 줄을 서서 기다려야 했다. 하지만 우리는 오늘이 비엔나에서 마지막 날이었기에 수많은 시간을 기다림으로 날려 보내긴 너무 아까웠다. 결국, 오페라를 포기했고 대신 영화를 보기로 한 것이다. 해외까지 나가서 굳이 우리나라에서도 가능한 영화관람을 왜 하는지 의아하신 분들에게 한 번쯤은 꼭 영화관에 가보시길 추천한다. 어제 기록에도 말했듯 정말 느낌도 색다르고 나라마다 미묘하게 다른 영화관과 관람문화 분위기를 비교하는 재미도 있다.

먼저 우연히 길 가다 발견해 들리게 된 빌리지 시네마! 매표소에 물어보니 〈스타워즈 에피소드8: 라스트 제다이〉만 영어고 나머지는 다 독일어로 더빙된 영화라 했다. 스타워즈의 최신작은 이미 여행 오기 전에 봤기 때문에 또 보고 싶지 않았다. 숙소로 가는 길에 영화관이

빌리지 시네마의 모습

하나 더 있길래 이곳은 그냥 패스하기로 했다.

다음으로 찾아간 브루그 키노(Burg Kino) 영화관! 여긴 분위기 있는 이

쁜 입구 간판부터 내 맘에 쏙 들었다. 진짜 분위기가 장난 아닌 영화관이었는데 아무리 봐도 일반적인 영화관 같지 않아 보였다. 역시나 상영 리스트를 보니 최신영화뿐 아니라 〈시민 케인〉의 '오손 웰즈' 감독이 배우로 출연한 〈제3의 사나이(The third man)〉 같은 영화도

브루그 키노 영화관의 모습

상영 중이었다. 이건 예술 영화 상영관이 아니라면 있을 수 없는 일이라고 생각했다. 더 좋은 건, 여기는 더빙도 없고 자막도 없다. 영화의 원본을 고대로 틀어준다고 한다.

마침 보고 싶었던 '우디 앨런' 감독의 신작 영화 〈원더 휠(Wonder Wheel)〉을 상영 중이길래 바로 구매했다. 그리고 좌석은 발코니석이란 게 있길래 한번 구매해봤다. 장소가 어두워 화질이 더 안 좋게 나왔는데 발코니석은 사진 속 모습처럼 생겼다. 뮤지컬 볼 때 2층, 3층에

영화관 내부 모습, 2층이 발코니석이다

서 보는 것처럼 2층 높이 좌석에서 영화를 관람하는 것이었다. 처음엔 신기했는데 막상 영화를 보니 그냥 영화관 맨 뒤 좌석에서 멀찌감치 떨어져 영화

를 보는 느낌과 다를 게 없었다.

　대사가 많은 우디 앨런 영화 특성상 내가 한글 자막 없이 영화를 이해할 수 있을까 걱정이 됐는데 다행히 어렵지 않게 이해할 수 있었다. 몇 가지 대사가 아예 안 들리긴 했지만 스토리 이해에 큰 지장은 없었던 것 같다. 재밌게 영화를 볼 수 있어 행복했다.

눈 속의 비엔나

1. 한인교회에서 드린 예배

어제가 종일 이슬비의 날이었다면 오늘(1월 14일, 일요일)은 종일 눈 내리는 날이었다. 폭설은 아니고 줄기차게 내리는 약한 눈발이었다. 오후 늦게야 눈이 멈췄다. 비엔나에서 올겨울 들어 이 정도의 눈이 내린 것은 처음이라 했다. 하나님의 말씀을 듣고 한인교회를 경험하고 싶어 어제 검색해 가기로 했던 대한예수교 장로회(통합) 비엔나 한인교회의 주일 2부 예배에 참석했다. 트램을 두 번 갈아타고 45분 만에 찾아간 비엔나 교회는 한국적인 분위기가 물씬 풍겼다. 2부 예배는 11시 15분에 시작되는데, 우리는 30분 전인 10시 45분에 예배당에 들어가 앉았다. 2부 예배는 찬양 예배로, 찬양팀이 찬양을 연습하며 예배를 준비하고 있었다. 찬양팀의 준비 찬양을 듣고 따라 부르면서 감정이 뜨거워졌다. '거룩한 나그네… 하나님 없는 세상은 우리의 영원한 처소가 아님을….'

찬양팀의 찬양 인도가 끝나고, 악기팀과 성가대의 합동 연주로 드려지는 '은혜 위의 은혜'라는 찬양을 마음으로 함께할 때는 찬양의 선율과 외침이 나를 압도했다. 목사님께서는 사도행전 1장 8절의 말씀—오직 성령이 너희에게 임하시면 너희가 권능을 받고 예루살렘과 온 유대와 사마리아와 땅끝까지 이르러 내 증인이 되리라 하시니라—을 본문으로, 비엔나 교회의 비전인 '오늘은 비엔나 내일은 온 유럽을!'이라는 제목으로 주로 '비전'에 관한 말씀을 해주셨다. 비엔나 교회의 비전은 사도행전 1장 8절의 말씀에 근거한 비전임을 설파하셨다.

비전은 그리스도 안에 있을 때 주어지며, 그리스도인은 비전에 이끌리는 삶을 살아야 한다고 강조했다. 비전의 특징을 다섯 가지로 요약했다. 첫째 하나님의 말씀에 합당할 것, 둘째 개개인에게 독특하게 나타나는 것, 셋째 이타적으로 나타나는 것, 넷째 하나님의 능력으로만 실현 가능해지는 것, 다섯째 과정과 결과가 하나님께 영광인 것이다. 또 비전은 기록되어야 한다고 강조했다. '하나님이 나에게 주신 비전은 무엇인가? 그 비전은 과연 성경에 기초하고 있는가? 그리고 기록되어 있는가?'라고 자문해보는 귀한 시간이었다. 비전은 하나님을 사랑하고 이웃을 사랑하는 일에 부합해야 함을 깨닫는 귀한 예배 시간이었다.

예배 후에는 여행자들에게 점심이 제공되었다. 육개장에 밥을 넣어 맛있게 먹었다. 여행자 팀은 우리와 또 다른 가족 두 팀이 있었다. 그중 한 팀은 초등학생으로 보이는 아들 둘, 조카 둘을 데리고 여행 중이신 목사님 부부팀이었다. 처음에는 아들, 조카 모두 자기 아들이라고 말씀하시다가 대화가 무르익자 사실대로 둘은 조카라고 했다. '처형이 돌아가셨다고…' 이런 목사님의 모습에서 예수님이 보였다. 어떻게 저렇게 하실 수 있을까? 나라면 도저히 감당할 수 없었을 것이다. 믿음이란, 성령의 충만이란 저런 모습이 아닐까 생각했다. 여행 끝내고 한국에서 만났으면 하는 희망을 내비치서서 카톡으로 연락 창구를 열었다. 개척 목회, 신학교 강의도 하시지만, 심폐소생술 실습 강의도 하신다고 하셔서 학교에도 강사로 초빙 가능해서였다. 목사님 가정과 헤어지고 나서 저녁에 목사님은 카톡으로 오늘 있었던 교제의 소감과 이름(엄○○, Joseph)을 보내 주셨다.

2. 꿩 대신 닭: 오페라 대신 영화를

비엔나 교회에서 예배와 점심, 여행자 목사님팀과 교제를 마치고 오후 2시 반쯤 오늘의 여행에 나섰다. 따뜻한 교회에 있다가 바깥에 나오니 몸이 오싹거렸다. 교회에서 가까운 곳에 있던 클림트의 〈키스〉 원작이 있다는 벨베데레 궁전까지 걸어갔다. 궁전 정문이 아닌 문으로 들어가는 바람에 넓은 궁전 뜰을 감상하면서 들어갈 수 있었다. 특히 뒤뜰 출입구 오른쪽 200m에 이르는 담장을 나무를 심어 만들어 놓았다. 나뭇가지를 전정해서 다듬어 놓은 높이 3m 정도의 나무 벽이다. 이 나무 담장에 오늘 내린 눈이 쌓여 멋진 경치를 연출하고 있었다. 뜰에는 대나무도 심겨 있었다. 궁전 외관과 정원을 관람했을 뿐 내부로는 들어가지 않았다. 그래서 〈키스〉 원작은 감상하지 못하고 대신에 궁전에 있는 기념품 가게에서 판매용 그림을 감상하는 정도로 만족하고 벨베데레 궁전을 떠났다.

이번에는 도나우강 물줄기를 한눈에 조망하고 싶어 강 가까이에 있는 '도나우 타워(Donautrum)'에 가보기로 했다. 지하철과 트램을 번갈아 타고서 도착한 도나우 타워의 정문 주변은 을씨년스러웠다. 눈 내리는 흐린 날이어서 과연 전망은 괜찮을까를 걱정하며 한걸음에 달려갔는데, 타워 입구는 닫혀 있고 유리창 너머로 보이는 사무실 안에는 정적만 감돌고 있었다. '도나우 타워는 더는 운영하지 않습니다.'라고 말하고 있었다. 어쩔 수 없이 발걸음을 돌려 30~40층 되는 빌딩 여러 채가 들어서 있는 상업업무지구를 통과하여 지구 언저리에 있는 지하철역에서 지하철을 타고 시내로 되돌아갔다. 도나우 타워와 상업업무지구는 도나우강 가운데에 있는 섬에 건설되어 있었다. 우리나라에 비유하면 초기 여의도 개발을 연상하면 딱 맞을 것 같았다.

이렇게 도나우 타워를 허탕 치고 추위에 지쳐서 다른 여행지는 포기했다. 대신 아들의 추천대로 영화를 보기로 했다. 더빙 없이 영화 원작을 상영하는 영화관, 부르그 키노(Burg Kino)에서 〈원더휠(Wonder Wheel)〉이라는 미국 영화를 감상했다. 오랜만에 영어로 들려주는 영화에 집중력을 갖고 감상했다. 영화 보는 도중 배가 아파 화장실에 갔다 오는 일도 있었으나 영화는 끝까지 보았다. 솔직히 내용은 정확하게 이해하지 못했다. 하지만 외국에서 영화 감상이라는 기회를 가진 것만으로 만족했다. 영화 감상을 끝내고 집으로 돌아오니 9시였다. 여행이 시작된 이후 다른 도시로 이동한 날의 귀가를 제외하고는 가장 늦은 귀가였다.

3. 아날로그 출입문 시스템

여기서 잠깐 에어비앤비(airbnb)로 지낸 체코 프라하와 오스트리아 비엔나 숙소의 출입문 시스템을 이야기해보고자 한다. 바깥에서 방까지 들어가기 위해서는 세 개의 출입문을 통과해야 한다. 첫 번째로 거리에서 공동주택(아파트 등)으로 들어가려면 큰 대문을 통과해야 한다. 담장을 넘어서도 들어갈 수 없는 주택 구조이기 때문에 이 문이 아니면 들어갈 수 있는 다른 방법이 없다. 폐쇄적인 문이다. 큰 대문을 통과하면 두 번째 출입문에 해당하는 호스트가 관리하는 숙소 출입문을 대하게 된다. 마지막으로 숙소 출입문을 통과해 안으로 들어가면 팀이나 개인이 머무는 방의 출입문이 나타난다. 우리가 여닫은 세 개의 출입문은 자동문과 같은 전자 시스템이 적용된 문이 아니라 열쇠를 이용하여 수동으로 여닫아야 하는 문들이었다. 이채롭게 다가온 출입문 시스템이었다.

비엔나 이모저모

하나. 엘리베이터의 트램 모양 버튼

위쪽에 트램 정거장이 있다고 알려주는 친절한 서비스! 트램을 타려면 이거 누르고 올라가야 한다는 걸 언어가 안 통해도 알 수 있었다.

엘리베이터의 트램 모양 버튼

둘. 친환경적인 비엔나(?)

오래된 나무들을 자르지 않고 이렇게 나무 주위로 건물을 세웠다. 지금 사진 속 나무는 내가 봤을 땐 건물 천장을 뚫고 나오진 않았다. 아마 건물 안쪽에 나뭇가지들이 뻗어 있을 거라 생각된다. 다만 우려가 되는 건 내가 제목을 친환경적이라고 달았는데 이게 나무에도 좋은 환경인지는 잘 모르겠다는 점이다.

나무 주위로 세운 건물

셋. 성당 중심의 비엔나

모든 지하철 노선도에서 다 이렇게 중앙의 슈테판 광장역에만 성당 그림을 집어넣었다. 노선도가 미관상 아름답게 보이려고 했을 수도 있겠지만, 비엔나 사람들이 슈테판 광장역에 있는 슈테판 대성당을 비엔나의 중심이라고 생각하는 걸 수도 있겠다고 추측해봤다. 그러나 우리는 여행 중에 성당 구경을 하도 해서 슈테판 대성당은 건너뛰었다.

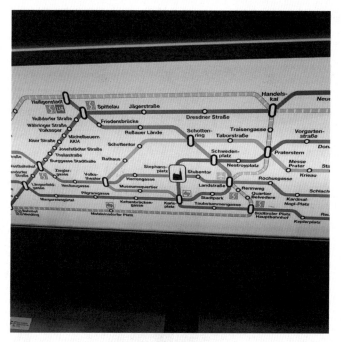

성당이 그려진 지하철 노선도

넷. 객차 간 이동이 절대 불가능한 트램

비엔나에는 트램이 신식도 있고 구식도 있는데 이건 구식 트램이다. 보시는 바와 같이 달리는 도중엔 객차 간 이동이 절대 불가능하다. 그리고 구식 트램은 의자도 딱딱한 나무 의자다. 굳이 이런 구식 트램을 남겨둔 이유가 옛날 모습의 트램을 관광 상품화시키려는 건 아닌지 의심스럽다. 반면 신식 트램은 내부가 지하철과 똑같다.

비엔나의 구식 트램

슬로바키아 브라티슬라바

당일치기로 여행하기
딱 좋은 브라티슬라바!

1. SNP 버스 정류장의 늪

오늘은 오스트리아 비엔나를 떠나 슬로바키아 브라티슬라바로 가는 날이다. 브라티슬라바로 가기 위해 우리는 잘츠부르크에서 비엔나로 올 때 탔었던 OBB 기차를 이용했다. 저번에 탈 때는 모바일 티켓을 보여줘도 됐는데 이번엔 꼭 종이 티켓을 뽑아야 한다고 했다. 비엔나 중앙역 매표소 창구로 가서 이야기하니까 종이 티켓을 뽑아주었다.

이제 출발이다. 비엔나랑 브라티슬라바는 상당히 가까워서 한 시간 정도 달리니까 도착했다. 막 도착한 브라티슬라바는 꽤 추웠다. 동유럽 겨울 날씨가 엄청 추운 편이 아니었기 때문에 여행 떠나기 전 부피가 크고 따뜻한 패딩 점퍼를 포기했었는데 브라티슬라바에서 처음으로 패딩 점퍼가 그리웠다.

브라티슬라바 기차역을 나오면 바로 앞에 버스 정류장이 보이고 그곳엔 버스들이 줄지어 서 있다. 버스 정류장에 덩그러니 놓인 승차권 기계에서 이제 표를 끊어주면 된다. 우리는 브라티슬라바를 당일치기로 구경할 생각이었기 때문에 1일권으로 끊었다. 대중교통을 무제한 이용 가능한 1일권 이용 가격은 3.5유로였다.

이제 브라티슬라바의 구석구석을 누빌 교통권은 해결했는데 아직 중요한 문제가 남았다. 그것은 바로 잘츠부르크 때도 우리를 애먹였던 캐리어 보관 문제였다. 처음 동유럽 여행 경로를 계획할 때부터 브라티슬라바는 당일치기였다. 다른 도시에 비해 며칠씩 머물며 구경할 곳이 적었고 이웃한 국가의 주요 도시들과 밀접해 있어 이동 중에 잠깐 거쳐 가기 좋았기 때문이다. 따라서 캐리어를 보관할 숙소도 없었다. 다행히 잘츠부르크에서 한번 경험을 했었기에 이번에도 코인 로커를 찾아 이용하면 되겠다는 생각을 빨리할 수 있었다.

기차역을 잘 찾아보면 코인 로커가 있을 것 같았지만 찾아보진 않았다. 그 이유는 이따 저녁에 헝가리 부다페스트로 가는데 그때는 기차가 아닌 버스를 이용하기 때문이다. 부다페스트로 가는 플릭스 버스를 타기 위해선 Most SNP라는 이름의 정류장으로 가야 했다. 그런데 기차역과 SNP 정류장 사이의 거리가 좀 멀어서 기차역에 짐을 맡기면 동선이 상당히 꼬이고 시간도 오래 걸렸다. 모든 여행이 마찬가지겠지만 특히 당일치기 여행에선 시간만큼 중요한 게 없다. 시간 분배를 잘못하면 그만큼 보고 즐길 것은 줄어드는 셈이다. 그래서 우리는 버스 정류장 쪽에서 짐 맡길 곳을 찾아보기로 했다. 그런데 정보가 없었다. 웬만한 건 검색하면 다 나오는 시대니까 코인 로커의 존재 여부를 미리 좀 알아보고 가려고 했는데 관련 정보를 도저히 찾을 수가 없었다. 결국, 직접 가서 확인하는 방법밖에 없었다.

SNP 정류장으로 가는 일도 쉽지 않았다. 중간에 길을 헤매기도 했고 근처에 도착하고도 바로 정류장을 찾지 못했다. 아무리 봐도 정류장처럼 보이는 건물이 없고 GPS를 따라갔음에도 주변엔 도로밖에 안 보였다. 안 그래도 날씨도 추운데 정류장을 찾을 수 없으니 힘도 들고 짜증도 났다. 마침내 SNP 정류장을 발견했는데 우리가 못 찾았던 이유가 있었다. 일반적인 정류장이 아니라 그냥 다리 밑에 버스들이 모여 있는 차고지 같은 모양새였다. 사실 여길 발견한 것도 버스 여러 대가 한곳에 모여 있길래 '아 설마 저긴가?' 하면서 간 것이다. 정류장에는 버스 외에 작은 매표소 건물 하나가 중앙에 있을 뿐이었다. 당연히 SNP 정류장에는 코인 로커가 없었다. 허탈했지만 일단 매표소 문을 두드리고 직원에게 우리의 상황을 열심히 설명했다. 그리고 매표소에 몇 시간만 캐리어를 보관할 수 있는지 물어봤는데 자신이 책임질 수 없다며 거절하셨다. 근처 도로변에 상점들이 있어서 그쪽에도 짐을 맡길 수 있는지 물어봤는데 영어를 전혀 못 하거나 매표소랑 마찬가지로 단호한 거절을 하는 사람들뿐이었다. 그러던 중 SNP 정류장이 아니라 NIVY 정류장으로 가면 짐을 맡기는 곳이 있다는 정보를 얻을 수 있었다. 다행히 SNP 정류장에 모여 있던 버스 중 NIVY 정류장으로 가는 버스가 있었다.

NIVY 정류장은 우리가 기대한 모습의 시외버스정류장이었다. 그리고 감격스럽게도 로커가 있었는데 돈을 넣고 맡기는 코인 로커가 아닌 무료 로커였다. 자리만 있으면 NIVY 정류장을 이용하는 사람이 아닐지라도 누구나 쓸 수 있고 무려 3일 동안이나 맡길 수 있었다. 3일이 지나면 자동으로 잠금이 풀리게 돼 있었다. 로커도 꽤 쓸 만한 상태였고 자리도 남아 있었다. 우리의 캐리어를 넣고 비밀번호를 설정한 후 제대로 잠겨 있는지 확인도 마쳤다. 골머리 썩히던 임무를 완수한 순간 안도의 한숨이 저절로 나왔다. 브라티슬라바에 도착한 후로 2시간 이상 고생을 한 끝에 얻은 결과였다.

'다른 국가의 도시로 떠나는 버스정류장이니까 당연히 로커 정도는 있겠지'라고 안일하게 생각한 것이 실수였다. 그래도 SNP 정류장이 이렇게 차고지처럼 휑하니 있을 거라는 걸 미리 알아서 나중에 부다페스트로 떠날 때 겪을 혼란이 줄어들었다는 점은 긍정적인 부분이다. 길을 헤매다가 부다페스트로 가는 버스를 놓쳤다면 그건 로커를 찾아 헤맨 2시간의 고생보다 더한 고생길이 열리는 상황이었을 거다. 캐리어로부터 자유를 얻고 난 후 우리는 NIVY 정류장에서 팔던 피자와 케밥으로 점심을 때웠다.

2. 5시간 동안 브라티슬라바 돌아다니기~

부다페스트 가는 플릭스 버스는 SNP 정류장에서 정확히 오후 5시 출발이었다. 그리고 캐리어 문제 해결을 위해 허덕이느라 시간 허비한 우리에

아기자기한 브라티슬라바성

게 남은 시간은 대략 5시간 정도였다. 이제부터 시간을 쪼개고 쪼개 알찬 브라티슬라바 여행을 즐겨야 했다.

　제일 먼저 브라티슬라바성으로 갔다. 앞서 다녀온 성들에 비해 한눈에 봐도 작은 아기자기한 크기가 인상적이었다. 멀리 보이는 성을 향하다 보면 친절한 이정표들을 발견할 수 있다. 이정표를 따라 올라가다 보면 어느새 성 안에 도착하게 된다. 브라티슬라바성은 보이는 것처럼 실제로도 작은 편이라서 한 바퀴를 도는 데도 얼마 걸리지 않았다. 그래도 성벽 위로 가니 브라티슬라바의 유명 관광지인 UFO 다리도 한눈에 들어왔다. 성 안에는 기념품 가게들이 있었고 어딘가 전통적인 느낌이 나는 물품으로 가득 차 있었다. 이외에도 성 안에는 식당과 카페도 있었고 작은 규모의 박물관도 있었으며 아이들이 간단하게 놀 수 있는 야외놀이터도 있었다.

브라티슬라바성의 입구

성벽 위에서 본 UFO 다리

성을 내려와서 볼거리들이 몰려 있다는 브라티슬라바 구시가지로 발걸음을 옮겼다. 가는 길에 14세기에 건축된 '성 마틴 대성당'도 봤다. 예스러움과 아름다움의 공존이 느껴지긴 했지만, 여행 와서 워낙 비슷한 모양의 이쁜 건물들을 많이 봐서 그런지 큰 감흥은 없었다.

성 마틴 대성당의 모습

브라티슬라바 구시가지에 도착했다. 구시가지 곳곳엔 여행객들의 눈길을 사로잡는 조형물들이 있었는데 그중 'Man at Work'라는 이름으로 알려진 맨홀을 뚫고 나온 남자의 조형물이 가장 인기 만점이다. 그의 모습을 잘 살펴보면 맨홀 위로 튀어나와 팔에 턱을 괴고 있다. 왜 일하는 남자라는 이름이 붙었는지 궁금했다. 이름의 유래는 몰라도 이 조형물이 왜 인기가 있는지는 알 것 같았다. 도시 어디를 가나 볼 수 있는

Man at Work 조형물의 모습

평범한 맨홀의 틀을 깬 참신하고 재밌는 조형물이었다. 평소에는 이 남자와 사진을 찍기 위해 사람들이 줄을 서 기다리고 주위에도 사람이 바글바글한 편이라고 하는데 오늘 날씨가 추워서 그런지 우리가 도착했을 땐 두 팀 정도만 앞에 있었다. 그리고 우리 차례엔 사람이 거짓말처럼 쭉 빠져서 편하게 사진 찍을 수 있었다. 이 남자의 머리를 쓰다듬으면 행복해진다는 속설이 있다고 한다. 그것 때문에 사람들이 하도 쓰다듬어서 머리 부분이 반질반질했다. 나는 속설을 믿진 않지만, 옆자리에 온 김에 남자의 머리를 살짝 쓰다듬어 주었다.

이어서 구시가지의 메인(Main) 광장으로 갔다. 브라티슬라바는 슬로바키아의 수도인데 인접한 동유럽 국가 수도들에 비하면 전체적으로 아기자기한 느낌이 난다. 메인 광장이라는 이름과 달리 공간이 크게 넓진 않았다. 광장을 앞에 두고 구시청사 건물이 있었다. 또 광장 근처에선 겨울을 맞이해서 간이 스케이트장을 조성해두었다. 주로 아이들이 많았는데 어른도 간혹 보였다. 한데 어우러져 그들만의 겨울을 즐겁게 나고 있었다.

시청 앞 스케이트장

　다음으로 대천사의 이름을 딴 '미하엘(미카엘) 문'으로 불리는 아치 형태의 통로를 방문했다. 미하엘 문 자체는 아름다운 이름에 비해서 좀 조촐했는데 주변 풍경은 꽤 아름다웠다. 마침 비싼 카메라를 든 전문가 향이 진하게 나는 일본인 한 분이 나에게 미하엘 문에서 가장 아름다운 사진 구도를 잡아주셨다. 얼른 그대로 구도를 잡고 찍어보니 배경이 아주 분위기 있고 멋있게 나왔다. 그리고 이곳도 난간에 자물쇠들이 가득했다. 연인들의 사랑이 영원하길 기원하며 난간에 채워두는 자물쇠는 우리나라에서도 종종 살펴볼 수 있다.

미하엘 문의 모습

일본인분이 잡아주신 포토존에서

3. 휴식… 다시 출발!

앞서 몇 번 말했듯이 오늘은 너무 추웠다. 겹겹이 껴입고 목도리와 모자까지 착용했는데도 추위를 막기엔 역부족이었다. 그런 날씨를 뚫고 이곳저곳 열심히 돌아다니던 우리는 커피 한 잔에 1유로라는 파격적인 가격의 메뉴판을 하나 발견했다. 참고로 슬로바키아의 물가는 정말 싼 편이었다. 점심으로 먹은 큰 피자 조각도 하나가 1.5유로였고 샐러드와 감자튀김까지 곁들인 케밥 세트도 3유로였다. 그리고 이번엔 1유로짜리 커피! 우리나라에서도 가장 싼 커피를 유로로 환산하면 2.5~3유로 정도일 거 같은데 유럽 대륙에 있다고 무조건 물가가 비싼 건 아니라는 걸 다시금 깨달았다. 마침 날씨도 너무 춥고, 좀 쉬고 싶었기에 따뜻한 커피 마시며 쉬자고 부자(父子)가 의기투합했다.

안에 들어가 편안한 자리를 고르고 바로 1유로짜리 커피를 두 잔 시켰다. 얼마 지나지 않아 커피가 나왔는데 작은 에스프레소 잔 2개가 왔다. 나는 아무 생각 없이 커피라고 쓰여 있길래 아메리카노를 떠올렸었다. 하지만 이름에서도 알 수 있듯 아메리카노는 아메리카(미국) 대륙에서나 커피로 통하지 유럽에선 기본 커피는 무조건 에스프레소였다. 몰랐던 사실은 아닌데 새까맣게 잊고 있었다. 나는 쓴 에스프레소를 잘 마시지 못해서 급하게 커피에 곁들일 우유를 20센트를 내고 추가 주문했다. 우유를 더해서 진한 에스프레소를 중화시키니까 어느 정도 마실 만해졌다.

커피를 마시며 몸을 데우고 휴식을 충분히 취한 우리는 이제 부다페스트로 가기 위해 애증의 SNP 정류장으로 출발했다. 물론 NIVY 정류장 먼저 들러 캐리어를 되찾는 절차를 거쳤다. 플릭스 버스는 웬만하면 5분 전에는 정류장에 도착했고 미리 예매해둔 모바일 티켓만 보여주면 바로 탑승 가능했다. 그렇게 버스 안에서 3시간을 보내고 우리 여행이 절반을 넘어가고 있음을 의미하는 부다페스트에 도착했다.

부다페스트에서도 숙소에 들어가는 과정에서 사소한 문제가 있었다. 정류장에서 숙소까지는 무난하게 잘 찾아왔는데 안에 들어갈 열쇠를 찾는 일이 오래 걸렸다. 지금까지 우리는 프라하에서 스테판, 비엔나에서 조지라는 호스트를 만났었다. 부다페스트의 호스트는 '아코스'였는데 여타 호스트와는 다르게 아코스는 직접 만나지 못했다. 대신 아코스는 숙소로 들어가는 열쇠를 검은색 상자 안에 넣어뒀다고 비밀번호를 입력하고 꺼내서 쓰면 된다고 했다. 우리 숙소 현관문은 사진에서 보이듯 이렇게 생겼다.

숙소 입구 정면 사진

잘 안 보였던 검은색 상자

문 가운데 바로 눈에 띄는 큰 검은색 상자가 있었는데 그 안에는 쓰레기랑 우편물밖에 없었고 애초에 비밀번호를 입력할 수 있는 장치가 없었다. 설상가상 호스트는 메시지를 읽지 않고 있었다. 문도 두드려보고 어떻게든 열어보려고 했는데 문은 요지부동이었다. 그런데 갑자기 현관문

한쪽 귀퉁이에서 작은 상자가 눈에 들어왔다. 그동안 보호색 때문이었는지 위치 때문이었는지 눈에 잘 띄지 않던 상자였다. 그런데 그게 바로 열쇠가 들어 있던 검은색 상자였다.

막상 찾아내고 나니까 이렇게 허무할 수가 없었다. 눈앞에 열쇠를 두고도 찾지 못한 헛똑똑이 에피소드를 하나 남기며 우리는 숙소로 들어갔다.

세 가지 색깔의 브라티슬라바

1. 비엔나에서 브라티슬라바로 가는 길

　비엔나에서의 마지막 날, 1월 15일(월) 아침에서야 햇볕이 내리쬐는 맑은 날을 맞이할 수 있었다. 그러나 비엔나를 떠나는 날이라 아쉬웠다. 햇빛 쨍쨍한 겨울날에 찬란한 역사의 고장을 더 여행할 수 없다는 현실이 미웠다. 아들은 숙소에 남겨둔 짐은 없는지 꼼꼼하게 살펴보았다. 그렇지 않았더라면, 노트북 충전기를 두고 갈 뻔했다. 아들의 세심한 점검 덕분에 분실물 없이 비엔나를 떠나게 되었다. 8시에 숙소를 떠나 비엔나 중앙역으로 향했다. 비엔나에서 9시 16분에 출발하여 도나우강 건너편에 있는 슬로바키아 수도 브라티슬라바에 10시 40분쯤에 도착했다.

　열차는 비엔나 도시를 벗어나자마자 드넓은 평야 한복판을 가로지르기 시작했다. 평야는 브라티슬라바에 도착하기 전까지 계속 펼쳐져 있었다. 이 드넓은 평야가 바로 비엔나 분지였다. 비엔나 시민을 포함한 오스트리아 국민을 먹여 살리는 농업과 목축업이 발달한 지역이다. 그런데 이 평야에서 농·목축업 경관이 아닌 특이한 경관을 하나 발견했다. 평야에 예상치도 못한 풍력발전소가 세워져 있는 게 아닌가. 보통 풍력발전소는 바람이 일정하게 부는 바닷가나 고지대에 주로 건설되어 있는데, 평야에 풍력발전소가 있다는 것이 신기했다. 왜 분지에 바람이 일정하게 불고 있을까? 도나우강 계곡을 따라 부는 바람이 평야에도 미치기 때문이라는 이유를 생각해봤다.

평야 한가운데의 철로 변에는 완행열차가 정차할 것 같은 기차역을 중심으로 마을이 형성되어 있었다. 좀 더 자세히 말하면, 기차역 가까운 철도 변에는 기찻길을 따라 작은 집들이 연이어 자리를 잡고 있었다. 기찻길 옆으로 낡고 허름한 주택들이 연속적으로 나타났다. 흡사 빈민촌 같아 보였다.

2. 곡절 끝에 만난 브라티슬라바성과 구시가지

도나우강을 건너자 금방 브라티슬라바 중앙역이 나타났다. 역을 본 순간, 1930년대 유럽의 어느 중소도시에 있는 역을 보는 것 같았다. 철도역사 건물과 그 구내시설이 매우 낙후되어 있다는 것을 쉽게 눈치챌 수 있었다. 역에 도착하면 먼저 하는 일은 정해져 있다. 대중교통 이용권을 구매하는 일이다. 우리는 1장에 3.5유로 하는 24시간 이용권을 구매했다. 그리고는 여행 가방을 맡길 만한 장소가 있는지를 확인하기 위해서 다음 여행 도시인 헝가리 부다페스트행 플릭스 버스 출발장소인 Most SNP(SNP 다리)로 향했다. 출발지를 찾아가는 일은 쉽지 않았다. 버스를 잘못 타고, 버스 정류장을 지나치는 등 어렵사리 플릭스 버스 출발장소를 파악했다. 그런데 불행하게도 거기에는 여행 가방을 보관해주는 시설이 없었다. 다시 여행 가방 보관 장소를 검색했다. 여행 가방을 끌고서 여행할 수 없었다. 다행히도 NIVY Bus Station, 우리로 말하면 종합버스터미널에 무료 보관대가 있다는 사실을 알고 거기로 버스를 타고 이동해 짐을 보관할 수 있었다. 이래저래 힘이 쭉 빠진 우리는 버스터미널에 있는 가게에서 케밥과 피자로 에너지를 보충하는 점심을 먹었다. 이렇게 버스를 타고 여기저기로 헤매는 바람에 브라티슬라바의 아파트 천국, 서울의 강남과 유사한 지역을 살펴볼 수 있었다. 여행 가방을 보관해 놓고 배도 채웠으니 이제 슬슬 여행에 나설 차례가 되었다.

브라티슬라바를 대표하는 여행지인 브라티슬라바성(Bratislavsky hrad)으로 향했다. 이 성은 우리가 길을 찾아 헤매었던 오전 중에 이미 위치를 알게 된 곳이다. Most SNP에 있는 버스 종점에서 걸어갈 수 있는 위치에 있었다. 성채는 도나우강 좌안 언덕 위에 위치하여 방어에 유리하고, 또 한편으론 도나우강에 인접하여 교통과 무역에 이용할 수 있는 입지이다. 성으로 올라가니 도나우강이 한눈에 들어왔다. 전망이 참 좋았다. 강 건너에 있는 아파트 천국, 브라티슬라바 신시가지도 지척에 있는 것처럼 선명하게 눈에 들어왔고, 또 다른 쪽으로는 멀리 떨어져 있는, 비엔나 평야 가운데 서 있던 비엔나의 풍력발전소도 조망 가능했다. 그러나 성으로 올라가는 일은 추운 바람 때문에 쉽지 않았다. 그 때문인지 여행객은 몇 사람에 불과해서 한적하기 그지없었다.

다음으로 성 바로 건너편에 있고, 대성당과 구시청사 광장이 있는 브라티슬라바 구시가지를 둘러보았다. 도나우강 건너편, 기차로 한 시간 거리에 있는 비엔나에 비해 도시 규모가 작아 비교적 짧은 시간 내에 돌아볼 수 있는 장점이 있는 구시가지였다. 브라티슬라바성에서와 마찬가지로 흐리고 바람이 부는 날씨로 인해 걸어 다니기가 쉽지 않았다. 그래서 몸을 좀 녹이기 위해 '4YOU'라는 커피하우스에 들어갔다. 1유로짜리 에스프레소 한 잔씩을 마셨다. 아들과 대화를 나누고, 한국에 있는 아내에게 사진을 전송하고 안부 전화를 했다. 화장실도 이용하면서 몸과 마음의 휴식을 취하였다. 몸을 녹인 후 다시 여행할 거리로 나왔다. 구시가지 거리에서 맨홀에 설치한 조각상 '맨 앳 워크(Man at Work)'와 인사했다. 계속해서 걸어서 미카엘 문을 지나고 브라티슬라바성 아랫길을 이용해 Most SNP에 도착함으로써 브라티슬라바 여행을 마무리했다.

3. 브라티슬라바의 도시구조

브라티슬라바의 도시구조를 간단히 언급하자면, 도시는 구시청사를 중심으로 한 구도심과 그 주변을 포함한 구시가지 지구, 구시가지에 인접한 고층 빌딩과 종합버스터미널이 분포하는 상업 업무 지구, 그리고 서울의 강남 지역과 비슷한 도나우강 우안의 신시가지 아파트 지구 등 세 지역으로 분리되어 있다. 브라티슬라바는 상업 업무 지구와 아파트 지구를 중심으로 개발이 한창이어서 도시구조에 큰 변화가 예상되는 도시이다.

Most SNP에서 88번 버스를 타고 종합버스터미널로 가서 보관해 두었던 가방을 찾고, 다시 70번 버스를 이용해 Most SNP로 되돌아왔다. 이곳에서 부다페스트행 플릭스 버스가 도착하기까지 30분을 기다렸다. 부다페스트로 가는 버스가 들어왔다. 버스는 정확하게 오후 5시 10분에 부다페스트를 향해 달리기 시작했다. 버스에서 한 시간 정도 오늘의 여행담을 글로 정리했다. 멀미가 날 것 같아서 노트북을 접고 잠시 눈을 붙였다.

버스는 도착 예정 시간보다 빠른 8시 30분경에 헝가리 부다페스트 버스
터미널에 도착했다. 우리는 약속이나 한 듯 대중교통 이용권 판매처부터
찾았다. 1장에 4,150포린트(약 18,000원) 하는 72시간 부다페스트 이용권
을 구매했다. 이용권을 사용해 버스터미널 역에서 3번 지하철을 타고 숙소
가까운 역까지 이동할 수 있었다. 오늘 저녁부터는 부다페스트의 작은 아
파트 한 채가 우리 숙소다. 침실, 거실, 화장실, 세면실 겸 샤워실, 부엌, 세
탁기, 냉장고 등을 갖춘, 작지만 갖출 것은 다 갖추고 있는 똘똘한 아파트
다. 그 전에 우리는 아파트에 들어가기 위해서 적잖은 시간 비용을 치러야
만 했다. 호스트와 직접 만나지 않고 전화로 연락해서 숙소를 찾느라고 조
금 헤매었고, 또 아파트에 들어가는 큰 대문을 여는 열쇠를 어디에 두었다
는 지를 이해하지 못해 열쇠를 찾는 데도 많은 시간을 보내서였다. 열쇠를
겨우 찾아서 숙소 방에 들어간 시각은 저녁 9시를 넘기고 있었다. 앞으로
3일 동안 이 아파트에 묵을 것이다. 아파트는 7층짜리 건물로 가운데가 텅
비어 있는 4각형 구조의 건물이며, 층마다 가운데 텅 빈 쪽으로 발코니 복
도가 마련되어 있다. 아파트 전체를 통틀어 영화에나 나올 법한 구식 엘리
베이터가 딱 한 대 있다. 이나마도 없어서 오르락내리락할 것을 생각하면
이것도 감지덕지다.

브라티슬라바 이모저모

하나. 낙서의 도시?!

도시 전체에 낙서가 정말 많다. 간혹 낙서의 경지를 넘어 예술이라고 칭할 만한 그라피티도 있었는데 그다지 많이 보진 못했고 놀이공원 줄 기다릴 때 벽에 적혀 있는 느낌의 낙서가 가득했다.

낙서가 가득하다

둘. 반가운 아파트

한적한 공간에 덩그러니 있는 아파트가 어딘지 친숙했다. 물론 우리나라보다 아파트의 높이가 낮고 띄엄띄엄 아파트가 들어서 있긴 했다. 그래도 여행하면서 이런 아파트 형태의 주거지를 처음 만나서 반가웠다. 물론 그동안 거쳐 간 도시에서도 중심가를 벗어나면 아파트 형태의 주거지들이 있는데 우리가 가볼 일이 없어서 몰랐을 수도 있다.

반가운 느낌의 아파트

셋. 평화롭고 이쁜 도시

도착한 후 캐리어 때문에 너무 헤매고 다녔고 날씨마저 추워 브라티슬라바의 첫인상은 너무 안 좋았다. 솔직히 말하면 당일치기 구경 안 하고 바로 부다페스트로 넘어가고 싶은 마음이 굴뚝같았는데 버스 예약 때문에 참았다. 근데 시간이 흐르고 찬찬히 브라티슬라바를 둘러보고 나니 마음이 좀 풀렸던 거 같다. 도시자체도 무난하게 이뻤고 무엇보다 분위기가 엄청 평화로웠다. 이 평화로움엔 적은 여행객이 큰 몫을 차지했다. 나름 알려진 장소들도 편하게 사진 찍고 여유롭게 관람할 수 있었다.

평화로운 브라티슬라바

넷. 하루에 3개국!

오늘은 하루에 3개의 국가를 방문한 날이었다. 아침에 오스트리아(비엔나)를 떠나 슬로바키아(브라티슬라바)에서 당일치기 여행을 하고 기록을 하는 지금은 헝가리(부다페스트) 숙소에 있다. 돌아보면 참 바쁘게 움직였던 하루였다.

헝가리 부다페스트

부다페스트는 온천? 야경?
나는 야경!

1. 시타델라부터 루다스 온천까지

부다페스트에서의 첫 아침이 밝았다. 오늘은 먼저 숙소 옆에 있던 국립 오페라하우스를 가보기로 했다. 나도 그랬지만 아빠도 비엔나에서 못 본 오페라가 못내 아쉬웠나 보다. 저녁에 오페라를 보기 위해 오페라하우스에 가서 미리 티켓을 사놓으려고 했는데 야속하게도 공사 중이라 문을 닫은 상태였다. 아무래도 이번 여행에서 우리는 오페라랑 인연이 없는 것 같다.

갈 수 없는 오페라하우스를 뒤로 한 채 우리는 시타델라로 발걸음을 옮겼다. 부다페스트는 중앙에 흐르는 다뉴브강을 기준으로 부다 왕궁과 시타델라가 있는 왼쪽이 부다 지역, 오페라하우스와 세체니 온천이 있는 오른쪽이 페스트 지역으로 구분된다. 그래서 부다 지역과 페스트 지역을 합친 게 우리가 아는 부다페스트다. 오늘 우리가 여행할 곳들은 전부 부다 지역에 속해 있었다. 시타델라는 부다페스트의 전경을 한눈에 바라볼 수 있는 요새로서 겔레르트 언덕 위에 있다. 우리 숙소는 페스트 지역에 있어서 귀엽게 생긴 트램을 타고 다리를 건너 부다 지역으로 넘어갔다.

숙소 앞 귀여운(?) 트램

　부다 지역에 도착해 시타델라를 찾아 언덕길을 오르기 시작했다. 조금만 위로 올라갔는데도 벌써 도시의 전경이 눈에 들어오기 시작했다. 아쉽게도 높이 낀 안개 때문에 위로 올라갈수록 날씨가 흐려져 가시거리는 점점 줄어들었다. 이정표가 따로 없어서 시타델라로 올라가는 길이 어딘지 알 수가 없었다. 대신 언덕 위에 눈에 띄는 큰 동상이 있길래 그것만 바라보며 꾸역꾸역 걸어 올라왔다. 그렇게 언덕을 다 오르니 다행히 시타델라에 정확히 도착할 수 있었다. 가장 먼저 눈에 띄던 건 한구석에 모여 야바위를 즐기는 사람들이었다. 옆에서 바라봤는데 엄청 허술해 보였고 판 돈도 100포린트(약 400원)를 걸고 하길래 한번 해볼까 했는데 아빠가 그냥 가자고 하셨다. 그래, 도박은 안 좋은 거다.

날만 좋았으면 저 멀리 페스트 지역까지 잘 보였을 텐데 가시거리가 너무 안 좋다. 부다페스트는 최근 들어 날씨가 흐려지고 눈이 내리기 시작했다는데 하필 우리가 도착한 시점하고 겹쳐버렸다. 아쉬움을 뒤로하고 요새의 외곽을 따라 걷기 시작했다.

시타델라에선 나무 오두막집 모양의 상점들이 줄지어 있었다. 대다수 상점은 아직 문을 열기 전이었고 일부는 장사하고 있었다. 그 중 음료를 파는 상점도 발견했다. 몰드와인은 저번에 마셔봤고 별로였기에 이번엔 그 옆에 있는 '애플사이다'를 마셔봤다. 이름은 분명히 애플사이다인데 사이다 같은 청량감이 하나도 느껴지지 않는다. 탄산도 없는 따뜻한 사과 주스 같은 맛이었다. 나는 내가 속고산 줄 알았는데 알고 보니 사이다(cider)는 청량음료 말고도 사과즙을 발효시켜 만든 독한 술을 의미

시타델라의 오두막 상점

음료수 담긴 항아리, 애플사이다와 몰드와인

하는 단어이기도 했다. 내가 마신 게 독한 술은 아니었지만, 유럽에서 사이다는 사과즙을 이용해 만든 음료를 지칭하는 단어일 수도 있겠다는 생각을 했다.

시타델라에서는 사실 경치 관람이 제일 중요한데 관람을 진지하게 하고 싶어도 흐린 날씨 탓에 보이는 게 많지 않으니 김이 빠지기 시작했다. 그리고 부다페스트 하면 빼놓을 수 없는 게 야경 구경인지라 밤에 또 야경을 보러 나올 예정이었다. 그러므로 시타델라는 이쯤 하고 다시 내려가기로 했다. 내려가는 길은 올라오는 길보다 많이 험난했다. 온통 눈밭이었고 염화칼슘을 뿌려서 어느 정도 녹은 길도 있었는데 아닌 길들이 더 많아서 대체로 미끄러웠다. 넘어지지 않으려고 아주 조심조심 걸었다. 다 내려와 보니 우리의 길이 험난했던 이유를 알 수 있었다. 위로 향하는 잘 닦인 길과 번듯한 입구가 따로 존재했던 것이었다. 어쩐지 올라가고 내려가면서 이상한 언덕길을 돌고 돈다고 생각했었다. 하지만 길만 통하면 되는 것 아니겠는가. 구체적인 정보를 찾지 않고 돌아다니는 게 우리 여행의 매력이기도 하다.

연이어 우리는 시타델라 근처에 있는 루다스 온천으로 이동했다. 멀리서 굴뚝 위에 올라오는 하얀 수증기만 봐도 이곳이 온천임을 알아볼 수 있었다. 마침 온천 바로 옆에 식당도 있길래 그곳에서 점심을 해결했다. 폭립을 먹었는데 그다지 맛있진 않았다.

드디어 온천에 입장할 시간이다. 여행하면서 대부분 걸어 다녀서 피로가 은근히 쌓였던 터라 뜨끈한 온천에서 몸을 녹일 시간을 내심 손꼽아 기다리고 있었다. 중고등학생 때만 해도 목욕탕에 가면 온탕의 답답함이 싫어서 무조건 냉탕에서 놀았었는데 이제는 뜨거운 물에 왜 들어가는지 충분히 이해할 수 있었다.

　부다페스트가 또 온천으로 유명한 도시 아니겠는가. 부다페스트는 다뉴
브강 근처에서 수온이 높은 물이 흐르기도 하고 과거 터키 지역의 제국이
었던 오스만투르크의 지배를 받을 때 목욕문화를 좋아하는 터키인들에 의
해 온천이 발달했다고 한다. 그래서 부다페스트 내에 온천이 참 많은데 모
든 온천을 다 가볼 수 없어 추려서 선정했다. 오늘 갈 루다스 온천은 부다
왕궁 근처에 있고 경관이 아름다우며 무엇보다 물이 깨끗하다고 했다.

　루다스 온천 입장에는 3가지 선
택지가 있었다. 순서대로 Thermal
Bath(열탕), Swimming Pool(수
영장), Wellness(웰니스)였다. 하
지만 우리는 웰니스에만 입장할
수 있었다. 열탕은 오늘 여성분들
만 입장이 가능하다고 했고, 수영
장은 수영복장이 갖춰져야 하는데

루다스 온천의 입장 선택지

우리한테 한겨울에 수영복장이 있을 리 만무했다. 물론 온천 내에서 빌려
주는 시스템이 갖춰져 있었지만 그럴 바에야 깔끔하게 웰니스로 입장하는
편이 나았다. 웰니스는 인당 3,300포린트(14,000원 정도)였다. 결제를 마
치면 우리나라 찜질방에서도 흔히 볼 수 있는 팔찌를 준다. 입장할 때나 보
관함 이용할 때 팔찌를 대주기만 하면 끝이었다. 온천 입장 전 탈의실은 흔
한 물놀이장 탈의실과 다를 바 없었다.

　웰니스의 핵심은 노천탕이었다. 나는 온전히 내 힐링에만 집중하기 위
해 핸드폰을 보관함에 두고 왔는데 주위를 둘러보니 다들 사진 찍기 바빴

다. 사진을 위해 방수팩에 핸드폰을 넣어온 사람도 있었다. 아마 날씨가 좋아서 경치와 노천탕이 잘 어우러졌다면 나도 당장 들어가 핸드폰을 꺼내왔을 텐데 날이 흐려서 그다지 그림이 이쁘지 않았다. 그래도 기록을 위해 사진 몇 장 찍어둘 걸 하는 아쉬움은 남는다.

루다스 온천은 개인적으로 막 엄청 좋고 그렇진 않았다. 사실 힐링에만 집중하기엔 여러모로 불편한 환경이었다. 사람도 바글바글하고 다들 관광에 들떠 있어서 어수선하기도 했다. 그리고 무엇보다 탕 자체가 많지 않다. 나처럼 따뜻한 물에 평화롭게 몸을 지지고 싶었다면 차라리 동네 사우나를 가는 게 더 좋을 것 같다. 그래도 노천탕이라 온천의 뜨거움을 견디기 힘들 때 몸을 살짝 빼내면 추운 바람이 불어 금방 몸을 식혀주는 장점이 있었다. 온천물에 발만 담가서 시원한 상체와 따뜻한 하체를 동시에 경험하는 재미도 있었다.

2. 역시 야경이구나

온천이 썩 마음에 들진 않았지만, 들어온 이상 최대한 본전을 뽑자는 마음에 오래 머물렀다. 마무리하고 밖에 나오니까 해는 저물고 있었고 이곳저곳에서 조명이 들어오기 시작했다. 이제 우리가 갈 곳은 부다 왕궁이었다. 왕궁은 루다스 온천에서 나와 다뉴브강을 따라 올라가다 보면 나왔다. 왕궁도 시타델라 못지않게 높은 지대에 있었기에 저기를 언제 또 올라가나 막막했다. 그런데 마침 왕궁 입구 근처에서 정상까지 올려다 주는 열차를 발견했다. 꽤 고풍스럽게 생긴 열차였다. 가격을 알아보니 왕복은 1,800포린트(약 8천 원)였고 편도는 1,200포린트(약 5천 원)였다. 우리는 올라가는 게 힘들기도 하고 열차를 경험해볼 겸 편도로 끊고 탑승했다. 대신 내려갈 때는 천천히 둘러보면서 걸어 내려오기로 했다. 참고로 왕복으로 끊으면 내려오는 마지막 차가 밤 10시에 출발한다고 한다. 열차는 일반 케이블카보다도 느린 속도로 천천히 우리를 왕궁 꼭대기로 올려주었다.

왕궁으로 올라가는 열차

그러는 사이 해는 더욱 숨어들고 이제는 부다페스트를 화려한 조명 빛이 감싸고 있었다. 부다페스트는 건물마다 조명 설치를 참 잘해놔서 마치 건물이 자체 발광하는 듯한 느낌을 준다. 이런 조명을 해상도가 낮은 사진으로 담아서 영 맛이 안 사는데 실제로 보면 너무 아름다워서 입이 안 다물어진다. 이제 왕궁 내부를 구경하는데 조명 빛이 더해져 정말 휘황찬란했다. 보면서 이건 솔직히 건물이 이쁜 것보단 조명이 다 했다는 생각이 들었다. 부다페스트가 왜 야경이 유명한지 단번에 알 수 있었다. 그렇지만 이 유명세를 유지하기 위해 들어가는 전기이용료도 만만치 않을 것 같았다.

다음으로 부다페스트에서 야경 뷰가 최고라는 어부의 요새로 향했다. 어부의 요새 벽에 뚫린 구멍 사이로 반대편에서 황홀하게 빛나는 국회의사당을 바라보면 오늘 야경 구경은 다 했다. 걷기 시작한 지 얼마 안 돼 어부의 요새에 도착했다. 이제 요새의 벽 쪽으로 가면 부다페스트의 진정한 야경의 모습을 만날 수 있게 될 것이다. 그런데 벽 쪽으로 다가갈수록 사람이 엄청나게 많았다. 부다페스트가 여태 여행했던 도시 중에 안 그래도 여행객이 많은 편에 속했는데 그 여행객들을 다 어부의 요새 성벽 앞에 모아 둔 줄 알았다. 한국인들도 곳곳에 보여서 가볍게 대화를 나눴다. 그중 부다페스트에 오래 머무르셨던 한 분의 말을 들어보니까 어부의 요새에서 이 정도 여행객이면 양호한 거라고 하셨다.

화려한 조명이 감싸는 부다 왕궁

화려한 조명이 감싸는 부다 왕궁

좋은 위치를 잡기 위해 열심히 돌아다니고 기다린 결과 국회의사당이 내다보이는 성벽 근처에 자리를 잡을 수 있었다. 처음 딱 경관을 본 후 계속해서 '와~'라는 감탄사만 쏟아져 나왔다. 요새의 성벽 사이 자리 잡은 국회의사당이 마치 그림같이 아름다웠다. 그리고 역시나 사진으로는 그 아름다움을 제대로 담아내지 못했다. 다음에 여행 갈 때는 정말 좋은 카메라를 장만해서 가야겠다고 결심했다.

야경 구경을 마치고 저녁 식사를 하러 갔다. 오늘 저녁 식사는 국립 오페라 극장에서 한 정거장 떨어진 거리에 있는 '멘자 식당'에서 하기로 했다. 이곳은 특히 한국인들에게 맛집으로 많이 알려진 식당이었다. 역시 많은 한국인이 우리보다 앞서 식당

어부의 요새에서

안을 차지하고 있었다. 전체적으로 음식값이 비싼 편이었다. 그래서 잘 모르는 음식을 도전했다가 실패하면 아까우니 이미 잘 알고 있는 음식을 시켜보자고 의견을 모았다. 그래서 체코 프라하에서도 먹었던 굴라쉬와 슈니첼을 선택했다. 가격은 꽤 차이가 있었지만, 맛은 프라하에서 먹었던 음

식이랑 비슷했다. 이것만 먹었을 땐 왜 맛집인지 이해할 수가 없었다. 익숙한 것 말고 대표메뉴를 물어본 다음 그걸 먹어볼 걸 그랬나 보다.

대신 맥주 하나만큼은 제대로 건졌다. 한 번도 마셔본 적 없는 '크루소비체'라는 흑맥주였는데 여행하며 마셔본 맥주 중에서 1, 2위를 다툴 정도로 맛있었다. 다만 크루소비체는 헝가리 맥주가 아니라 체코 맥주다. 이번 여행을 통해 체코가 맛있는 맥주들을 많이 생산하는 나라라는 걸 알았다.

이렇게 오늘 하루도 막을 내렸다. 영하 4도의 추운 날씨에 눈도 가끔 내리고 전반적으로 흐린 날씨 탓에 최고로 좋다고 말하긴 어렵지만 안 좋은 환경에서도 충분히 제 몫의 아름다움과 멋짐을 뿜어내던 부다페스트였다.

부다와 페스트의 야경

1. 아름다운 야경이란 이런 것

1월 16일 화요일 아침, 부다페스트의 날씨는 영하 3℃ 기온으로 새벽에 눈이 내린 후 흐린 상태를 나타내고 있다. 부다페스트는 부다와 페스트 지역으로 나누어진다. 우리 숙소는 페스트 지역에 있다. 오늘은 페스트 지역의 숙소를 출발해서 두나강—헝가리에서는 도나우강을 두나강이라고 함—을 건너가 부다 지역을 여행하기로 했다. 대표적인 여행지로는 겔레르트 언덕과 시타델 요새, 루다스 온천, 부다성, 어부의 요새이다. 숙소를 나오자 거리에는 새벽에 내린 눈이 그대로 쌓여 있었다. 길이 미끄러워서 조심해서 걸었다. 버스를 타고 가다가 두나강 다리를 건너자마자 내려 겔레르트 온천 쪽에 있는 출입구에서 겔레르트 언덕을 오르기 시작했다. 소복이 쌓인 눈길을 헤치고 가느라고 약간은 긴장되었으나 신선한 공기와 탁 트인 전망 덕에 기분 좋게 걸을 수 있었다. 강 건너 페스트 지역이 한눈에 들어왔고, 두나강을 거슬러 올라 항행하는 독일 국기를 단 운반선도 코앞에 있는 듯 선명하게 보였다. 겔레르트 언덕 꼭대기에 자리 잡은 시타델 요새는 이 일대에서는 고도가 가장 높은 곳으로, 언덕 부근 지역은 물론 평야 지대인 강 건너 페스트 지역을 조망하기에 아주 적합한 장소였다. 고로 방어에도 유리하여 언덕 위는 옛적부터 요새 자리가 되어온 것이다.

겔레르트 언덕에서 강 쪽으로 내려가면 루다스 온천을 만날 수 있다. 헝가리는 온천의 나라이다. 온천욕을 해야 헝가리를 여행했다고 할 수 있을 것이다. 금강산도 식후경(食後景)이다. 온천욕을 하기 전에 점심을 먹기로 했다. 온천 주변에서 식당을 찾아 나섰으나 마땅한 식당을 찾지 못했다. 그래서 루다스 온천 내에 있는 식당에서 점심을 먹기로 했다. 두 가지 메뉴의 음식과 작은 크기의 콜라 2병을 주문했다. 합계 7,505포린트(약 32,500원)의 식비가 나왔다. 음식은 수준급이었다. 13시 40분쯤 식사를 끝내고 같은 건물에 있는 루다스 온천에서 실내탕과 노천탕 겸용 온천이용권을 1인당 3,300포린트(약 14,000원)에 구매하여 입장했다. 실내에서 수온이 서로 다른 탕을 오가며 온천을 즐기다가 노천탕에 올라갔다. 두나강과 강 건너편 페스트 지역을 바라보는 경치가 참 좋았다. 여러 국가에서 온 부부, 연인, 자매, 친구, 부자 관계 등으로 이루어진 여행객들이 저마다 여유롭고 즐겁게 온천을 즐기는 모습이 보기 좋았다. 2시간의 온천은 몸을 따뜻하고 가볍게 해주어 오늘의 남은 여정을 지치지 않게 해주었다.

온천을 나와 트램을 타고 두 정거장을 이동하면 부다성으로 올라갈 수 있는 입구가 나온다. 우리는 시간을 아끼고 경험도 할 겸해서 걸어 올라가지 않고 부다성 케이블카(Buda-Castle Funicular)를 타고 올라갔다. 두나강 양안은 야경으로 아름답게 빛나기 시작했다. 조명이 양안 건물들을 환하게 비추고 있었다. 케이블카를 타고 부다성에 올라가니 성 안의 건물들도 환한 조명을 받아 밝게 빛나고 있었다. 추운 겨울임에도 야경을 보기 위해 많은 여행객이 찾아왔다. 우리나라 여행객들이 전체 여행객의 1/3쯤은 되어 보였다.

전망과 야경의 진수로 유명한 어부의 요새로 이동했다. 요새에서 두나강 쪽은 전망대가 있는 곳인데, 이곳에서는 강 건너 야경을 배경으로 한 사진 촬영이 최고인 장소였다. 아들과 나는 이곳에서 최고의 사진을 얻어 보기 위해 최선을 다했다. 참으로 멋진 야경 전망이었다. 이렇게 어부의 요새를 끝으로 다시 강 쪽으로 내려와 105번 버스를 타고 숙소 가까운 곳에 내려 저녁을 먹고 숙소로 돌아왔다. 오늘도 식사비를 아껴보려 한 우리의 목표는 맛집이라는 그물에 걸리는 참새가 되고 말았다. 내일은 검소하게 먹어보리라고 다짐해본다.

2. 부다페스트의 교통 서비스

여기서 부다페스트의 교통안내 시설과 여행객 서비스를 이야기해보려고 한다. 버스와 트램 정류장에는 도착 예정 버스(트램)에 대한 디지털 정보가 도시 일부 지역에만 제공되고 있었다. 또 정류장과 연동되는 버스나 트램 내에서의 도착 예정 정류장 안내 정보도 일부 차량에서만 확인되었다. 앞선 도시들, 즉 체코 프라하, 독일 뮌헨, 오스트리아의 잘츠부르크와 비엔나, 그리고 슬로바키아의 브라티슬라바에서는 도시 전역에서 그런 정보들을 제공하고 있었다. 디지털 정보가 제공되지 않는 정류장에는 몇 번 버스나 트램이 정차한다는 단순한 정보만 있었다.

운전자들의 운전 문화로는 체코, 독일, 오스트리아에서는 운전자들이 사람을 우선시하는 운전, 여유 있는 운전을 하고 있었다. 그래서 교통수단을 이용하면서 또는 길을 건널 때도 안전사고에 대한 염려 없이 통행할 수 있었다. 그러나 브라티슬라바와 부다페스트에서는 그렇지 못했다. 안전한 통행이 힘들었다. 현지인들과 접하게 되는 여행객에 대한 서비스에서도 친절도와 질이 떨어졌다. 우리나라도, 나도 이것을 타산지석으로 삼아야겠다. 우리는, 나는 외국인과 다른 사람에게 어떤 모습으로 비춰고 있을까?

부다페스트 시장에 가보다!
+야경의 끝을 본 유람선!

1. 정말로 Great한 Market에 가다!

오늘 하루는 여유롭게 시작했다. 그동안 열심히 달려왔기에 잠깐 숨을 고르는 시간을 가지기로 한 것이다. 평소처럼 아침 일찍 나가는 대신 느긋하게 점심쯤 나가기로 했다. 간만에 숙소에서 뒹굴뒹굴하며 휴식을 취하고 점심을 먹으러 갔다.

점심은 특별하게 베트남 요리 전문식당을 찾아갔다. 나는 개인적으로 유럽 현지 음식이 입에 아주 잘 맞고 좋은 편이었는데 그래도 매일 먹다 보니까 한 번쯤은 다른 걸 먹어봐도 좋을 것 같았다. 마침 어제 숙소 근처에서 '굿모닝 베트남'이란 식당을 발견해서 그곳으로 가기로 했다. 여기서 우리는 쌀국수 두 그릇과 스프링롤, 망고 에이드를 시켰다. 다 합쳐서 3,800 포린트(15,000원 정도)였는데 어제 먹은 점심값에 절반 정도로 저렴한 편이었다. 쌀국수는 국물이 약간 짰지만 맛있게 먹었고 특히 스프링롤이 최고였다. 망고와 레몬의 조화가 절묘했던 에이드도 좋았다. 헝가리 부다페스트에서 베트남 음식을 이렇게 만족하며 먹을 거라곤 상상 못 했었다.

식사를 마친 후 우리는 부다페스트의 그레이트 마켓(great market)으로 이동했다. 이곳은 부다페스트에서 가장 크고 유명한 중앙시장이었다. 자고로 시장에 가야 도시의 특징을 쉽게 이해할 수 있다는 아빠의 지론에 따라 이번 여행에서 시장을 자주 가려 했는데 여태까지는 기념품만 판매하는 관광화된 시장이었거나 도시에 시장이 안 열렸거나 기타 다양한 이유로 가보지 못했다. 오늘 방문하게 될 시장은 그간의 아쉬움을 풀어주고도 남을 만큼, 부다페스트 고유의 색깔을 보유한 곳이기에 큰 기대를 안고 찾아갔다.

그레이트 마켓의 외관

그레이트 마켓의 내부 모습

흡사 오래된 기차역 같은 외관의 건물 안에 시장이 있었다. 겉으로만 봐도 넓고 커 보이는 건물이 내부 시장의 규모를 어림짐작할 수 있게 해줬다. 안으로 들어오자마자 확 트인 공간에 좌우로 쭉 정렬된 상점들이 눈에 들어온다. 오늘은 정말 제대로 된 시장을 찾아왔다는 느낌이 바로 들었다. 지금부터 시장을 전체적으로 돌아다니며 눈에 띄거나 인상 깊었던 점들을 간략하게 짚어보려고 한다.

초입부터 눈에 들어온 건 캐비아였다. 캐비아는 철갑상어의 알을 이용해 만든 고급 식품으로 알고 있었는데 시장에는 만 원도 안 하는 싼 가격의 캐비아도 있었다. 어쩌면 저렴한 건 다른 생선알을 이용해 만들었을 수도 있겠다고 생각했다.

시장에서 팔던 캐비아

그리고 유럽답게 다양한 종류의 치즈를 팔고 있었다. 어렸을 때는 '치즈' 하면 얇은 네모난 모양의 노란 것만 있는 줄 알았다. 요즘은 그래도 우리나라에 다양한 종류의 치즈가 들어와 있고 나름 그것들을 많이 먹어봤다고 생각했는데 역시 유럽에 비하면 새 발의 피였

시장에서 팔던 치즈의 일부 모습

나보다. 처음 보는 종류도 많았고 가루나 슬라이스 형태가 아닌 덩어리 치

즈가 많아서 놀랐다. 살짝 맛을 봤는데 짭짤하고 꾸덕꾸덕하고 어떤 건 고린내가 나는 맛 같았다. 치즈 근처에선 치즈와 함께 먹으면 궁합이 좋은 와인을 비롯한 다양한 술들을 판매하고 있었다.

또 오렌지, 파인애플, 레몬 등등 과일을 파는 곳이 정말 많았다. 과일도 수입이 잘 되는 품목이다 보니까 대부분 익숙했다. 거기서 단 하나 눈길을 사로잡는 게 있었는데 바로 이 백포도였다. 보라색이랑 청포도까지는 흔히 봤는데 백포도는 실제로 처음 보는 것 같았다.

시장에서 팔던 백포도

과일 옆에는 다양한 채소도 있었다. 특히 헝가리에서 제일 유명한 파프리카가 곳곳에서 보였다. 우리나라에서 먹는 파프리카는 단맛이 좀 나는 편인데 헝가리 파프리카는 매운맛을 지니고 있다고 한다. 그래서 그런지 말린 파프리카도 찾아볼 수 있었다. 이걸 이

시장에서 팔던 파프리카

제 요리할 때 매운맛을 내는 용도로 사용하는 것 같다. 시장에서는 다 자란 파프리카뿐 아니라 파프리카 모종도 팔고 있었다. 심지어 파프리카 재배할 때 필요한 비료와 작은 모종삽, 영양제를 세트처럼 묶어 파는 곳도 있었다. 그리고 돌아다니다 보면 파프리카를 캐릭터화한 열쇠고리, 목걸이

같은 기념품들도 심심치 않게 볼 수
있다. 이런 파프리카 특별 대우들을
보면서 나는 헝가리 사람들의 파프
리카 사랑을 느낄 수 있었다.

파프리카 다음으로 많이 보였던
건 바로 소시지였다. 나는 소시지를
좋아하는데도 시장에 주렁주렁 매
달려 있는 소시지들은 너무 징그러
웠다. 빨간 조명에 더해진 생김새들
이 영 먹음직스러워 보이지 않았다.
그래도 소시지들의 색깔과 모양이
가지각색이어서 구경하는 재미는
있었다.

파프리카 재배 키트

주렁주렁 매달린 소시지

거위 간과 오리 간도 판매하고 있
었다. 서양 사람들은 3대 진미로 철
갑상어 알인 캐비아와 송로버섯, 거
위 간을 꼽는다고 하는데 벌써 이 시
장에서 2개나 봤다. 거위나 오리의
간으로 만드는 유명한 푸아그라의
원재료가 이런 통에 든 간들이었나
하는 생각을 했다. 간 통조림을 마
지막으로 그레이트 마켓 1층 구경을
마쳤다. 돌아보던 중에 지하로 가는

시장에서 팔던 오리, 거위의 간

계단을 발견했다. 지하에도 시장이 존재한다는 걸 알아챈 이상 안 가볼 수 없었다.

지하에는 생선을 주로 판매하고 있었다. 어쩐지 내려가는 계단에서부터 비린내가 강하게 풍겼더라. 비위가 많이 약한 사람은 아예 내려가고 싶지도 않을 것 같았다. 상점마다 무슨 자랑처럼 잘린 거대한 생선 대가리들을 걸어두었다. 조금 험오스럽기도 했는데 신기하기도 했다. 내심 '유럽은 고급스럽다'라는 사대주의적 생각이 있었나 보다. 고급보다는 야만에 가까운 시장의 모습이 신선하게 다가왔던 거 같다.

또 염장식품들과 잼, 장아찌처 럼 두고두고 오래 먹을 수 있는 식 품들도 생선만큼 많이 팔고 있었 다. 어떤 가게에선 장아찌 안에 먹 을 수 있는 무 같은 재료들에 모양 을 내서 캐릭터를 만들어 넣고 전 시해뒀다. 하나하나씩 놓고 보면 크리스마스에 적합한 이벤트 장아

크리스마스 장아찌

찌 같은 느낌이지만 모아놓고 봤을 땐 개인적으로 이것도 괴기스러웠다.

지하는 이처럼 충격적인 것들이 많았다. 그래도 보기만 해도 먹음직스 럽고 눈 정화가 되는 스테이크 고깃덩어리 같은 것들도 있었다. 스테이크 고기도 어떻게 보면 소시지보다 더 적나라한 핏덩이인데 왜 이건 징그럽 지 않고 좋은지 모르겠다. 아마 소시지 파는 곳에서 나는 냄새가 이미지의 영향을 미친 건 아닐까 하는 생각을 해보았다. 그 외에 옷이나 가방 같은 것들을 팔기도 했는데 특별할 게 없어서 우리도 그냥 스쳐 지나갔다.

이제 그레이트 마켓의 대미를 장식할 2층으로 향했다. 2층은 앉아서 쉴 수 있는 공간이 많았고 식당들이 줄지어 있어서 음식을 먹을 수도 있었다. 우리는 쌀국수로 배를 채우고 시장에 왔기 때문에 굳이 시장에서 또 뭘 먹진 않았다. 그렇지만 우리를 대신해 수많은 사람이 음식을 먹고 있었다. 특히 외국인 여행객들이 주를 이뤘다.

그레이트 마켓 2층의 모습

시장 물가는 전체적으로 매우 저렴했다. 부다페스트에서 끼니를 때우면서 현지 음식 가격은 좀 비싼 편이라고 생각했는데 막상 원재료들은 시장에서 아주 싸게 팔고 있었다. 우리는 돌아다니다 귤이 먹고 싶어서 귤이 8개 들어 있는 500g짜리 한 봉지를 샀다. 이게 125포린트(600원 정도)였다. 크기가 그렇게 작은 편도 아니었는데 이렇게 싼 귤은 처음이었다. 게다가 맛도 있었다. 귤에서 성공을 맛본 우리는 이어서 맥주와 땅콩 등 주전부리, 그리고 물을 잔뜩 샀다. 유럽의 물에는 석회질이 포함되어 있어서 매우 뿌옇다. 정수기가 있는 곳도 있는데 개인적으로는 마트에서 사서 마시는 물이 가장 안전하다고 느꼈다. 잘못 마셨다가는 흔히 물갈이라고 말하는 배탈로 고생할 수도 있다.

그레이트 마켓 구경을 재밌게 마친 우리는 일단 숙소로 복귀했다. 예상치 못하게 장을 많이 봐서 짐을 내려놓을 필요성이 있었기 때문이다. 그리고 숙소로 복귀한 김에 그레이트 마켓에서 사 온 맥주와 주전부리를 간단하게 먹으며 행복을 느꼈다.

2. 야경의 끝판왕을 만나다

부다페스트에서의 마지막 일정은 유람선 탑승이었다. 나는 유명한 세체니 온천도 가보고 싶었는데 어제 루다스 온천에 실망하신 아빠는 세체니 온천도 크게 다를 게 없어 보인다며 안 가고 싶어 하셨다. 나도 딱히 미련이 남을 것 같지 않아서 깔끔하게 포기했다.

부다페스트에는 유람선을 탈 수 있는 다양한 선착장이 있었는데 우리는 그중 10번 선착장이라고 불리는 곳에서 유람선을 탔다. 이제 우리는 헝가리로 넘어오며 환전했던 포린트를 거의 다 쓴지라 유로로 유람선 가격을 계산했다. 한 시간 동안 운행하는 유람선을 타는데 한 사람당 8유로 정도라 저렴하다고 생각했다. 유람선 운항 시간은 13:00/14:30/17:00/18:30 이렇게 총 4번 있었다. 물론 운행 시간은 선착장마다 다를 수 있기에 이건 10번 선착장에만 해당하는 시간일 수 있다. 우리는 마지막 시간인 18:30 유람선에 탑승했다. 유람선에도 사람이 많았는데 특히 한국인들이 많았다. 유람선 내부는 별거 없었다. 품질이 그다지 좋지 않은 의자와 테이블들이 있고 좌우에 커다란 유리 창문을 통해 경치를 관람할 수 있었다. 사람들의 탑승이 모두 끝나고 드디어 물살을 가르며 유람선이 출발했다.

유람선에서 바라본 야경

나는 배 안쪽과 바깥쪽을 번갈아 가며 다녔다. 경치를 뚜렷하게 잘 보려면 바깥쪽에만 있어야 하는 게 맞는데 도저히 바깥에만 머물 수가 없었다. 안 그래도 매우 추운 날씨에 달리는 유람선의 강바람까지 더해져 말 그대로 살을 에는 듯한 추위였다. 결국, 아빠는 배 안에만 계셨고 나는 추위와 바람을 뚫고 어떻게든 좋은 사진을 찍어보겠다고 중간중간 나갔다 왔다. 진짜 장갑도 안 낀 손이 얼어버릴 거 같았다. 혹여나 손에 감각이 없어져 핸드폰을 떨어뜨릴까 염려되어 더욱 힘을 줬다. 그렇게 노력한 결과, 여행 오고 처음으로 스스로 만족할 만한 좋은 사진들을 많이 건질 수 있었고 아름다운 부다페스트의 야경을 더 가깝게 눈에 많이 담을 수 있었다. 야경은 진짜 너무 이뻐서 어떤 말로 수식해야 할지 잘 모르겠다. 어제 여부의 요새에서 바라본 야경도 최고였는데 유람선을 통해 가까이서 본 부다페스트의 건물들도 말이 필요 없었다. 경치에 압도되었던 잘츠부르크 운터베르크 산에 버금갈 정도로 좋았다.

유람선에서 바라본 야경

부다페스트의 시장 투어

1. 그레이트 마켓에 가보다

1월 17일(수). 쾌청한 날씨를 바라고 기상했건만 부다페스트의 하늘은 여전히 흐리다. 어제 중요하다고 여겼던 여행지를 섭렵해서인지 오늘 일정은 어제보다 늦은 시간에 시작했다. 11시쯤 숙소를 나서서 부다성 건너편 페스트에 있는 그레이트 마켓(Great market)으로 가다가 아들이 이른 점심을 먹자고 해서 베트남 음식점(Good Morning Vietn)에 들러 쌀국수 두 그릇과 롤을 주문하고, 음료수를 추가했다. 모두 합쳐 4,160포린트(약 18,000원)에 먹었다. 따뜻한 국물 맛이 시원하고 면발은 쫄깃쫄깃해 식감이 좋았다. 이후 여러 팀이 식당에 왔는데, 모두 현지인들이었다. 좋은 평을 듣는 식당인 것 같았다.

1897년에 개장한 부다페스트에서 가장 큰 재래시장, 그레이트 마켓으로 발길을 옮겼다. 거대한 건물 1개 동으로 된 시장은 지붕이 높고, 그 지붕 아래 지하 1층, 지상 1, 2층에 들어선 상점들로 이루어져 있다. 시장 입구에 들어서면 중앙 통로를 중심으로 양옆에 가게들이 줄지어 있다. 통로 바닥에는 타일이 깔려 있고 쓰레기 하나 떨어진 곳 없이 깨끗하였다. 우리네 재래시장 개념으로는 상상하기 힘든 시장 모습이었다. 혹시 현대화된 전통 시장은 이런 모습을 하고 있을지 모르겠다. 지하 1층에는 생선, 장아찌 등의 가게가, 지상 1층에는 청과물, 축산물, 소시지 등의 가게가, 지상 2층에는 레이스(lace)와 목공예품, 기념품 등의 가게와 푸드코트(food court)가 있었다. 사람들이 가장 많이 붐볐던 곳은 푸드코트였다. 우리는 청과물 가게 한 곳에 들러 귤을 500g(8개)을 125포린트에 사고, 기념품 가게에서 손톱깎이 1개를 1,000포린트(약 4,350원)에 샀다. 또 지하에는 대형할인마트가 자리 잡고 있어 소비자들은 재래시장보다는 이곳을 더 많이 찾는 것 같았다. 우리도 지하 마트에서 물, 맥주, 땅콩, 사과 등을 아주 저렴한 가격으로 샀다. 아들은, "나 혼자 왔으면 여기 오지 않았을 텐데, 아빠 덕에 이런 곳도 구경해보네."라고 했다. 시장 여행을 마치고 구매한 짐이 무거워 일단 숙소로 되돌아왔다.

2. 두나강 유람선 투어

숙소에서 휴식을 취하다가 오늘의 하이라이트 부다페스트 두나강 유람선 투어를 위해 두나강 변 선착장으로 나갔다. 그런데 투어 시간이 맞지 않아 1시간을 기다려야 했다. 하루 네 차례(오후 1시, 2시 반, 5시, 6시 반) 투어가 진행되는데, 5시 20분에 도착해서였다. 하는 수 없이 1시간을 근처 쇼핑 거리를 걸으며, 가게에 들어가 보고, 값싼 커피도 한잔하면서 지내다가 시간이 되어 선착장에 갔다. 이미 많은 사람이 유람선에 탑승해 있었다. 1시간에 걸쳐 투어가 진행되었다. 두나강 변의 장소들을 영어와 독일어로 된 녹음 방송으로 안내했다. 나는 어제 이미 부다성과 어부의 요새에 올라 야경을 보고 감탄사를 자아냈기 때문에 야경 투어에 별 기대감이 없었다. 그런 마음을 갖고 배에 올라서인지 오늘은 어제와 달리 감탄사가 나오지 않았다. 아들의 감탄사로 대신 만족해야 했다. 숙소로 돌아오는 길에 배달 전문 피자집에 들러 피자 두 판을 사 숙소에 가지고 왔다. 피자와 낮에 산 맥주로 저녁을 대신하며, 모처럼 아들과 진지한 대화를 나누었다. 만찬 대화에서 아들에 대한 믿음이 더 확고해졌다. 아들의 신앙에 기초한 인생관과 영화 진로에 대한 열정과 그에 뒤따르는 어려움을 감내하고 있다는 것을 알 수 있었기 때문이다.

부다페스트 도심과 그 주변에서는 메리어트, 힐튼 등의 호텔을 포함해 도시경관과 어울리지 않는 고층 빌딩을 찾아보지 못했다. 역사적인 도시경관을 유지하기 위해 제도적인 규제로 고층 빌딩을 짓지 못하는 건지는 알 길이 없다.

부다페스트 이모저모

하나. 부다페스트 지하철에선 '이거' 안 돼요~

해선 안 되는 일 5가지와 꼭 해야 하는 일 1가지를 나타낸 표지판이었다. 우리에게 익숙한 아이콘도 있지만 새롭고 재밌는 것들도 있었다. 특히 롤러블레이드와 스케이트보드 금지가 눈에 들어왔는데 금지한다는 건 그만큼 일상생활 속에서 타는 사람이 많다는 이야기 아닐까 싶었다. 우리나라에선 가끔 한강공원 같은데 나가면 타는 사람들이 보이고 그 외엔 잘 안 보이는데 신기했다. 그리고 우리나라 지하철은 자전거 전용 칸이 있기도 한데 부다페스트에선 아예 금지였다.

부다페스트 지하철 금지 표지판

둘. 이곳의 정체는?

빨간 문을 열면 무엇이 나올까? 바로 엘리베이터다. 우리가 머물던 부다페스트 숙소 엘리베이터가 이렇게 생겼는데 그동안 영화 속에서만 보던 스스로 문 열고 타는 반수동 엘리베이터였다. 덤으로 한층 한층 올라갈 때마다 격한 흔들림을 경험할 수 있다.

부다페스트 숙소의 엘리베이터

셋. 도시 한복판에 대관람차?

버스 타고 가다가 발견한 약간 뜬금없었던 대관람차다. 대관람차는 바닷가나 구경할 거리가 많은 곳에 설치하는 것으로 알고 있는데 이건 시내 중앙에 덩그러니 있었다. 그런데 타보진 않은 상태에서 아래쪽 경치만 봤기 때문에 뜬금없다고 느꼈을 가능성이 크다. 내가 여태까지 경험한 부다페스트라면 저 대관람차 꼭대기에서 내려봤을 때 정말 아름답게 빛나고 있을 것이다.

버스 타고 가다 발견한 대관람차

일곱 번째 도시

크로아티아 자그레브

겨울의 자그레브, 반나절이면 충분

1. 부다페스트를 떠나 자그레브로~

벌써 부다페스트를 떠날 시간이 왔다. 프라하 때 그랬던 것처럼 아름다운 부다페스트도 짧은 시간 정이 들었는데 너무 일찍 떠나게 되어 아쉬움이 남았다. 이제 우리가 갈 곳은 크로아티아의 수도인 자그레브였다. 아침 8시에 출발하는 버스를 타야 해서 오늘은 아침 7시부터 길을 떠난다. 오늘도 우리랑 함께하는 건 플릭스 버스다. 그리고 이제 앞으로 남은 국가 간 이동도 다 플릭스 버스다. 이번 여행에서 많이 이용해보니 참 가성비 좋은 교통수단인 것 같다.

잘 달리던 버스는 헝가리와 크로아티아 국경에서 멈췄다. 출입국 심사를 받기 위해서였다. 어찌 보면 다른 국가로 이동하는 거니까 심사를 받는 건 당연한 거다. 하지만 나는 이번 여행에서 체코 프라하에 처음 도착한 이후 5개국을 넘나들면서 단 한 번도 출입국 심사를 받았던 적이 없던지라 꽤 낯설게 느껴졌다. 유로 가맹국 국가끼리는 국경이 자유롭게 개방된 줄 알았는데 덕분에 아니라는 걸 알았다. 국경 개방은 셍겐 협정이라는 따로 명문화된 협약에 동의한 국가만 해당하는 일이었다. 크로아티아는 유로 가맹국이지만 셍겐 협정은 맺지 않았기 때문에 국경을 넘나들 때 별도의 심사가 필요했다. 그래도 심사 자체는 가벼운 형식에 그쳤다. 짐은 버스에 놔두고 전부 내린 다음 여권 확인 절차를 거친 후 다시 탑승하는 게 전부였다.

그렇게 짧은 출입국 심사를 포함하여 총 5시간 동안 달린 버스는 마침내 크로아티아 자그레브에 도착했다. 우리는 으레 그랬듯이 교통권부터 구매했다. 자그레브 교통권은 TOBACCO나 TISAK라고 적힌 어딜 가나 흔히 보이는 담배, 신문 가판대에서 구매 가능했다. 그리고 트램 운전사를 통해서도 구매 가능하다고 한다. 가격은 크로아티아 화폐인 쿠나 기준으로 1일

교통권을 살 수 있는 TOBACCO

권이 30쿠나(대략 5,000원), 1회권은 10쿠나였다.

교통권을 산 우리는 일단 배가 너무 고팠기에 점심을 먹으러 가기로 했다. 자그레브 숙소의 호스트였던 마르코(Marko)를 통해 녹투르노(Nokturno) 레스토랑을 추천받아 그곳으로 가기로 했다. 그런데 공교롭게도 식당이 자그레브 전통 재래시장인 돌라츠 시장 근처였다. 안 그래도 찾아서 다니는 시장인데 눈앞의 시장을 마다할 이유가 없었다. 돌라츠 시장은 오후 3시에 일찍 문을 닫는다고 한다. 우리가 근처에 도착했을 때 이미

2시가 넘은 시간이었기에 배고픔을 참고 시장부터 보기로 했다.

돌라츠 시장은 야외에 좌판을 쫙 깔아두고 물건을 팔았는데 특히 과일과 채소류를 많이 팔고 있었다. 꽃 화분을 파는 구역도 따로 있었다. 그런데 돌라츠 시장은 위생적으로 정말 최악이었다. 짧은 시간 자그레브를 둘러보는 동안 도시 곳곳에 정말 비둘기가 많다는 걸 느꼈는데 그 비둘기들이 시장 내에도 가득했다. 시장 상인들이 마치 파리를 쫓아내듯 비둘기를 쫓아내려고 노력은 하는데 역부족 같았다. 심지어 과일과 채소 위에 비둘기가 앉아 있는 모습도 보았다.

돌라츠 시장의 모습

돌라츠 시장의 모습

과일 채소 이외의 수산물은 시장 옆에 자리한 건물 안에서 팔고 있었다. 이미 문을 닫은 상태라 안에 들어가 보진 못했지만 적어도 수산물은 비둘기로부터 안전할 것 같았다. 이번에 여행한 국가 중 크로아티아가 처음으로 바다와 닿아 있는 곳인 만큼 지중해의 생생한 수산물을 구경해보고 싶었는데 문을 닫은 게 좀 아쉬웠다.

이어서 녹투르노(Nokturno) 레스토랑으로 향했다. 해산물 파스타와 라자냐를 시켜 먹었는데 배가 고팠음에도 불구하고 맛은 그저 그랬다. 하지만 가격은 레스토랑치고 저렴한 편이었다. 파스타와 라자냐, 맥주와 콜라까지 다 해서 100쿠나(15,000원 정도)가 들었다. 맥주는 부다페스트에서 먹었던 크루소비체 흑맥주를 떠올리며 이번에도 토미슬라브(Tomislav)라는 이름을 지닌 흑맥주를 도전해보았다. 토미슬라브는 크로아티아 최초의 왕으로 알려진 인물이다. 따라서 이 흑맥주는 크로아티아산이라고 추정할 수 있었다. 근데 이번 흑맥주는 아쉽게도 내 취향이 아니었다. 도수가 7.3% 정도로 보통 맥주보다 높은지라 뒤에 쓴맛이 강했다.

점심을 먹고 숙소를 찾아갔다. 호스트인 마르코와는 이런저런 이야기를 메시지로 나눴을 뿐 만나진 못했다. 이번 숙소는 도어락 비밀번호만 입력하면 문이 열렸기 때문에 굳이 호스트가 올 필요가 없긴 했다. 중심가에서 트램을 타고 10분 정도 가면 나오는 이곳이 이번 여행에서 우리의 마지막 에어비앤비 숙소였다. 만나보진 못했지만, 마르코는 매우 감각적인

이쁜 자그레브의 숙소

사람 같았다. 숙소가 너무 이쁘게 잘 꾸며져 있었다. 공간도 넓고 편안해서 마음에 들었다.

2. 반나절 동안 자그레브 탐방

숙소에서 조금 뭉그적거렸을 뿐인데 오후 5시가 되었다. 우리는 내일 오

전에 또 새로운 국가인 슬로베니아로 떠나야 했기에 자그레브를 둘러볼 시간은 오늘밤에 없었다. 그래서 편안한 숙소에서 좀 더 게으름 피우고 싶은 마음을 누르고 자그레브를 탐방하기 위해 떠났다. 다행히 자그레브는 중심가가 그리 크지 않고 다 몰려 있는 편이라 반나절만 투자해도 많은 걸 볼 수 있을 것 같았다.

제일 먼저 자그레브의 핵심으로도 볼 수 있는 옐라치치 광장으로 갔다. 이 광장은 자그레브 중심부에 있는 데다 넓고 탁 트여 있고 사람들로 붐볐다. 광장 중앙엔 광장의 이름이기도 한 옐라치치 백작의 동상도 있었다.

옐라치치 광장과 동상

옐라치치 백작은 오스트리아-헝가리 제국이 이 지역을 점령하던 당시에 총독을 맡고 있던 사람이라고 한다.

　다음으로 자그레브 대성당을 찾아갔다. 대성당엔 두 개의 첨탑이 우뚝 솟아 있었는데 한쪽은 보수공사 중인 것 같았다. 내부도 들어가 봤는데 대성당이라고 하기엔 어딘가 아쉬운 크기였다. 성당 내부 한편엔 아기 예수님을 안고 있는 성모 마리아의 초상이 있었고 그 아래 촛불들이 잔뜩 켜져 있었다. 촛불은 단순 장식품이 아니라 아기 예수님과 성모 마리아를 누구나 기리게 하기 위한 요소였다. 헌금함 같은 곳에 돈을 넣고 옆에 있는 초를 집어 불을 붙이고 비어 있는 공간에 올려놓는 시스템으로 운영됐다. 내가 갔을 때도 몇 명이 촛불을 밝히고 있었다.

자그레브 대성당의 모습

조명이 비추는 트칼치체바 거리

성당 내부를 구경하고 나온 사이 날이 완전히 저물었다. 다음으로 자그레브에서 아름답다고 정평이 난 트칼치체바 거리로 갔다. 해가 저물고 찾아간 트칼치체바 거리는 강렬한 조명에 휩싸여 있었다. 노랑과 빨강 조명 빛이 강하게 새어 나와 아무런 필터 없이 사진을 찍었는데도 새빨갛게 나왔다. 해가 저물어서 그런지 시기적으로 비수기라 그런지는 모르겠지만 거리 전체적으로 사람들이 거의 없었다. 그나마 있는 사람들도 여행객이 아닌 이 거리가 익숙하고 편안한 현지인 같은 느낌이었다. 크로아티아는 봄 여름이 이쁘다고 하는데 지금은 겨울이라 여행객들이 덜 찾아와서 그런 건 아닐까 생각해봤다.

지붕이 이쁜 성 마가 교회

이어서 자그레브를 구석구석 돌아다녔다. 꼭 들려야 할 곳 중 하나라는 스톤 게이트도 갔다. 처음엔 내가 잘못 찾아온 줄 알았다. 보다시피 안쪽은 어둡기만 하고 흔한 조명하나 없었기 때문이다. 그런데 이곳이 맞았다. 이름도 스톤 게이트이긴 한데 진짜 그냥 평범한 굴다리 같았다.

해가 진 후 스톤게이트의 모습

그리고 지붕이 이쁘기로 유명한 성 마가 교회도 찾아갔다. 정말로 지붕이 이뻤다. 마치 레고를 조립해 만든 것처럼 생겼다. 돌아다니던 중에 자그레브 미술관도 발견할 수 있었다. 부분적으로 켜진 조명이 한몫해 매우 음산한 분위기를 자아내고 있었다. 미술관은 문을 닫는 분위기라 내부에 들어가보진 못했다.

음산한 분위기의 자그레브 미술관

세계에서 가장 짧은 케이블카로 알려진 우스피냐차 케이블카도 볼 수 있었다. 자그레브의 구시가와 신시가를 이어주는 케이블카라고 하는데 운행 시간이 단 1분이다. 케이블카는 아주 느릿느릿하게 움직이는데 걸어가는 것이 더 빠를 정도다. 내가 케이

블카를 발견했을 때는 노인 탑승
객이 대부분이었다. 어쩌면 이 케
이블카는 관광상품으로서의 목적
은 부가적이고 높은 계단을 오르
내리기 어려운 노인분들을 위하는
게 주목적이 아닐까 싶었다.

마지막으로 자그레브의 야경 경
관을 쭉 둘러볼 수 있다는 360도
Observation Deck을 갔다. 이곳

우스피냐차 케이블카의 모습

은 엘라치치 광장 쪽에 있으며 광장 주변에서 딱 봐도 제일 높은 건물을 찾
아가면 된다. 입장료가 1인당 60쿠나(10,500원 정도)로 꽤 비쌌지만, 야경
을 관람하기 좋을 것 같아서 들어갔다. 들어가서 엘리베이터를 타고 16층
으로 가면 그 앞에서 입장료를 받고 있다. 입장료를 내고 나면 이제 내부
식당을 지나쳐 바깥 발코니로 인도해준다. 결론부터 말하자면 겨울 야경
을 보기 위해 이곳을 찾는 건 추천하지 않는다. 일단 우리가 갔을 때는 360
도를 돌아다니며 볼 수 없었다. 4분의 1에 해당하는 90도가량이 막혀 있었
다. 그리고 안전을 위한 쇠창살이 세로로 삐죽 솟아 있어서 경치와 함께 인
물사진을 찍을 수가 없었다. 어떻게 찍어도 그냥 감옥에 갇힌 사람처럼 나
왔다. 그냥 경치 사진을 찍을 때도 쇠창살이 안 보이게 하려고 팔을 쭉 내
밀고 찍곤 했다. 날이 춥고 바람이 매서워서 10분 정도 구경하다가 내려왔
다. 이쁜 사진 몇 장을 얻긴 했지만 낸 입장료가 아깝다는 생각이 더 강했
다. 이 열악한 환경을 구체적으로 보여주고 싶은데 당시엔 바깥 야경 열심
히 찍어서 본전 찾을 생각만 하느라 내부 사진을 미처 못 찍었다. 내려가

다 본 광고판의 아름다운 자그레
브 사진을 보니 뭔가 사기당한 기
분이 들었지만 봄, 여름 낮에 온다
면 실제로 저런 느낌이 날 수도 있
겠지 싶어서 수긍했다.

광고 속 자그레브의 풍경

　원래 아름다운 바다를 볼 수 있
는 크로아티아 두브로브니크(Du-
brovnik)를 가보고 싶었는데 겨울
에는 별로 볼 게 없다 해서 대신 자
그레브를 왔었다. 그런데 자그레브도 겨울이라서 그런지 생각보다는 아쉬
웠던 거 같다. 하루만 있기로 한 선택이 적절했다고 느꼈다. 이렇게 자그
레브에서의 짧았던 하루도 끝이 났다. 이제 8개국 9도시 여행이 2개의 국
가 2개의 도시만을 남겨두고 있다. 내일 슬로베니아 류블랴나로 떠나고 그
다음 날 이탈리아 베네치아로 간다. 베네치아에서는 5박 6일 정도 머물며
여행을 마무리하게 될 것이다. 이런 일정이다 보니 자그레브와 류블랴나
는 베네치아로 가는 중에 거치는 관문 같은 느낌이 드는 것 같다. 시간과
여건상 오래 머물지 못한 도시들은 나중에 꼭 한번 다시 와보고 싶다.

내가 찍은 자그레브의 풍경

국경검문소 너머 자그레브

1. 입국 심사가 필요한 크로아티아

1월 18일(목)은 부다페스트를 떠나는 날이다. 아침 하늘은 맑았다. 크로 아티아의 수도 자그레브로 가는 길의 안전을 보장해주는 날씨였다. 숙소 에서 나와 지하철을 타려고 입구로 들어서는 곳에서 지하철 검표 요원들 이 이용권을 검사하고 있었다. 우리는 72시간 부다페스트 이용권을 보여 주고 지하철에 승차했다. 버스터미널 역에 내려 지상으로 나가는 출구에 서도 검표하고 있었다. 오늘은 부다페스트 지하철 검표의 날인가보다. 승 차와 하차 시 모두 검표를 당하니 묘하게도 이용권을 산 의미가 크게 느껴 졌다. 오스트리아 잘츠부르크 이후 두 번째로 당하는 이용권 검사였다. 지 금까지 여행했던 나머지 도시에서는 한 번도 이용권 검사를 당하지 않았 으니 공짜로 다니고 싶은 충동도 생길 법한 교통 시스템이라는 생각이 들 었다. 차라리 검사를 받는 편이 마음이 편안했다.

지금껏 국가 간 이동의 경우, 여권의 인적 사항만 보여주어도 승차 가능했었다. 그러나 이번 버스 승차에서는 버스 기사가 여권에 찍혀 있는 출입국을 확인하고서야 승차를 허락하였다. 크로아티아로 넘어가는 국경 관문에 이르러서야 그 이유를 알 수 있었다. 체코 → 독일, 독일 → 오스트리아, 오스트리아 → 슬로바키아, 슬로바키아 → 헝가리 등 국경을 통과할 때 하지 않았던 입국 심사를 크로아티아가 실시한다는 것을 버스 기사가 알고 있었기 때문에 사전 예방 차원에서 여권에 찍힌 출입국 사인을 검사하였던 것 같다. 헝가리에서는 출국 심사를, 크로아티아에서는 입국 심사를 했다. 11시 시작된 버스 승객 모두에 대한 출입국 심사는 11시 50분이 되어서야 끝이 났다.

부다페스트 버스터미널에서 플릭스 버스는 8시 정각에 자그레브를 향해 출발했다. 9시 30분에 중간 경유지에 도착했을 때 화장실이 급해 50센티 유로를 내고 경유지 버스터미널 화장실을 이용했다. 부다페스트 버스터미널에서도 유료화장실이었다. 유료화장실의 장점은 분명하다. 이용할 때마다 느꼈지만 화장실이 청결하다는 데 있다. 첫 번째 경유지를 조금 벗어나니 헝가리에서 가장 큰 호수 발라튼 호수가 보였다. 호수 남쪽을 따라 크로아티아로 가는 고속도로가 나 있었기 때문이다. 또 넓은 초지에서 소들이 풀을 뜯고 있는 모습을 바라볼 수 있었다. 통과 시간대는 10시 40분, 바깥 기온은 영상 6℃를 가리키고 있었다. 우리나라의 고속도로에 생긴 쉼터휴게소처럼 이곳에서도 고속 도로변에 간혹 화장실을 이용할 수 있는 쉼터가 있었다.

11시 50분. 크로아티아 입국 심사가 끝나자, 버스 기사는 이름을 일일이 불러가며 승객들에게 여권과 신분증을 나누어주고 11시 55분에 자그레브를 향하여 버스를 출발시켰다. 도로 양편에 분포한 촌락에서 드물게 언덕의 능선을 따라 가옥들이 줄지어 서 있는 것을 발견했다. 이유를 곰곰이 생각해봤다. 습지가 간혹 보이곤 했는데 그것과 관련이 있나?! 그렇다면 습한 저지대를 피해 고지대에 집을 지은 것이 아닌가. 우리가 탄 버스는 오후 1시 12분에 자그레브 버스터미널에 무사히 도착했다.

2. 자그레브 둘러보기

여행 도시가 변경될 때마다 처음으로 하는 일은 늘 교통이용권을 구매하는 일이다. 대중교통을 이용해 다니기 때문이다. 오늘도 자그레브 1일 이용권을 구매하기 위해 카드로 크로아티아 돈 1,000쿠나(약 175,700원)를 ATM기에서 뽑았다. 유럽 연합(EU) 화폐가 아닌 크로아티아 자국 화폐로만 이용권을 살 수 있었다. 상점에서 1일 교통이용권 2장을 30쿠나(약 5,300원)를 주고 구매했다. 자그레브 숙소에서 주요 여행지까지는 트램으로 연결되어 있어, 당연히 우리의 자그레브에서의 주요 교통수단은 트램이 되었다. 배가 고파 먼저 숙소에 가기 전 음식점을 찾아가기로 했다. 가성비 좋은 음식을 먹으러 자그레브 중심지로 향했다. 가는 도중 잊고 있었던 돌라츠(Dolac) 재래시장을 우연히 지나가게 되었다. 음식점 찾는 것을 뒤로 미루고 시장 구경에 나섰다. 돌라츠 시장은 오후 3시까지만 열리기 때문에 문을 닫기 전에 들러야만 했다. 꽃과 채소와 청과물 위주의 품목들을 판매대에 진열하고서 손님을 맞이하고 있었다. 비둘기도 시장 친구였다. 기대와 달리 오래 있을 곳이 아니어서 이내 그 자리를 떴다. 부다페스트 그레이트 마켓의 청과물과 비슷한 종류의 산물을 판매하였는데, 다만 꽃을 취급하고 있다는 점이 달랐다.

시장 가까운 곳에 있는 음식점에서 늦은 점심을 먹고 숙소로 향했다. 숙소는 원룸과 비슷한 규모의 아파트이다. 실내 여기저기를 잘 꾸며 놓았다. 1시간 정도 숙소에 머물다가 시내 여행에 나섰다. 대성당으로 향했다. 성당 내부까지 촬영이 허용되어 가장 자세하게 성당을 살펴볼 수 있었다. 예수님의 십자가상, 마리아상이 성당 곳곳을 장식하고 있었다. 신도들이 의자에 앉아 기도를 드리고 있었다. 엄숙한 분위기에 조용히 걸으며 성당을 살펴본 느낌은 '종교의 위엄이 대단하구나.'였다. 캅톨 언덕 위에 높이 서 있는 대성당은 자그레브 사람들에게 큰 영향을 미치는 영적 안식처라는 생각이 들었다. 스톤 게이트(Stone gate), 성 마가 교회, 엘라치치 광장을 비롯한 시내의 주요 거리와 건물을 야경으로 관람했다. 특히 360도 전망대에 올라 자그레브 시내의 야경을 조망했다. 그런데 시설 대비 전망대 이용료가 1인당 60쿠나(약 10,500원)로 너무 비싸 바가지 썼다는 생각까지 들었다. 처음에 쿠나 환율을 정확하게 따져보지 않고 대충 따져서 물가가 싸다고 여겼으나 실은 꼭 그렇지 않은 부분도 있었음을 환율을 정확히 계산해보고 알게 되었다. 여행경비 계산에 좀 더 신중해야겠다.

자그레브 이모저모

하나. 비둘기 폭탄

밑에 보이는 비둘기가 전부면 폭탄이라고 하지 않았다. 충격적인 건 건물 난간 위에 쭉 자리 잡고 앉아 있는 비둘기들이다. 처음엔 장식인 줄 알았다가 배치가 너무 불규칙해서 자세히 보니 앉아 있는 비둘기들이었다. 끔찍한 첫인상이었다.

자나 깨나 비둘기 조심

둘. 인도 한복판의 배수로

보통 배수로는 외곽 쪽으로 빼서 설치하는데 여기는 무슨 인도 한복판에 배수로를 가져다 놓았다. 평상시에는 큰 문제가 없지만, 비 오는 날에 아무 생각 없이 걸으면 바짓가랑이 적시기 딱 좋을 것 같다.

인도 한복판의 배수로

셋. 최고의 아이스크림

자그레브에 맛있는 아이스크림을 파는 곳이 있다고 해서 찾아갔다. '빈첵(Vincek)'이란 곳이었는데 아이스크림이나 케이크 같은 디저트 음식을 주로 파는 가게였다. 이곳에서 초콜릿 맛이랑 바나나 맛을 하나씩 시켰다. 그릇에 담긴 비주얼이 별로 이쁘지 않다 보니 덩달아 맛에 대한 기대까지 감소했다. 그런데 한 입 떠먹자마자 생각이 바뀌었다. 평소에도 초콜릿 맛 아이스크림을 좋아하는데 빈첵의 초콜릿 아이스크림은 정말 맛있었다. 역시 맛이 좋으면 비주얼은 중요하지 않다. 게다가 가격도 하나당 10쿠나로 완전 천사였다.

정말 맛있었던 아이스크림

여덟 번째 도시

슬로베니아 류블랴나

살고 싶은 도시, 류블랴나!

1. 안녕 자그레브

자그레브를 떠날 날이 왔다. 어제 전반적으로 실망을 좀 해서 그런지 별로 미련은 남지 않았다. 오늘도 날씨는 매우 흐렸고 비가 주룩주룩 내리고 있었다. 어쩌면 이렇게 이번 우리 여행에선 좋은 날씨를 구경하기가 힘들까….

슬로베니아 류블랴나로 떠나는 플릭스 버스가 12시 30분에 출발 예정이었기에 점심은 터미널 근처에서 간단하게 먹었다. 난생처음 경험해보는 햄버거 비슷하게 생긴 신기한 요리를 시켜봤다. 하지만 역시 새로운 시도는 실패할 위험도 큰 것 같다. 가운데 끼어 있는 소시지는 너무 짧았고 위의 빵은 부침개랑 팬케이크를 섞어 놓은 것 같이 생겼는데 실제 맛도 푸석푸석했다. 그나마 쌈장 같아 보이는 칠리소스와 양파를 섞어 먹으면 조금 씹을 만해졌다.

자그레브를 떠나기 전 딱 애매한 정도의 쿠나가 남았다. 이 쿠나를 처리하기 위해 평소라면 절대 안 가는 유료화장실을 이용했다. 유럽엔 유료화장실이 꽤 많은 편인데 자그레브에선 한 번 이용에 3쿠나(500원 정도)였다. 나는 대부분 숙소 화장실을 이용했고 밖을 돌아다닐 땐 음식점이나 입장료를 받는 관광지에선 무료로 화장실을 제공해주기 때문에 참고 그곳을 이용하곤 했다. 그래도 쿠나가 남아서 어떻게 처리할지 고민하던 차에 과일 자판기를 발견했다. 생소한 자판기라서 신기했다. 신선도가 생명인 과일을 잘 관리해주고 있는지 의구심이 들긴 했지만, 가격이 유료화장실 이용료랑 똑같길래 싼 맛에 바로 바나나를 사서 먹었다. 걱정과 달리 바나나의 상태는 양호했다.

곧이어 버스 출발 시각이 되었고 우리는 크로아티아 자그레브를 떠나 슬로베니아 류블랴나로 향했다. 크로아티아를 빠져나올 때도 역시나 출입국 심사가 있었다. 덕분에 아주 잘 자고 있다가 깼다. 그래도 여권 사증에 도장이 왕왕 늘어나는 건 기쁜 일이다. 여권 도장 모으는 쏠쏠한 재미를 좋아하는데 그동안 동유럽 국가들을 돌아다니며 도장 적립을 못 한 아쉬움을 크로아티아가 달래주었다.

야속한 빗줄기는 류블랴나에 가까워질수록 강해졌다. 오늘 류블랴나는 우산이 없으면 다니기 힘들 것 같았다. 그런 생각을 하고 있던 차에 류블랴나에 도착했다. 류블랴나는 워낙 작은 도시라 볼거리들도 다 몰려 있었다. 그리고 정거장에서 우리 숙소까지도 걸어서 20분 정도면 갈 수 있었다. 그런 이유로 돈도 절약할 겸 우리는 과감하게 류블랴나에선 대중교통을 이용하지 않기로 했다. 오로지 두 발로만 류블랴나를 돌아보는 것이다.

2. 숙소까지 가는 길! – 류블랴나 적응기

결심했으니 이제 숙소까지 걸어갈 시간이다. 그런데 비가 오는 상황이라 캐리어를 끌면서 우산을 쓰고 20분가량을 걷는 건 생각보다 버거운 일이었다. 그래서 여유롭고 즐겁게 도시 분위기를 느끼며 걸으려고 더 노력했다.

가는 길에 류블랴나 메인 광장과 마주쳤다. 류블랴나 구시가 중심 광장인 '프레셰르노브 광장'이었다. 비 오는 탁 트인 공간이 마음에 들었다. 무엇보다 여행객을 비롯한 사람들 자체가 적어서 한적하고 좋았다. 주변을 둘러보

프레셰르노브 광장의 모습

면 마치 내가 게임이나 영화 속 배경에 그대로 들어가 있는 듯한 기분이었다. 슬로베니아를 대표하는 시인 '프란체 프레셰렌'의 동상도 만날 수 있었다. 프레셰렌 뒤에 앉아 있는 여인은 그의 영감의 원천이 되어준 뮤즈 '율리아 프리믹'이다. 두 사람 사이엔 신분 차이로 인해 이뤄질 수 없었던 비극적인 사랑 이야기가 있다고 한다. 참고로 프레세르노브라는 이름도 프레셰렌에서 따온 것이고 그래서 이 광장은 프레셰렌 광장으로 불리기도 한다.

프레셰렌 동상 앞에서

우리가 잡은 숙소가 강가라는 좋은 위치를 점하고 있는 덕분에 우리는 숙소 가는 내내 강가를 따라 걸을 수 있었다. 걸어가면서 강가 풍경을 쭉 지켜봤는데 정말 너무 아름다웠다. 그다지 넓지 않은 강폭에 아기자기한 집들이 마치 풍경화처럼 이뻤다. 나는 짧은 시간에 벌써 류블랴나의 아름다움에 매료되었다. 여행 다니며 처음으로 이곳에서 살아보고 싶다는 생각이 들었다. 해외 어디를 다녀도 그래도 살기엔 한국이 최고라고 생각하던 나였다. 그랬던 내가 마음에 무척 드는 아름다운 경치를 보니까 저절로 살고 싶다는 생각이 드는 게 신기했다. 한번 그렇게 마음에 강하게 드니까 익숙한 유럽 거리의 모습을 봐도 류블랴나가 특히 더 좋게 느껴졌다.

비가 와서 분위기 있는 류블랴나의 모습

숙소에서 찍은 풍경 사진.

열심히 걸어서 숙소에 도착했을 땐 벌써 오후 4시가 되었다. 류블랴나에서의 숙소는 오랜만에 호텔이었다. 물론 으리으리한 고급 호텔은 아니었지만, 깨끗하고 넓은 방에 침대도 편안하고 좋아서 마음에 들었다. 무엇보다 창문만 열어도 류블랴나의 아름다움을 느낄 수 있는 강가에 있는 호텔이라 좋았다. 호텔 프런트 직원분이 류블랴나 여행에 도움이 될 지도를 주셨다. 지도에서 가장 작은 원 안에 류블랴나의 모든 볼거리가 몰려 있다고 해도 과언이 아니다.

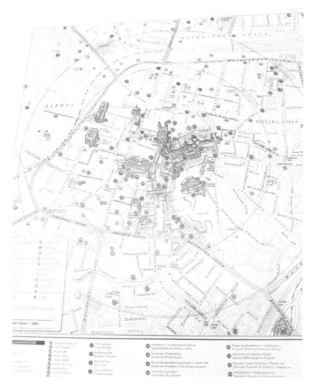

류블랴나 관광지도

3. 류블랴나의 밤을 걷는다!

　숙소에서 잠시 휴식을 취하다 5시쯤 밖으로 나왔다. 밖은 슬슬 어둠이 내리기 시작한 대신 비는 거의 그치는 단계였다. 나오자마자 아름다운 풍경이 다시 우리를 반겼다. 개인적으로 류블랴나의 푸른 빛 짙게 감도는 강 색깔이 참 마음에 든다. 고민거리가 사라지는 듯한 색깔이다.

류블랴나 강의 분기점에서

　아빠가 강과 운하가 나누어지는 분기 지점을 보고 싶다고 하셔서 일단 중심가로 가기 전에 반대 방향으로 강을 따라 걸었다. 아빠가 먼저 어디를 꼭 가자고 요구하시는 경우는 드문데 이번 여행에선 지금까지 비엔나에서 다뉴브강의 전경을 보는 것, 그리고 오늘 가자고 하신 분기점, 이렇게 두 가지였다. 역시 아빠는 그냥 지리 교사를 하신 게 아니라 정말 자연환경을 사랑하고 관심이 많으셔서 지리 교사가 된 것 같았다. 확실히 강을 따라 내려가니까 점점 강폭이 넓어지는 게 느껴졌다.

드디어 도착했다. 이렇게 서 있는 사진만 봐선 그냥 호숫가에서 찍은 사진 같은데 실제로는 이 부분이 한 줄기의 강이 두 갈래로 나누어지는 지점이다. 두 갈래 중의 하나는 폭이 넓고 하나가 폭이 좁은데 넓은 것이 이제 강의 지류고 좁은 것이 조성된 운하였다. 정리하자면 류블랴나는 운하가 발달 되어 있고 운하와 강에 마치 섬처럼 둘러싸인 도시라고 볼 수 있을 것 같다. 아빠는 이곳에서 여러 장의 사진을 다각도로 찍어 가셨다. 최근 아빠가 관심이 있는 소재가 운하였기에 더 유심하게 보고 가셨다.

구경을 마치고 이제는 중심가로 발걸음을 되돌렸다. 강을 건너 조금 전 숙소 가는 길에 본 프레셰르노브 광장 반대편으로 이동한 다음 다시 강을 따라 올라왔다. 올라가다가 분수대를 하나 발견했다. 이곳은 류블랴나 시청 앞에 있는 로바 분수라는 곳이었는데 우리가 겨울에 가서 그런지 물이 나오진 않았다. 로바 분수를 지나쳐 성 니

시청 앞에 있던 로바 분수

콜라스 대성당을 향해 걸었다.

가는 길을 따라서 다양한 기념품
가게들을 볼 수 있었다. 가장 인상
적인 가게 간판도 만났다. 웰컴 투
슬로베니아라는 문구 밑에 세계 각
국의 특징을 살려 이미지화한 캐
릭터들이 그려져 있었다. 어떤 모
습으로 있을지, 혹은 없는 건 아닐
지 기대 반 걱정 반으로 우리나라
를 찾아봤는데 다행히 있었다. 이
건 아무리 봐도 강남스타일의 싸이
를 나타낸 거 같다. 류블랴나에서
도 한국 하면 강남스타일을 먼저
떠올리는 걸 보고 진짜 강남스타일
의 위상을 체감할 수 있었다.

류블랴나에서 제일 크다는 성
니콜라스 대성당에 도착했다. 대
성당이란 이름치고는 귀여운 정도
의 크기였다. 안으로 들어가서 자
세히 보고 싶었는데 아빠는 여행
중 많이 마주한 성당이 질렸는지

국가별 특징을 보여주는 재밌는 가게 간판

그냥 가자고 하셨다. 문득 '내가 류블랴나에 반했기 때문에 류블랴나는 성
당 내부도 특별하다고 느낀 것은 아닐까?'라는 생각이 들었다. 그 생각이

들고나서 거짓말처럼 내부로 들어가고 싶은 마음이 사라졌다.

성 니콜라스 대성당의 모습

그렇게 성당을 지나쳐 계속 걷다가 Dragon Bridge, 우리나라 말로 일명
'용 다리'에 도착했다. 전에 베트남 다낭을 여행할 때 크고 멋진 용이 형상
화된 다리를 본 적이 있었다. 류블랴나의 용 다리도 그런 거대하고 멋진 다
리이길 기대하며 찾아갔는데 이건 그냥 용이 아니라 새끼용 같았다. 보자

마자 "뭐야 이게 용이야?"라는 말이 절로 나왔다. 그런데 멀리서 보니까 용 다리 옆에 놓인 다른 다리에는 또 다른 조각상이 있었다. 다가가서 보니 살이 움푹 파여 갈비뼈가 보이는 기묘한 모습의 조각상이었다. 나는 오히려 귀여운 새끼용보다 이런 기묘한 형상이 더 눈길이 가고 마음에 드는 것 같다. 무엇을 나타낸 것인지 궁금했다. 밤이라 사방을 밝혀주는 조명 빛에 다리 사진이 다 번지게 찍혔다. 다시 한번 좋은 카메라를 보유하지 못한 서러움이 느껴지는 대목이었다.

드래곤 브릿지의 용

드래곤 브릿지 옆 갈비뼈가 보이는 기묘한 조각상

　구경을 마치고 다시 프레셰르노브 광장으로 왔다. 천천히 둘러보던 중에 광장 한 편에 낮엔 발견하지 못했던 류블랴나 도시를 전체적으로 나타낸 조형물을 발견했다. 도시가 작아서 그런지 전체적인 구조가 한눈에 들어왔다.

　계속 돌아다니다 보니 슬슬 허기가 졌고 시간도 저녁 먹을 때가 되었다. 이번엔 멕시코 요리를 전문으로 하는 식당을 가보기로 했다. 부다페스트에선 베트남, 류블랴나에선 멕시코를 만나게 되었다. 식당에선 슬로베니아어라서 읽을 수도 없는 요리와 파히타를 시켰다. 읽을 수 없는 요리는 닭고기라는데 웨이터가 추천하길래 선택했다. 나온 요리를 보니 닭고기 위에 치즈 소스를 얹고 매쉬포테이토를 함께 제공해줬다. 역시 치즈와 닭고기의 조합은 실패할 수 없는 궁합이었다. 아빠가 고른 파히타는 볶아 준 각종 채소를 또르띠아로 싸서 소스에 찍어 먹는 음식이었다. 이것도 맛있었다. 그간의 경험으로 생소한 식당에선 웨이터의 추천을 받아봤는데 성공적인 방법이었다.

류블랴나의 모습을 보여주는 조형물

우중에도 깔끔한 류블랴나

1. 빗속에도 걸어서

1월 19일 금요일인 오늘은 어제보다 여행하기에 불편한 날씨 같아 보였다. 일어나 보니 비가 부슬부슬 내리고 있었다. 자그레브 숙소에서 11시 체크아웃을 해야 하므로 시내 여행은 하지 않았다. 체크아웃을 끝내고 걸어서 자그레브 버스터미널로 갔다. 12시 30분 플릭스 버스를 타고 슬로베니아의 수도 류블랴나로 떠나야 했기 때문에 점심시간이 애매하여 터미널에 있는 햄버그 가게에서 점심을 먹었다. 햄버그 2개, 콜라 작은 것 2병에 92쿠나(약 15,800원)를 지불했다. 햄버그 빵은 팬케이크 같아서 특이했으나 전반적으로 짜 먹기가 힘들었다.

점심 후 터미널의 류블랴나행 승차장으로 향했다. 우리가 타야 할 버스의 최종 목적지는 뮌헨이었고 류블랴나는 경유지인 승차장이었다. 승차장에는 이미 많은 사람이 기다리고 있었다. 버스에 오르니 몸집이 큰 사람이 두 자리를 한 좌석처럼 차지한 것을 빼고는 만원 버스였다. 12시 33분 플릭스 버스는 류블랴나로 출발했다. 시내를 막 벗어나면서 사바강 물이 한 강 물처럼 유유자적하게 흘러가고 있었다. 하천의 폭은 서울 한강의 절반 쯤 되어 보였다. 버스가 가는 동안 계속해서 비가 내렸다.

드디어 버스는 크로아티아와 슬로베니아의 국경에 이르렀다. 관문에서 는 출입국 심사를 받아야 한다. 왜 헝가리에서 크로아티아, 크로아티아에 서 슬로베니아로 넘어갈 때만 출입국 심사가 있는가? 다시 말해서 왜 크로 아티아와의 국경에서만 출입국 심사를 하는지가 궁금해졌다. 아들이 이것 에 대한 해답을 주었다. 크로아티아가 EU에는 가입되어 있으나 셴겐조약 (Schengen Agreement: 국경자유통과협정)에 가입하지 않은 국가이기 때 문에 출입국 심사를 한다는 것이다. 그래서 국경에 이르자 크로아티아에 서는 출국 심사를, 슬로베니아에서는 입국 심사를 받았다. 어제 헝가리-크 로아티아 국경 통과보다는 시간이 덜 걸렸다.

잠깐 눈을 붙이는가 싶더니 금방 류블랴나 버스터미널에 도착했다. 여 전히 비가 내리고 있어 숙소까지 이동하는 일이 난감했다. 우리는 우중에 도 걸어가기로 했다. 류블랴나 시내가 좁아 앞으로 버스를 몇 번 탈 것 같 지 않아서 요금을 내고 버스를 타기보다는 걸어 다니는 것이 더 효율적이 라고 생각해서였다. 숙소까지 20여 분을 걸었다. 빗길을 걷다 보니 신발에 물이 들어와 축축해졌다. 겨울비가 제법 많이 내린 데다가 방수가 제대로 되지 않는 신발을 신고 있어서 벌어진 일이었다. 나의 이런 어려움도 아랑 곳하지 않은 채 아들은 비 오는 거리를 가다 말고 사진 촬영에 멈추어 서기 를 반복했다. 비 오는 날 촬영이라 멋있는 일이고 신발은 이미 젖은 것을 어찌하오리까. 나도 촬영에 함께했다.

2. 청정 도시

    신발과 어깨에 멘 가방과 여행 가방 모두가 비를 흠뻑 맞은 채 숙소에 도착했다. 숙소는 부킹닷컴에서 예약한 것으로 일반 아파트 2~3층을 개조해서 호텔로 사용하는 곳이었다. 체코, 오스트리아, 헝가리, 슬로베니아에서 아파트로 들어가는 출입문은 마치 성문(城門) 같았다. 숙소에 짐을 풀고 젖은 신발과 양발을 말리고 다시 밖으로 나와 여행하기 시작했다. 아까보다는 빗줄기가 잦아들었다. 내가 가장 가보고 싶었던 곳, 류블랴나 시내를 관통하고 있는 류블랴니차강과 그루버(Gruber) 운하가 분기되는 지점까지 걸어갔다. 이곳에서의 운하의 기능이 궁금했다.

    강과 운하의 분기점을 보고 나서 버스터미널에서 숙소로 올 때 비와 여행 짐 때문에 자세히 보지 못했던 성당, 광장, 거리, 다리 등을 둘러보았다. 아담하면서 깨끗하게 정돈된 류블랴나의 거리였다. 아들은 "평온하고 풍경이 아름다워 이곳에서 살고 싶다."라고 했다. 나는 살고 싶은 정도까지는 아니었고 며칠 더 머물러서 류블랴나의 진풍경을 깊이 알고 싶다는 마음은 들었다. 그러나 일정상 내일 떠나야 하는 형편이 못내 아쉬웠다. 투어는 이쯤에서 마무리하고 저녁을 먹으러 찜해 두었던 멕시코 식당으로 이동했다. 계속되는 육식에 지쳐 나는 채소 음식, Fajita vegetariana(8.70유로)를 시켰다. 살짝 데친 채소와 옥수수, 콩 등을 토르티야에 싸서 소스에 찍어 먹는 음식이었다. 모처럼 채식으로 저녁을 먹어 감사했다.

류블랴나에서 마지막 도시 베네치아로

1. 떠나기 싫은 류블랴나….

벌써 류블랴나를 떠나는 날이 왔다. 이렇게나 떠나기 아쉬웠던 도시는 처음이었다. 그래도 다행인 건 마지막 여행지인 이탈리아 베네치아로 떠나는 플릭스 버스가 오후 3시 출발이었기에 우리는 그전까지 류블랴나를 더 돌아볼 수 있었다. 체크 아웃 후 다른 도시로 떠날 때 종종 우리를 괴롭히던 캐리어 문제도 아담한 도시 류블랴나에선 문제가 되지 않았다. 호텔에서 캐리어를 쭉 맡아주기로 했고 정거장으로 가는 동선도 꼬이지 않아 완벽했다.

오늘은 드디어 푸른 하늘이 보인다. 이렇게 날이 개고 햇빛을 본 지 오래된 것 같은데 마침 내가 반한 도시 류블랴나에서 맑은 날씨를 마주하게 되었다. 좋은 날씨의 기운을 받아 제일 먼저 Roman Wall(직역하면 로마의 벽)로 갔다. 이름에 로마가 들어가는 것에서 짐작할 수 있듯이 이곳은 과거 로마의 군인들이 세운 장벽의 잔해라고 한다. 그런데 장벽이라고 하기엔 너무 아담해서 그냥 집과 집 사이 담장 같이 느껴진다. 마음만 넘으면 충분히 넘어 다닐 수 있을 크기였다. 벽을 따라 걷다 보면 로마의 벽에서 가장 상징적이라고 볼 수 있는 정문이 등장한다. 정문 역시 크기가 으리으리하게 큰 편은 아니었고 곳곳에 삐죽 튀어나온 돌들을 밟고 꼭대기로 올라갈 수도 있었다. 물론 그렇다고 내가 올라간 건 아니다.

로마의 벽 정문의 모습

날이 개니 더 아름다운 류블랴나

다음으로 류블랴나성을 갔다. 역시 우리 여행에서 성이 빠질 순 없다. 성으로 가는 길! 날씨가 맑으니 도시 자체가 달라 보였다. 어제보다 오늘 더 도시가 사랑스러워졌다. 어디를 찍어도 엽서 속 사진이다. 내가 풍경화를 잘 그리는 화가였다면 류블랴나에 상주하며 모든 각도의 도시를 그려내고 싶을 정도였다.

계속해서 성으로 발걸음을 옮긴다. 꼬불꼬불한 언덕길을 쭉 올라가야 했다. 경사가 상당한 건 아니었지만 꾸준히 경사진 언덕을 올라가려니 힘들었다. 주위엔 양 떼가 뛰놀 것 같은 푸르른 언덕도 보였다. 드디어 성의 입구가 보인다. 안으로 들어가다 보면 매표소가 나오는데 입장권을 안 사도 그냥 들여보내 주었다. 오늘만 특별히

류블랴나성의 입구

그런 것인지 아니면 앞으로도 입장료를 안 받는 것인지는 잘 모르겠다.

프라하성, 비세흐라드성, 호엔잘츠부르크성, 브라티슬라바성에 이어 찾은 류블랴나성은 그 모든 성 중에서 가장 작았다. 성벽에 올라서면 안의 모든 공간이 한눈에 들어올 정도로 작았다. 마치 대학 캠퍼스의 교정 같은 느낌도 있다. 정말 조그마하다.

성의 지하 공간으로 갈 수 있는 엘리베이터가 있길래 타고 밑으로 내려가 봤다. 밑에는 류블랴나 시내 전망을 쫙 볼 수 있는 장소가 존재했고 입장료도 함께 존재했다. 류블랴나 성이 고도가 높은 곳에 있다 보니 엘리베

이터를 타고 지하로 내려와도 여전히 높았다. 전망대 안으로 들어가면 설치된 넓은 통유리를 통해 생생하게 풍경을 볼 수 있었다. 하지만 우리는 안까지 들어가 보진 않았다. 개인적으론 성벽 위를 걸어 다니기만 해도 무료로 아름다운 경치를 볼 수 있는데 굳이 왜 여기서 돈을 받고 전망대를 운영하

성의 모양을 본뜬 조형물

는지 알 수 없었다. 혹시 이곳에서만 볼 수 있는 특별한 전망이 있는 건 아닐지 까치발을 들며 확인했는데 딱히 더 이쁘거나 달라 보이는 걸 찾을 수 없었다.

이제 성벽 위에서 류블랴나의 풍경을 제대로 감상하기로 한다. 그런데 성벽 위에서 바라본 풍경은 어딜 가나 대체로 비슷한 것 같다. 아마 건물의 양식, 색채가 비슷한 채로 건설되어 있어서 그럴지도 모른다. 그래서 그런지 류블랴나는 높은 곳에서 내려다본 풍경보다 강가를 마주하고 바라본 풍경이 훨씬 이뻤다.

성에서 내려왔더니 마침 재래시장이 열려 있었다. 류블랴나 재래시장이 열린다는 사실은 전혀 몰랐었는데 신기하게 타이밍이 맞았다. 아쉽게도 류블랴나 재래시장에서는 이곳에서만 볼 수 있을 법한 특별한 무언가를 발견할 수 없었다. 그냥 한쪽에는 옷가지를 쭉 진열해 판매하고 있었고 다른 한쪽에서는 과일들을 주로 팔고 있었다. 그 외에도 간단한 기념품, 채소 등 익숙한 것들뿐이었다.

류블랴나성 안의 모습. 대학 캠퍼스 같다

2. 떠나자 마지막 여행지, 베네치아로!

　이제 진짜 류블랴나를 떠날 시간이 되었다. 짐을 찾기 위해 숙소를 들렸다가 버스 정거장으로 향했다. 베네치아까지는 4시간 정도가 걸렸다. 아침부터 성을 포함해 꽤 걸어 다녀서 그런지 버스를 타자마자 곯아떨어졌다. 한창 달리던 버스가 멈췄을 때 우리는 베네치아 본섬 제일 북쪽에 있는 정거장에 도착해 있었다. 베네치아는 이탈리아의 북쪽에 아드리아해와 맞닿아 있는 다양한 섬 지역을 통합해 부르는 곳이다. 가운데 본섬을 중심으로 여러 섬이 펼쳐져 있는 모양새다. 펼쳐진 섬 중에선 본섬보다 길쭉한 섬도 존재한다. 베네치아 자체는 그렇게 큰 도시가 아니다. 본섬만 해도 우리나라의 웬만한 시가지들보다 훨씬 작은 크기다.

　이제 본섬에 도착했으니 숙소로 갈 차례였다. 숙소는 베네치아 본섬 남쪽으로 잡았었다. 지금 우리가 있는 북쪽에서 숙소까진 걸어서 40분 정도 걸렸다. 그런데 숙소가 있는 남쪽으로 가는 게 문제였다. 와보기 전까진 몰랐는데 본섬 남쪽으로는 자동차가 아예 들어갈 수가 없었다. 물의 도시인 건 알았지만 그래도 한쪽엔 도로도 있고 할 줄 알았는데 자동차 자체가 없다는 건 조금 충격이었다. 당연히 버스나 지하철이 있을 리 없었다. 교통수단이 있긴 했는데 바로 베네치아 구석구석 흘러 다니는 수로를 따라 운행하는 수상 버스였다. 그리고 관광상품인 곤돌라나 주민이 보유한 모터보트를 택시처럼 이용할 수도 있었다. 물론 많은 돈이 드는 건 감수해야 한다. 지도를 살펴보니까 거리는 좀 있어도 길 자체가 복잡하지 않아 간단하게 찾아갈 수 있을 것 같았다. '그래 뭐 40분 정도 걷자! 수상 교통수단은 비싸기도 하니 오늘 말고 다른 날부터 타자!' 호기롭게 결정을 내렸다.

본섬에 오니 내가 사진으로만 봐왔던 그 모습 그대로였다. 땅과 엄청 가까이 붙어 있는 물이 사방에 있었다. 그리고 곳곳에 묶여 있는 배, 작은 보트, 곤돌라 등을 보니 '내가 물의 도시에 온 게 맞네' 새삼 실감했다. 어딜 보아도 물이다. 그리고 집들도 물 위에 지어져 있다. 물이 많다 보니까 또 많은 게 있었다. 바로 물을 건너갈 수 있게 해주는 다리였다. 다리가 진짜 엄청 많다.

베네치아의 밤 풍경

베네치아에 널리고 널린 다리

숙소까지 걸어가는데 숨어 있던 최대의 복병이었다. 진짜 흔한 에스컬레이터 하나 없이 다리가 나올 때마다 캐리어를 들고 계단을 낑낑대며 올랐다. 그러고 나면 바로 앞에 또 다리가 보인다. 그런 식으로 숙소까지 가면서 다리 10개 이상을 건넜다.

안 그래도 힘든데 구글 GPS 시스템이 프라하 때처럼 이상증세를 보이기 시작했다. 갑자기 우리보고 물 위를 걸으라고 안내한다. 결국, 상태 안 좋은 GPS를 버리고 직접 길을 찾아 나섰다. 지금 우리는 베네치아에서 가장 폭이 넓은 곳을 건너야 했는데 그게 가능해지려면 저 멀리 보이는 '리알토 다리'로 돌아가야 했다. 리알토 다리는 베네치아 본섬 내에서 가장 폭이 넓은 곳을 건너는 다리이자 베네치아를 대표하는 다리이다. 크기도 다른 다리들보다 크고 오르내릴 계단의 수도 당연히 많았다.

40분이면 숙소에 도착할 수 있을 줄 알았는데 수많은 다리를 건너고 GPS의 난항을 겪으며 리알토 다리에 도착했을 땐 벌써 베네치아에 도착한 지 두 시간이 지나 있었다. 슬슬 힘에 부치기 시작했다. 그냥 페리나 탈 걸 왜 무거운 캐리어를 들고 끌고 이러고 있나 싶었다. 힘이 드니까 더는 베네치아의 풍경이 눈에 들어오지 않았다. 오로지 숙소로 빨리 가서 쉬고 싶은 마음뿐이었다. 이런 마음 때문에 그 후로 사진도 하나 안 찍었다. 마찬가지로 지치신 아빠도 아무 말 없이 묵묵히 걸으셨다.

생각보다 더 미로 같은 베네치아를 헤맨 끝에 드디어 숙소를 찾았다. 우리의 마지막 숙소도 호텔이었다. 숙박비는 베네치아가 제일 비쌌는데 시설은 너무 별로였다. 안 그래도 힘든데 숙소마저 별로라 실망스러웠다. 하지만 불평은 하지 않기로 했다. 고작 몇 시간의 고생으로 베네치아 전체를 판단할 수는 없는 일이었다. 아빠와도 서로 고생했다고 말해주고 '내일부터는 더 즐겁게 여행하자' 다짐하면서 하루를 마무리했다.

리알토 다리의 모습

류블랴나성에서 운치를

1. 도시 전망대, 류블랴나성

1월 20일 토요일. 아침에 일어나니 하늘이 맑았다. 어제와 달리 햇빛이 비쳐 여행에 대한 기대감이 높아졌다. 류블랴나 성에서 도시를 조망하는 날이라 더욱 그랬다. 11시 체크아웃하고 호텔에 여행 가방을 맡긴 후 근처 유적지부터 찾았다. 로마 시대에 쌓은 담장이다. 출입문과 담장이 그대로 보존되어 있었다. 담장의 높이는 3m 정도였다. 정교하지는 않았다. 이곳에 무엇이 있었을까? 그 무엇은 사라지고 담장만 남았을까?

그런 생각은 일단 접어두고 오늘의 중요한 여행지 류블랴나성으로 향했다. 성으로 올라가는 길은 경사가 급했다. 가끔은 가쁜 숨을 몰아쉬어야 하는 경사도 있었다. 류블랴나 시내를 관통하는 류블랴니차강 변 언덕 위에 세워진 성으로 주변 지역을 훤히 내려다볼 수 있는 장소이다. 청명한 날씨까지 더해져 류블랴나 시가지를 비롯한 주변 지역과 푸른 하늘을 원 없이 감상했다. 성 안에는 방문객들이 성벽 전망대까지 쉽게 오르고 내릴 수 있도록 엘리베이터를 설치해 놓았다. 성에는 무료로 입장할 수 있었으나 성 입구에서 직원이 입장권을 팔고 있어서 순간 들어가야 하나 말아야 하나 갈등이 생기기도 했다. 그래도 여기까지 왔는데, 들어가야지 하면서 입장권을 사려고 돈을 챙기는 사이 직원이 입장권 판매대 문을 닫고 성 안에 가서 입장권을 사라고 했다. 그래서 하는 수 없이 성 안으로 들어갔다. 들어가서 보니 입장은 무료이고 박물관 등 성 안의 다른 부속 시설을 이용하거나 오디오 가이드를 이용하는 경우에만 이용료를 내는 거였다. 자칫 입장료를 낼 뻔했는데 다행이었다. 성 안을 둘러보고 성벽 전망대에 올라 아름다운 도시경관을 감상하고 촬영했다.

　좋은 기분을 갖고 올라온 길이 아닌 다른 길, 경사가 급한 흙길로 성에서 내려가다가 어제 내린 비에 젖은 자갈을 밟아 미끄러지는 일이 발생했다. 엉덩방아를 찍고 왼손을 땅에 딛는 바람에 왼쪽 어깨에 약간의 무리가 왔다. 그만하기 다행이었다. 여행하는 데는 큰 지장이 없었다. 계속 걸어 시내로 향하니 재래시장이 나타났다. 채소, 과일, 감자를 파는 판매대와 옷, 모자, 장갑 등을 파는 판매대가 거의 전부인 시장이었다. 이름 모를 채소와 과일들이라 쉽게 손이 가지 않았다. 점심 식사로 맥도날드에서 햄버거를 먹었다. 푸짐한 점심이었다. 이번 여행에서 햄버거, 피자, 콜라는 나의 단골 메뉴였다. 숙소로 돌아와 맡겼던 짐을 찾아 베네치아행 버스를 타려고 버스터미널로 걸어갔다. 이로써 우리는 류블랴나에서는 시내 교통비를 한 푼도 쓰지 않게 되었다.

2. 자동차 없는 베네치아 본섬에서 배를 이용하지 않은 대가

　류블랴나에서 오후 3시 12분(예정시간보다 12분 늦음) 플릭스 버스를 타고 베네치아로 출발했다. 출발한 지 1시간 만에 이탈리아 국경에 도착했다. 이탈리아 경찰이 버스에 올라 여권을 보자고 했다. 아들과 나는 여권을 보여주고 즉시로 여권을 되돌려 받았다. 그렇지만 나머지 승객들의 여권과 신분증은 돌려주지 않고 모두 갖고 차에서 내려 순찰차로 가져가 검사하고 난 후 버스로 올라와 일일이 나눠주었다. 승객 중 아들과 나만 동양인이었다. 우리만 왜 여권을 확인하고 바로 돌려줬을까? 이탈리아 입국 심사에 35분이 걸렸다.

　국경은 이탈리아의 경유지 트리에스테와 가까웠다. 버스는 다시 출발하여 이내 트리에스테 입구 언덕에 이르렀다. 언덕에 이르자 해안가에 있는 도시가 한눈에 들어왔다. 아드리아해 쪽으로 석양이 물들어 한 폭의 아름다운 풍경화 같았다. 버스는 시내 쪽으로 지그재그로 미끄러져 내려갔다. 경유지 트리에스테 버스터미널에 오후 5시 9분에 도착했다. 승객의 대부분은 여기서 하차했다. 이제는 밤길을 가야 한다. 7시 20분쯤 버스 종점 베네치아 운하터미널에 도착했다. 여기서 숙소까지 찾아가는 일이 남았다. 수상 버스 정류장을 찾지 못해 헤매었다. 그래서 우리의 장점, 걷기를 또 활용하기로 했다. 무인 경전철을 타고 베네치아 본섬으로 나와 숙소까지 걸어갔다. 걸어가는 데는 무언가 있어 보이는 우리였다. 그러나 운하는 그물망처럼 연결되어 있고, 섬의 길은 평평하기만 한 것이 아니라 본섬의 작은 섬과 섬을 연결하는 계단 많은 다리가 곳곳에 있었다. 여행 가방을 들고 오르락내리락해서 힘들었고 걷기의 인내심도 한계에 다다랐다. 이곳 사람들이 수상 교통을 주요 교통수단으로 삼는 이유를 알 것도 같았다. 숙소에 짐을 풀고 저녁을 먹으러 나갔는데, 마땅한 음식점을 찾지 못해 또 피자와 콜라로 저녁을 해결했다. 오~ 피자, 햄버거. 콜라여!

류블랴나 이모저모

여태까지 이모저모는 도시당 3~4개씩 작성했는데 류블랴나는 내가 반했기에 편파적으로 양을 좀 늘렸다. 다른 도시들엔 미안하지만 어쩔 수 없다. 류블랴나가 좋은 걸 어떡해….

하나. 어딜 가나 보이던 쓰레기통
길마다 쓰레기통이 이렇게 설치되어 있으니 참 좋았다. 확실히 도시가 작다 보니까 관리도 쉬워 보인다. 길가엔 공용 쓰레기통 말고 거주자들이 이용하는 쓰레기통도 있었다. 거주민들에게 제공된 카드를 대면 열리는 시스템이었다. 바로 옆에 공용 쓰레기통이 있어서 그곳에 몰래 버리는 거주민들은 없는지 류블랴나 시민들의 양심이 궁금해졌다.

일반 쓰레기통의 모습

거주자 전용 쓰레기통의 모습

둘. 기념품마저 아름다워….

성 니콜라스 대성당 바로 옆에서 이쁘고 독특한 것들을 파는 기념품 가게를 찾았다. 아기자기한 조각품들이 눈길을 사로잡았다. 사진 속 이쁘게 생긴 돌조각 집들은 하나당 3.5유로였다. 이쁘긴 한데 어느 정도 조화롭게 세트로 맞추려면 돈이 좀 많이 들게 생겼다. 그 외에 이쁜 무늬가 들어간 컵들, 슬로베니아 병정들, 용 조각품들이 눈에 들어왔다. 용 다리도 그렇고 류블랴나 사람들은 용을 참 좋아하는 것 같다.

류블랴나의 이쁜 기념품들

셋. 2018 유로 풋살 대회

축구를 좋아하는 나는 간판을 보자마자 '오, 유로 대회가 슬로베니아에서 열린다고?' 하면서 놀랐다. 슬로베니아는 큰 국가도 아니고 축구를 잘하는 줄도 몰랐는데 유로처럼 큰 대회를 단독 개최한다는 사실 때문이었다. 그런데 곧 최근 유로 대회가 2016년에 프랑스에서 열렸었다는 걸 떠올렸다. 유로는 4년마다 열리니까 아직 시기가 아니었다. 다시 보니까 풋볼(Football)이 아니라 풋살(Futsal)이라고 적혀 있는 걸 찾을 수 있었다. 풋살은 미니축구라고 보면 되는데 골을 넣어야 하는 건 축구와 같고 대신 5명 정도의 인원이 적은 코트에서 경기를 진행한다. 규칙도 조금씩 차이가 있다. 대학생 때 풋살 종종 했었는데 이렇게 큰 세계대회가 있다는 건 처음 알았다. 어쩌면 우리나라가 풋살 불모지여서 잘 몰랐던 걸 수도 있다. 여하튼 2018년 유로 풋살 대회는 슬로베니아에서 열린다.

풋살대회 광고판

넷. 충전하고 가세요~

길거리를 걷다 보면 보이는 전기차 충전 표지판이다. 이제 우리나라도 전기차가 많이 들어와 있긴 한데 아직은 유럽에서 더 많이 보이는 것 같다. 표지판 쪽으로 가보면 이렇게 작은 충전용 기계가 하나 솟아 있다. 주유소도 아니고 무슨 길거리 소화전처럼 이렇게 달랑 튀어나와 있다. 여기서 이제 가격을 치르고 스스로 충전하면 된다.

전기차 충전 표지판   전기차 충전하는 모습

다섯. 답답하진 않으신지?

말인지 사슴인지 모를 머리 탈을 쓰고도 흥겨운 박자에 맞춰 버스킹을 하고 계시던 분이시다. 팝송을 부르고 있는 데다 탈까지 쓰고 계셔서 현지인인지 여행객인지 알 수가 없었다. 사실 버스킹 자체가 특별한 건 아니다. 이곳저곳 다니면서 우리도 버스킹하는 사람을 꽤 볼 수 있었다. 근데 이분은 탈을 쓰기도 했고 금

전을 요구하지도 않았다. 보통 버스킹을 보면 기타 케이스나 모금통, 모자 등을 이용해서 구경꾼들이 마음에 우러나면 팁을 내도록 갖춰두곤 한다. 이분은 그런 거 없이 혼자 흥에 취해서 박자 타며 신나게 노래하셨다. 덕분에 내가 좋아하는 류블랴나가 더 흥겨워졌다.

탈 쓰고 버스킹을 하는 모습

여섯. 여기도 자물쇠야?

밤에 왔을 때는 안 보여서 몰랐는데 낮에 보니 류블랴나 다리 곳곳에 이렇게 자물쇠들이 징그러울 정도로 달려 있었다. 나는 자물쇠를 단단하게 잠그는 연인의 사랑의 증표로 생각하고 있었는데 너무 자물쇠들이 많다 보니까 여기에 그거 말고 다른 의미도 있나 싶었다. 하다 하다 다리 위에 놓인 두꺼비의 코 부분에도 자물쇠를 잔뜩 달아두었다.

엄청나게 많은 다리 위 자물쇠들

이탈리아 베네치아

베네치아에서의 하루, 그 끝에 맞이한 악몽

1. 베네치아의 아침

아침이 밝았다. 아빠와 달리 나는 여행을 떠난 직후 한 번도 조식을 먹은 적이 없다. 물론 평상시에도 아침을 잘 안 먹는다. 하지만 이번만큼은 예외다. 호텔 숙박비에 조식이 포함되어 있었기 때문이다. 안 그래도 숙박비도 비쌌고 베네치아 자체가 물가도 비싼데 공짜로 주는 음식을 마다할 수가 없었다. 식사 시간에 맞춰 식당으로 내려갔다. 그곳엔 빵과 시리얼만 놓여 있었다. 이탈리아니까 그래도 베이컨이랑 달걀 정도는 있을 줄 알았는데 실망하지 않았다곤 말 못 하겠다. 그래도 감사함으로 첫 조식을 해결했다.

식사 후 본섬을 둘러보러 떠났다. 날씨는 쨍쨍하다. 여행 내내 흐린 날씨만 보다가 귀국할 줄 알았는데 여행 막판에라도 맑은 날씨를 구경할 수 있어 감사했다. 따사로운 햇살을 맞으며 제일 먼저 산마르코 대성당으로 향했다. 이곳은 베네치아에서 가장 중심에 있는 곳이기도 하다. 산마르코 대성당은 예전 동로마제국의 건축 양식인 비잔틴 양식으로 지어져 인상적인 돔 모양 지붕을 하고 있었다. 개인적으로 궁전 느낌이 나는 고급스럽고 멋진 성당이었다. 아쉽게도 성당 내부가 공사 중이라 우리는 외관만 살펴보고 이동했다.

산마르코 대성당의 모습

언제나 사람이 많은 산마르코 광장

성당 바로 앞은 산마르코 광장이다. 도시 곳곳에 자리 잡은 수로 때문에 좁은 골목과 다리만 넘쳐나는 베네치아 본섬에서 보기 드문 넓은 공간이다. 그래서 이곳은 항상 수많은 여행객으로 북적인다. 우리가 상대적으로 사람이 적을 아침 시간에 갔는데도 이미 부지런한 사람들이 많이 나와 있었다. 한국인 단체 관광객들의 모습도 심심찮게 볼 수 있었다. 평소에 패키지여행은 빡빡한 일정과 부족한 자유도 때문에 좋아하지 않는데 단 하나 가이드님의 알찬 설명은 부러운 요소였다. 열정 넘치게 설명 중이신 한국팀 가이드님에게 이끌려 몰래 설명을 들어보려고 가까이 다가갔다. 하지만 소리가 정확히 들릴 만큼 가까이 갔을 땐 이미 설명을 마치고 모이는 장소와 시간을 알려주며 자유시간을 주고 있었다.

산마르코 광장에서 해안가 쪽으로 나오다 보면 베네치아 본섬 관광에서 빼놓을 수 없는 두칼레 궁전과 마주치게 된다. 두칼레 궁전은 원체 유명하기도 하고 현재 산마르코 대성당이 공사 중이라 이쪽으로 사람이 몰려서 그런지 입장하는 줄이 꽤 길었다. 우리는 반복된 패턴으로 멋있게 세워진 궁전의 외관만 구경하고 다른 곳으로 이동하기로 했다. 줄도 줄인데 입장료가 무려 1인당 20유로(3만 원 정도)였다. 내부에 들어가면 훌륭한 볼거리들이 있을 수도 있겠지만, 20유로만큼의 가치가 있을지 확신할 수 없었다. 우리가 여행한 모든 도시를 통틀어 베네치아가 가장 관광에 특화된 도시였기 때문에 베네치아의 물가는 전반적으로 매우 비싼 편이었다. 그래서 더 확신이 들지 않았던 것도 있다.

두칼레 궁전 반대편은 해안가였다. 내가 알던 베네치아의 이미지는 좁은 수로에 곤돌라가 떠다니는 모습인데 이렇게 드넓은 바닷가를 보니 신선했다. 이 바다는 이탈리아와 발칸반도 사이의 해협인 아드리아해의 북서쪽에 있는 베네치아만이다. 저 멀리 다른 섬들도 보인다. 본섬보다 확연히 작아 보이는 섬들인데도 성당으로 추정되는 건물들이 높이 솟아 있는걸 볼 수 있었다. 본섬을 다 돌아보고 난 후엔 페리를 타고 저 섬 중 일부를 돌아볼 예정이다. 벌써 어떤 다양한 모습의 섬이 기다리고 있을지 기대가 된다.

두칼레 궁전의 모습

베네치아에서 마주한 바닷가

본섬에는 또 나무들이 잔뜩 있는 공원도 있었다. 물만 가득한 베네치아에서 보기만 해도 피톤치드가 느껴지는 나무들이 살아 숨 쉬는 모습이 꽤 보기 좋았다. 이곳엔 강아지를 데리고 산책 나온 분들이 특히 많았다.

중심가는 여행객들로 가득 차서 시끄럽고 북적북적한 느낌이었는데 중심가에서 벗어나 해안가를 따라 섬 끝까지 걷다 보니 전반적으로 아주 평온하고 잔잔한 느낌의 공간들이 나왔다. 산마르코 광장에서 걸어서 15분 정도 이동한 이곳은 알고 보니 베네치아 현지인들의 거주지역이었다. 여행객들보다 강아지를 데리고 공원 산책하시던 분들 같은 주민들을 더 많이 만나볼 수 있는 곳이었다.

거주지역을 걸어가면서 하늘을 보니 이 집 저 집에서 다 빨랫감을 내놓고 말리고 있었다. 단체로 하늘에 나부끼는 빨랫감들을 보며 '아 여기도 맑은 날이 오랜만이었구나' 싶었다. 마치 전봇대 전깃줄에 말리는 듯한 저 빨래들은 사진에서 보이는 바와 같이 도르래를 이용해 이동하는 것 같다. 도르래를 돌려가며 하나씩 빨랫감을 얹고 말리는 일이 보통 어려운 일이 아닐 것 같았다.

거주지역에서 빨래를 말리는 모습

가리발디 장군의 동상

거주지역을 돌아 다시 광장 쪽으로 이동했다. 가는 길에 독립운동으로 이탈리아에서 애국자로 꼽히는 국민 영웅, 가리발디 장군의 동상도 발견했다. 국민 영웅인 만큼 이탈리아 곳곳엔 가리발디 장군을 기리는 동상이 있다고 한다. 가리발디 장군은 베네치아에서도 오스트리아 군대를 몰아낸 전적이 있다.

베네치아의 상징과도 같은 곤돌라

베네치아 어디서나 볼 수 있던 곤돌라 이야기를 안 할 수가 없다. 베네치아에 왔으니 상징적인 곤돌라는 꼭 타보고 싶었는데 가격이 정말 충격적이다. 짧은 거리를 상하 왕복하는 데 80유로, 어느 정도 짧은 원을 그리며 가는 데 120유로, 크게 한 바퀴 도는 데 160유로였다. 다행히 1인당 가격은 아니고 배 하나를 빌리는 가격이라 최대 6명까지 탈 수 있으니 어떻게 잘 조인(join)하면 1인당 가격을 많이 줄일 수도 있겠다 싶었다. 그러나 고향이 한산도(통영시 부속 섬)인 아빠는 이렇게 비싼 돈을 주고 곤돌라를 탈 의향이 없다고 선을 그으셨다. 나는 곤돌라랑 한산도를 가는 페리랑은 전혀 다른 배고 곤돌라를 타고 바라보는 베네치아가 특별할 것이라고 열심히 설득했는데 잘 먹히지 않았다. 정말 타고 싶었지만 나도 한편으론 가격이 좀 세다고 생각했었기 때문에 그냥 포기했다. 바라보는 것으로 만족해야 할 때도 있는 거다.

베네치아의 수로는 인공적으로 조성되었지만 흐르고 있는 물은 자연의 바닷물이다. 바닷물에 건물과 하늘이 비칠 정도로 수질이 맑고 깨끗했다. 여행객이 그렇게 많이 다녀가는데도 관리가 잘되고 있는 것 같다. 물이 좋아서 그런지 이렇게 '바다오리'도 볼 수 있었다. 이 오리는 둥둥 떠다니다가 한 번씩 잠영해서 쭉 앞으로 치고 나가는 영법을 가진 오리였다. 그 모습

밀당의 귀재, 베네치아 바다오리

이 너무 귀엽고 신기해서 동영상을 찍고 싶었는데 한창 찍을 땐 둥둥 떠 있기만 하고 촬영을 포기하면 다시 잠영을 시작했다. 그렇게 몇 번 반복하다 결국 이 밀당 잘하는 바다오리에게 내가 지고 말았다.

2. 베네치아 한인교회로 가는 여정

오늘은 여행하면서 맞이하는 두 번째 일요일이기도 했다. 당연히 예배를 빠질 수가 없었다. 어제 인터넷 검색을 열심히 한 결과 본섬에는 한인교회가 없다는 안타까운 소식을 알아냈다. 가장 가까운 한인교회도 뭍으로 올라가야 했다. 일단 베네치아 본섬을 빠져나가기 위해 본섬 제일 북쪽에 있는 정류장으로 걸어 올라갔다. 그 정류장이 베네치아 본섬에서 유일하게 탈 것을 구경할 수 있는 공간이다.

본섬 유일한 정류장

교회에 가기 위해선 6L번 버스를 타야 했다. 정류장에서 왕복표를 산 후 버스에 올랐다. 버스에 오르자마자 노란 기계가 하나 보였다. 이곳에 표를 대거나 찍으면 되는 건가 해서 유심히 살펴봤는데 작동되지 않았다. 그래서 표를 보유하고 있으면 교통수단을 그냥 이용할 수 있나 보다 생각하고 아빠와 자리를 잡고 앉았다. 그러나 이 일은 잠시 후 크나큰 화근이 되고 만다.

버스는 베네치아 본섬과 이탈리아 본토를 연결해주는 다리를 따라 달렸다. 이 다리가 은근히 길어서 다리를 건넌 후 얼마 안 있어 교회가 있는 곳에 내릴 수 있었다. 딱히 간판은 없었지만, 비엔나에서처럼 한국 사람들이 들어가는 모습을 보고 이곳이다 싶어서 들어갔다. 교회 간판이 없는 이유는 아마 예배당을 빌려서 사용하기 때문이 아닐까 추측해보았다. 주변은 온통 읽을 수 없는 이탈리아어로 가득했다. 첫 예배시간은 오후 3시 30분이었다. 일반적인 예배시간보다 많이 늦게 시작하는 것으로 보아 오전엔 이곳을 다른 용도로 쓰거나 현지인들이 예배를 드릴 수도 있다고 생각했다.

우리는 30분 일찍 도착했기에 베네치아 한인교회의 성가대 연습 과정도 볼 수 있었다. 소수의 인원임에도 힘이 느껴지는 찬양이었다. 우리는 예배를 무사히 잘 드리고 목사님과 짧은 다과회도 하며 좋은 시간을 보냈다.

3. 세상에 이게 무슨 날벼락?

예배를 드리고 숙소로 돌아갈 시간이다. 이미 날이 저물었고 버스는 다시 본 섬을 향해간다. 버스에 자리가 여유 있어서 아빠와도 잠시 떨어져 앉아 쉬고 있었다. 창밖을 보며 사색에 잠겨 있는데 갑자기 아빠가 나를 부르시더니 버스표를 달라고 하셨다. 쳐다보니 경찰처럼 보이는 제복을 입은 여성이 아빠 앞에 서 있었다. 주머니에서 주섬주섬 버스표를 꺼내 검사하던 경찰한테 넘겼다. 버스표를 살펴보던 경찰은 나한테 이게 언제 산 표인지를 물었다. 나는 당연히 오늘 오후에 샀다고 말했다. 그러자 경찰이 왜 버스표를 사고 단말기에 찍지 않았는지 물었다. 그래서 탑승했을 때 찾아봤는데 보이지 않았고 입구에 보이는 단말기는 작동하지 않았다고 답했다. 그랬더니 경찰이 저 멀리 운전 기사 쪽을 가리키며 작동하는 단말기는 기사 옆에 있다고 알려줬다. 생각해보면 우리나라 버스도 기사 옆쪽에 단말기가 있다. 그런데 이탈리아 버스는 기사 쪽이 아닌 뒤쪽으로 탑승을 해서 입구에 있는 단말기만 살펴봤지 앞쪽을 살펴볼 생각을 미처 못했던 것이다. 멀리 앞쪽을 바라보니 숨어 있던 단말기가 보였다. 뒤늦게 위치

경찰한테 벌금이 끊기고 있다

를 알아내고 찍으러 가려고 하는데 경찰이 나를 제지했다. 그러면서 지금 찍는 건 아무 소용이 없다고 페널티를 내라고 말했다. '아 표를 안 찍어서 페널티를 내는구나. 꼼꼼하게 살펴봐야 했는데 실수했네!'라고 생각하며 페널티를 물어보는 순간 나는 충격을 받았다. 페널티가 무려 123유로(16만 원 정도)였다. 우리는 여태까지 꼬박꼬박 정직하게 가격을 다 내면서 교통을 이용해왔다. 그리고 일부러 표를 안 산 것도 아니고 표를 산 채 몰라서 못 찍은 건데 16만 원을 내라니 억울함이 밀려왔다. 짧은 영어로 열심히 억울함을 호소했지만, 경찰은 단호박이었다. 자기 일을 하는 거니까 경찰의 상황도 이해가 갔다. 하지만 예의 없고 불친절한 경찰의 태도에 화도 났다. 결국, 우리는 이렇게 아까운 돈을 날렸다. 어쨌든 내가 제대로 확인하지 않은 건 분명한 잘못이었기에 그냥 인정하고 넘어가기로 했다. 다만 페널티가 좀 강해서 마음이 힘들고 짜증이 몰려왔다. 그래도 시간이 지

날수록 기분이 나아졌고 그냥 아까 타려다 만 곤돌라 한번 타고 온 셈 치자고 긍정적으로 생각했다.

숙소로 돌아가는 길, 경찰과의 실랑이로 걸어갈 힘도 없이 지친 우리는 페리 교통권을 처음으로 끊어보기로 했다. 조금 전까지 문제를 일으켰던 애증의 그 표가 다시 손에 들어왔다. 선착장에는 의심의 여지 없이 단말기가 떡하니 놓여 있었고 안 찍으면 아예 탑승도 못 했다.

페리 안에는 앉아 갈 수 있는 좌석이 있었고 좌석이 꽉 차면 서서 갈 수 있는 공간도 따로 존재했다. 꽤 공간이 넓어서 많은 사람이 이용할 수 있었다. 그리고 보통의 마을버스들처럼 잦은 빈도로 운행을 하고 있었다. 페리는 물살을 가르며 지친 우리를 숙소 쪽으로 데려다주었다.

베네치아 본섬은 확실히 이쁜 곳이긴 하나 어제도 오늘도 힘든

페리 선착장과 내부 모습

일들이 있어서 나에게 별로 좋은 기억으로 남지 못할 것 같다. 그래도 이미

벌어진 일로 계속 마음 상해 있으면 앞으로 남은 여행에도 영향을 미칠 것이고 결국 나에겐 더 큰 손실이 될 거다. 이 기록을 끝으로 기분 나쁜 일들은 모두 잊고 내일부터는 또 베네치아의 새로운 모습들을 보려고 노력하고자 한다. 힘든 일이 있으면 분명히 좋은 일도 다가온다.

운하의 도시, 베네치아

1. 베네치아 본섬 돌아보고 예배당으로

카페리 여객선과 일반여객선, 그리고 자가용 선박, 곤돌라 등 다양한 형태의 배들이 바다와 운하를 종횡무진 헤집고 다니는 수상 교통의 요람, 베네치아 섬에서 아침을 맞는다. 1월 20일(일)인 오늘은 봄날과 같은 따뜻한 햇볕이 내리쬐는, 여행 중 경험해보지 못한 좋은 날씨다. 호텔에서 제공하는 간단한 아침을 먹고 오늘의 첫 번째 여행지인 산마르코 광장과 두칼레 궁전을 향해 걸어갔다. 광장에는 수많은 여행객으로 북적이고 있었다. 인파로 인해 광장에 오래 머물지 못하고 기념사진을 찍고 광장을 벗어나 궁전 앞 해안선을 따라 산책하듯 걷기 시작했다. 베네치아 본섬에서 본섬의 다른 지역으로, 또는 주변의 여러 섬으로 떠나는 여객선의 선착장, 즉 수상 버스 정류장들이 해안선을 차지하고 있었다. 계속해서 어린이 놀이 기구 동산이 나타났고 섬 끝부분에는 숲이 조성되어 있었다. 현지 섬 주민들이 산책과 달리기 운동 등으로 햇볕을 맞으며 휴일을 즐기기에는 안성맞춤인 장소였다. 한참을 가다 보니 바다에 암초가 있음을 알리는 나무로 된 말뚝 등대가 우리를 기다리고 있었다. 매우 이채롭게 보였다. 이 바다는 석호 안에 위치하여 수심이 그리 깊지 않다. 그래서 베네치아 본섬의 건물과 주택들도 해저에 박은 말뚝 위에 지어져 있는 거란다. 이 등대도 마찬가지 이유로 여기에 서 있었다.

숲을 지나 한적한 주택가로 들어섰다. 고급 주택이 모여 있었다. 그러나 자동차는 보이지 않았다. 여기는 자동차가 다닐 수 없는 섬이기 때문이다. 최적의 교통수단은 배뿐이다. 두 번째는 도보이다. 3층 규모로 지어진 빌라 같은 집들로 이루어진 주택가를 지나다가 기이한 풍경을 발견했다. 골목 양편에 있는 주택과 주택 사이에 설치해 놓은 빨랫줄에 빨래를 늘어놓은 모습이 이색적이었다. 이 골목에도 저 골목에도 빨래들이 휘날리고 있었다. 그야말로 오늘은 빨래 말리는 날이었다. 그동안 날씨가 흐렸었는데 모처럼 화창하니 일시에 빨래가 나온 모양이었다. 반대편 건물 벽에 도르래를 설치해 빨랫줄을 당기는 방식으로 빨래를 널고 걷을 수 있게 만들어져 있었다. 이후 계속 걸어서 육지로 나가는 버스 정류장이 있는 곳까지 걸어갔다. 육지 베네치아에 있는 한인교회에서 주일 예배를 드리기 위해서였다.

버스를 타고 가 베네치아 한인교회에 도착했다. 예배 시작 30분 전이었다. 예배당에서는 성가대의 찬양 연습이 한창이었다. 사모님의 안내로 자리에 앉아 예배를 준비했다. 나도 출석 교회의 성가대원이라 찬양 연습을 유심히 지켜봤다. 대부분 젊은 청년들로 구성된 성가대였다. '내 주여 뜻대로'를 찬양할 땐 나도 함께 찬양했다. 목사님은 설교를 통해 하나님의 선물 두 가지, 예수를 통한 구원과 수고하고 낙을 누림에 대한 선물을 소개하셨다. 낙을 누림도 궁극적으로는 하나님의 뜻에 합당해야 함을 강조하셨다. "아멘."으로 화답했다. 예배 후 빵과 우유, 귤로 간식을 먹고, 목사님과 대화를 나누었다. 교회 주변에 백여 명의 교포들이 사시는데, 이 중 절반 정도가 교회에 출석한다고 하셨다. 선교에 애쓰시는 목사님과 사모님, 그리고 교회 성도님들에게 감사했다. 내가 얼마나 한국에서 편하게 신앙 생활하는지를 다시 한번 각인했다. "내 주여 뜻대로 하시옵소서."라는 고백을 했다.

숙소로 돌아오는 버스에서 안타까운 일이 발생했다. 우리 버스에 승차권 검표원들이 올라타 승차권을 확인했다. 우리는 승차권을 사서 소지하고 있었으나 승차권 사용 절차를 거치지 않아 벌금을 물게 되었다. 그것도 123유로(약 16만 원)를 말이다. 여행객으로 시스템을 정확하게 몰라서 그랬다고 사정도 해보았으나 소용없었다. 곤돌라 탈 돈을 다 털려버렸다. 이제껏 잘해 오다가 마지막 도시 베네치아에서 이런 일이 생겨 마음이 매우 아팠다.

무라노(Murano)와 부라노(Burano)섬!

1. 베네치아 본섬을 떠나 '무라노(Murano)섬'으로~~

베네치아는 우리가 흔히 아는 본섬 말고도 근처의 뭍 일부분도 베네치아고 주변 섬들도 베네치아라는 도시의 범주에 포함되어 있다. 오늘은 본섬을 벗어나 또 다른 베네치아의 모습들을 경험해보기로 했다. 오늘도 날씨가 좋은 걸 보니 즐거운 경험을 할 것 같은 예감이 들었다.

먼저 무라노섬으로 떠났다. 무라노섬은 베네치아 본섬 근

무리노섬 가는 페리 정거장

처에 있는 비교적 가까운 섬으로 유리공예로 유명하다. 섬과 섬 사이를 이동해야 해서 페리를 타야 했다. 우리는 어제 2일분의 교통권을 구매했기에 별도로 표를 사지 않고 정류장으로 갔다. 물의 도시인 베네치아답게 각 섬으로 향하는 페리들이 마을버스처럼 많이 있었다. 4.1번이나 4.2번 페리가 무라노섬을 가는데 우리가 정류장에 도착했을 때 마침 딱 4.2번 페리가 들어왔다.

무라노섬의 아름다운 모습들

페리를 타고 10분 정도를 가다 보면 무라노섬이 형체를 드러내기 시작한다. 배 위에서 바라보는 푸른 바다가 너무 아름다워 감탄이 절로 나왔다. 베네치아에서 날씨가 좋아지려고 그동안 다른 도시 여행할 땐 흐렸었나 보다.

도착하자마자 섬을 한번 쭉 둘러보기로 했다. 무라노섬이 유리공예로 매우 유명하다는 건 나도 아빠가 말해줘서 알았다. 확실히 유리공예로 만들어진 예술품들이 많고 관련 기념품 가게도 엄청나게 많다. 이곳에서 주변 지인들을 위한 선물을 다수 구매했다. 아기자기 이쁘기도 하고 가격도 괜찮아서 부담이 덜한 선물이었다. 자세한 유리 공예품은 조금 뒤에 더 이야기해보도록 하겠다.

무라노섬은 베네치아 본섬보다 더 아름다운 것 같았다. 본섬에서 안 좋은 추억들이 있어서 기분 탓일지도 모른다. 그런데 걸어 다니며 정말 아름다운 풍경들을 마주하다 보면 기분 탓만은 아니라는 걸 확실히 느낄 수 있었다.

정류장에서부터 더는 걸어갈 곳이 없을 때까지 간 다음 반대편으로 넘어갔다. 역시나 풍경은 너무 아름답다. 물 위를 여유롭게 부유하는 갈매기 두 마리도 보인다. 생각해보면 본섬에서는 갈매기를 못 봤던 것 같은데 무라노섬에선 갈매기를 많이 볼 수 있었다.

2. 유리 공예품의 모든 것, 무라노섬에서!

무라노섬은 역시 유리 공예품이 유명한 곳답게 유리공예박물관도 있었다. 이곳을 그냥 지나칠 수가 없었다. 입장료는 성인 기준 1인당 10유로였다. 가방은 반입할 수 없고 대신 매표소 바로 뒤쪽에 있는 무료 보관함에 맡기고 들어가야 했다. 지금부터 가볍게 박물관에서 보고 느낀 것들을 기록하고자 한다.

들어가자마자 눈에 띈 건 바로 유리공예의 탄생과정을 보여주는 동영상이다. SNS나 유튜브 같은 플랫폼에서 한 번쯤 봤을 수도 있는 그런 영상이었다. 첫 번째 사진 속 보이는 하얀 가루에 'Sabbia'라고 적혀 있다. 이는 이탈리아어로 모래라는 뜻이다. 그리고 옆에 있는 가루는 이름표가 잘 안 보일 수도 있는데 'Soda'라고 적혀 있다. 도자기를 구울 때 쓰는 잿물용이다. 이 두 가지 성분이 만나 유리의 기초를 이룬다고 볼 수 있다. 좀 더 정확히 말하자면 모래 속의 있는 규소 원소와 소다가 만나는 것이라고 하는데 나는 뼛속까지 문과인 사람이라 그 이상은 모르겠다. 하여튼 모래와 소다를 합친 후 여기에 다양한 색소 가루를 더하여주면 이런 아름다운 광물 같은 유리공예의 기본 베이스가 만들어지는 것이다.

유리의 기본 탄생 과정

박물관 위층으로 올라가면 본격적인 유리 공예품들을 만나볼 수 있다. 종류도 많고 정말 다양하다. 그중 나의 눈을 사로잡은 몇 가지만 소개해보고자 한다.

과일 모양의 유리 공예품이다. 사진상에선 표면이 반짝거리게 생겼는데 실제로 보면 반짝임이 거의 없어서 정말 깜짝 놀란다. 진짜 과일 같다.

다음은 유리로 만든 닭이다. 깃털 하나하나 세세하게 유리로 다듬어져 있다. 도대체 이걸 유리로 어떻게 표현한 것인지 만든 사람의 정체가 궁금해진다. 이런 것들을 보면 정말 나랑은 다른 존재가 만든 듯한 느낌이 든다. 한 번쯤은 나도 금손의 기분을 느껴보고 싶다.

과일 모양의 유리 공예품

닭 모양의 유리 공예품

아주 감각적인 유리 도자기들도 많이 볼 수 있었다. 이런 도자기들은 가져가서 집에 장식해 놓으면 아주 멋있을 것 같다. 하지만 아마 가격을 보면 그런 마음을 접어두게 될 거다.

마지막으로 이 박물관의 하이라이트라고 할 수 있는 유리정원이다. 커다란 스케일에 한번 놀라고 아름답고 섬세한 디테일에 두 번 놀라게 된다. 사진으로 온전하게 담아내지 못해 아쉬울 따름이다.

　유리정원을 끝으로 무라노섬과도 작별할 시간이 왔다. 베네치아 본섬 근처에 이렇게 좋은 곳이 있는 걸 보니 앞으로 갈 다른 섬들도 기대가 됐다.

감각적인 유리 도자기들

아름다운 유리정원

3. 알록달록 여기 대체 뭐지? 부라노(Burano)섬!

　이제 무라노섬을 떠나 부라노섬으로 갈 차례이다. 마치 내가 말장난을 하는 것처럼 느껴지는데 실제로 이름이 무라노, 부라노섬이다. 왜 이런 식으로 이름을 지었는지는 모르겠는데 정감이 가는 어감이다. 부라노섬은 본섬에서 꽤 많이 떨어진 곳이었고 무라노섬에서도 꽤 떨어져 있었다. 본섬에서는 페리를 타고 한 30분 정도 가야 했고 무라노섬에서는 20분 조금 안 되게 타고 가야 한다. 부라노섬을 가는 노선은 12번 페리다. 이 페리가 본섬에서 부라노섬까지 왕복 운행한다. 중간에 무라노섬도 경유하는 노선이라 우리는 본섬으로 다시 돌아가는 번거로움 없이 바로 부라노섬으로 갈 수 있었다.

　부라노섬에 도착을 했다. 본섬에서도 꽤 멀리 떨어져 있는 이곳에 도대체 왜 와야 하는지는 사진만으로 충분히 설명될 것 같다. 이쁘기 때문이다. 어쩜 저렇게 알록달록하게 집을 칠해놨는지 마치 영화나 광고 속에서나 본 아름다운 배경에 내가 들어와 있는 느낌이었다. 거주민들이 작정하고 이곳을 아름다운 관광지로 만들고자 단합해 페인트칠한 것이 아닐까 의심될 정도였다. 그게 아니라면 나는 이 아름다운 풍경을 설명할 수 없었다. 또 페인트칠한 분의 미적 감각이 매우 훌륭하신 것 같다. 색감 배치를 어떻게 하면 깔끔하고 아름답게 보일 수 있는지 고민한 끝에 성공적인 결과물로 만들어 낸 것 같다.

　진짜 이쁜 뷰포인트(view point)였는데 역광으로 인해 담아내지 못한 곳도 많았다. 해가 저물기 시작해서 어둑어둑해질 때까지 감탄하며 사진을 찍고 둘러봤다. 어느 곳에서 찍어도 인생 사진을 건질 수 있을 것 같았다.

그리고 우리는 해가 거의 졌을 무렵 부라노섬을 떠났다. 저 알록달록한 집들이 부라노섬의 전부라 해가 지고 나선 볼 게 없었기 때문이다. 그래도 부라노섬의 멋진 풍경을 실제로 보기 위해 이곳에 방문할 가치는 충분하다고 생각한다. 마찬가지로 무라노섬도 본섬만큼 아름답고 좋았기 때문에 베네치아 여행을 생각하고 있는 분이 있다면 이 두 섬을 강력하게 추천하고 싶다.

알록달록 아름다운 부라노섬의 모습

알록달록 아름다운 부라노섬의 모습

베네치아의 부속 섬, 무라노와 부라노

1. 유리공예 섬, 무라노

　베네치아에 들어온 지 3일째 되는 날이다. 호텔 조식을 먹고 느긋하게 10시 40분에 유리공예로 유명한 무라노섬으로 가기 위해 베네치아 본섬의 수상 버스 정류장으로 향했다. 1월 22일(월)인 오늘도 어제처럼 봄 햇살이 비치는 맑은 날씨여서 눈부시고 따뜻했다. 무라노섬에는 베네치아 본섬과 마찬가지로 차가 없다. 운하와 해로로 연결된 섬이다. 무라노섬으로 가는 길목에 있는 작은 섬에는 공동묘지가 있었다. 작은 섬 전체가 묘지로 조성되어 있었는데, 담장에 막혀 배에서는 공동묘지 안을 들여다볼 수 없었다.

　무라노에 도착하자 섬 입구에서부터 유리 공예품을 파는 가게들이 거리마다 즐비했다. 가게에 들러 유리 공예품을 구경했다. 생각했던 것보다 훨씬 아름답고 정교했다. 사고 싶은 욕구가 목까지 올라왔으나 가격 문제로 포기했다. 유리공예를 좀 더 알고 싶어 1인당 10유로를 내고 유리공예박물관에 들어갔다. 유리 공예품과 비즈 공예품의 역사를 알아보고, 유리 공예품이 만들어지는 과정을 이해할 수 있었다. 주먹구구식으로 공예품을 만드는 것이 아니라 체계적으로 표준화시켜 만들고 있음을 박물관을 통해 알게 되었다.

2. 형형색색의 섬, 부라노

아들이 시장하다고 해서 근처의 피자 가게에서 피자로 점심을 먹은 다음 여행지 섬인 부라노로 가기 위해 수상 버스 정류장으로 이동했다. 부라노섬은 형형색색의 색깔을 입은 집들이 모여 있어 사진 찍기에 아름다운 섬이었다. 베네치아 석호 안에는 수많은 섬이 분포하는데, 베네치아, 무라노, 부라노와 같은 유인도만 있는 것은 아니다. 곳곳에 무인도도 있다. 무라노에서 부라노로 가는 항로 옆에는 평평한 평지에 풀만 무성한 무인도가 있었다. 옛적에 이런 섬들이 지금 사람들이 거주하는 유인도로 변한 것이다. 어떻게 바다 위에 주거지를 만들었을까? 부라노섬의 아름다운 전경을 감상하고 부라노섬 정류장에서 수상 버스를 타고 베네치아 본섬으로 돌아왔다. 숙소로 돌아오는 길에 마트에 들러 빵과 음료수를 사 들고 와서 숙소에서 이것으로 저녁을 먹었다. 오늘의 여행은 한마디로 즐겁고 의미 있는 여행이었다.

여유로웠던 베네치아 네 번째 날

1. 리도(Lido)섬을 가다!

베네치아 4일째를 맞이했다. 오늘도 날씨가 쨍쨍한 게 돌아다니기 딱 좋았다. 어제 무라노, 부라노섬을 다녀오면서 이제 웬만한 곳은 다 다녀본 것 같다고 생각했는데 베네치아는 생각보다 훨씬 넓었다. 이 넓은 베네치아에서 우리는 섬 하나만 더 가보기로 했다. 오늘 우리가 가기로 한 곳은 베네치아에서 가장 기다란 섬, 리도(Lido)섬이다. 영화 좋아하는 분들은 '3대 영화제'라는 말을 들어보셨을 거다. 흔히 프랑스 칸 영화제, 독일 베를린 영화제, 이탈리아 베니스 영화제를 3대 영화제라고 칭하는데 베니스 영화제가 열리는 장소가 오늘 우리가 갈 리도섬이다. 나는 영화라면 사족을 못쓸 정도의 영화광이기에 이 사실을 처음 알고 엄청나게 두근두근했다. 하지만 매우 안타깝게도 영화제 기간이 아니면 리도섬에선 영화와 관련지어 볼 만한 것이 없다고 한다. 그리고 실제로 그랬다.

본섬 선착장에서 1번과 5.1번 페리가 리도섬으로 간다. 선착장은 어제 무라노섬 갔을 때 이용한 '산마르코 광장' 근처에 있는 곳이었다. 페리에 올라타 10분쯤 가다 보니 리도섬이 모습을 드러냈다. 멀리서 보는데 특이한 점 하나를 포착할 수 있었다. 베네치아 본섬 안쪽이나 무라노, 부라노섬에서는 절대로 볼 수 없었던 자동차가 다니고 있었다.

자동차가 다닌다는 사실이 이렇게 신기할 수가 없었다. 리도섬이 섬 자체가 매우 길쭉하고 본섬처럼 인공수로가 많은 것도 아니기에 다른 곳과 달리 도로가 있을 수 있던 것이다. 확실히 섬이 너무 길어서 한쪽에서 반대편 끝까지 걸어가려면 엄청 힘들어 보였다. 그래서 사람들은 이동 수단으로 자전거도 많이 이용했다. 곳곳에 자전거를 대여해주는 가게도 발견할 수 있었다. 하지만 우리는 탈 것을 이용하지 않고 걸어보기로 했다.

자동차가 다니는 리도섬

영화제 기간 아니면 별로 볼 게 없다는 리도섬, 그런데도 리도섬에 온 이유는 아빠가 사주 섬의 해안가를 보고 싶어 하셨기 때문이다. 리도섬은 파랑(파도)에 의해 쌓인 퇴적물들이 이루어낸 사주 섬이다. 퇴적이 일어난다는 것은 파도가 약하다는 의미고 고로 모래사장이 형성된다는 것이다. 이 리도섬이 앞에서 파도를 맞아주기 때문인지 인공적인 개발 때문인지 베네치아 본섬에서는 모래사장을 볼 수 없었다.

리도섬은 평소엔 못 보던 수로보다 익숙한 도로가 많이 보였기 때문에 그냥 평범한 유럽 도시 같았다. 가던 길에 특색 있는 아름다움을 지닌 건물도 발견했다. 용도가 궁금했는데 놀랍게도 호텔이었다. 실제로 보면 '웨스 앤더슨' 감독의 영화 속에 나올 법한 외관을 지니고 있다. 다만 내가 사진을 찍을 당시엔 그늘이 져 있어서 그 색감이 온전히 드러나지 않은 것 같다.

리도섬에서 발견한 아름다운 호텔

드디어 섬 바깥쪽에 있는 모래사장에 도착했다. 리도섬이 길어서 그런지 해안가도 길쭉하다. 사실 나는 이제 쓸 말이 없다. 아빠는 사주 섬 해안가에 왔다며 좋아하시고 이곳저곳 사진을 찍으시던데 내 기준에서 이곳은 그다지 이쁜 해안가가 아니었다. 매우 평범한 모래사장이고 자꾸 신발 안으로 모래가 들어오는 게 거슬리기만 했다. 그래도 여름에 와서 보면 지금보다는 이쁠 것 같았다.

리도섬의 모래사장

내가 너무 지루해 보였는지 아빠가 얼마 뒤 딴 곳으로 가자고 하셨다. 티를 안 내려고 했는데도 티가 팍팍 났나 보다. 죄송한 마음에 더 있어도 된다 했지만 이미 아빠는 다른 곳으로 발길을 돌리셨다.

리도섬에도 물이 있긴 하다

그 뒤로 리도섬의 구석구석을 돌아다녔다. 여행객들이 거의 없는 점은 너무 좋았다. 그래서 풍경 사진을 찍기에도 딱 맞았다. 이번 여행을 하면서 느낀 건 나는 확실히 사람이 바글바글한 유명한 장소보다 한적하고 여유로운 장소를 선호한다는 것이다. 대신 여행객이 많이 없어서 그런지 많은 식당이 오전엔 문을 닫고 있었다. 원래 점심을 리도섬에서 해결하고 갈 생각이었는데 문 닫은 식당이 많은 걸 보고 본섬에서 먹는 것으로 마음을 바꿨다.

2. 베네치아 느긋하게 돌아다니기~

본섬에 도착하자마자 한 일은 점심 먹기였다. 내가 제일 좋아하는 음식이 피자인데 베네치아에 온 후로 피자를 너무 많이 먹어 오늘 하루는 피자를 안 먹기로 했다. 음식점을 찾으며 돌아다니는 중에 '안녕하세요' 소리가 들려왔다. 나는 평소에 약간 중국인 같이 생겼는지 '니 하오 마'라는 인사를 많이 받았었다. 그들로선 친근한 현지어로 내 마음을 사로잡으려고 한 거겠지만 완벽한 역효과였다. 니 하오 마를 들을 때마다 정체성을 부정당한 거 같아 기분이 별로 좋지 않았다. 그런데 '안녕하세요'라니! 일단 호감이 생겼다. 알고 보니 식당 호객꾼이었다. 얼핏 보니까 메뉴도 맛있어 보인다. 우리가 관심을 보이니 그 사람이 이 식당은 커버차지도 없다며 열심히 홍보한다. 그래 이곳이다! 다른 건 몰라도 나를 한국인으로 봐줬다!

기쁜 마음으로 봉골레 파스타 하나 까르보나라 하나 시켜서 먹었다. 근데 먹고 나서보니 커버차지가 없는 대신 추가로 세금이 붙었다. 그리고 먹으면서 그 호객꾼을 유심히 봤는데 일단 아시아 사람처럼 생긴 사람이 지나가면 무조건 '안녕하세요'를 하고 있었다. 그렇다. 내가 한국인이라는 걸 알아봐 준 게 아니라 무조건 '안녕하세요'가 그 사람의 전략이었다. 이렇게 나는 오늘도 허당끼를 발산했다. 그래도 맛은 있었고 가격도 적절했으니 만족한다.

후식으로는 젤라토를 먹었다. 젤라토는 또 이탈리아가 본고장 아니겠는가. 아이스크림을 좋아하는 내가 그냥 지나칠 수 없었다. 나는 다크 초코 젤라토를 시켰다. 다크 초코라 약간 쓴맛이 날 줄 알았는데 쓴맛보다는 단맛이 매우 강했다. 다 먹고 나서도 입안에서 단맛이 사라지지 않아 물로 입가심을 자주 했다. 젤라토를 먹고 숙소로 돌아왔는데 아직도 오후 2시였다. 베네치아 본섬은 어느 정도 볼 만큼 봤다고 생각했고 또 워낙 물가가 비싸다 보니까 무엇을 해도 돈이 많이 들어갔다. 그렇다고 또 다른 주변의 섬이나 뭍으로 올라가기엔 이동 시간이 애매했다. 결국, 우리는 여유롭게 좀 쉬다가 해가 뉘엿뉘엿 지기 시작할 때쯤 다시 베네치아 구경에 나서기로 했다.

쉬다 보니까 또 휴식의 단맛에 취해버려 원래 계획한 시간을 조금 넘기고 말았다. 해 질 무렵 나가려고 했는데 이미 베네치아엔 어둠이 자리 잡고 있었다. 그래도 밤의 베네치아도 아주 매력적이었다. 처음 베네치아에 도착했을 때도 밤이었는데 그때는 캐리어를 끌고 낑낑대며 다리 건너느라 보지 못했던 풍경들이 이제는 보이기 시작했다. 일련의 안 좋은 일들 때문에 내 기억 속에 안 좋게 남아 있던 본섬의 이미지가 다시금 좋아지는 순간이었다. 낭만적인 밤의 베네치아였다.

확실히 베네치아에는 가면과 관련된 무엇이 있는 것 같다. 가면무도회에서 쓸법한 가면을 정말 정말 많이 판다. 가면을 볼 때마다 '스탠리 큐브릭' 감독의 〈아이즈 와이드 셧〉 영화가 떠오른다. 영화 속에서 주인공이 간 비밀 파티장에서 모든 사람이 가면을 쓰고 있었는데 왠지 그 영화 속에서 본 듯한 가면도 여기 있는 것 같았다. 두 번째로는 일본 만화 〈원피스〉가 떠올랐다. 원피스의 여러 에피소드 중에 '워터 세븐' 편이 있는데 이 워터 세븐이 베네치아를 모티브로 한 가상 도시이다. 그래서 그런지 정부 요원인 CP9이 처음 등장할 때 이런 가면을 쓰고 등장했었다. 만화를 볼 때는 그냥 큰 의미 없는 설정인 줄 알았는데 실제로 베네치아에 비슷한 가면이 많은 걸 보고 '다 연관이 있는 설정이었구나' 하며 놀랐다. 나는 개인적으로 코뿔소 가면이 너무 갖고 싶었다. 물론 사지는 않았다. 어차피 사도 밖에서 한 번도 못 쓰고 집에만 썩혀뒀을 텐데 왜 이런 게 사고 싶어지는지 잘 모르겠다.

그 후 산책을 하듯 베네치아를 천천히 더 둘러보고 저녁을 먹은 뒤 숙소로 돌아왔다. 처음 베네치아에 도착했을 때부터 어차피 제일 오래 머물러 있을 도시니까 다른 때처럼 너무 빡빡하게 다니지 말고 느긋하고 여유롭게 다녀보자고 아빠와 이야기를 나눴었는데 오늘은 정말 그 말대로 시간을 보냈던 것 같다. 이제 모레 오전에 비행기 타고 한국으로 돌아가기 때문에 내일이 공식적으로 우리 부자 여행의 마지막 날이라고 볼 수 있을 것 같다. 돌이켜보면 시간이 어떻게 흘러갔는지 잘 모르겠다. 내일이 마지막이라는 게 잘 믿기지 않는다. 남은 시간이 많다는 말로 나를 위안하며 하루하루 흘러가는 아쉬운 시간을 보냈는데 이제는 그럴 수 없게 됐다. 조금 더 많이 자세히 볼 걸 하는 아쉬움이 어쩔 수 없이 생겨나는 것 같다. 그래도 후회와 아쉬움으로 우리의 여행을 기억하고 싶은 생각은 추호도 없다. 즐겁고 행복했던 기억만 떠올리며 내일도 기억에 오래 남을 소중한 하루로 만들기 위해 오늘도 잠자리에 들 것이다.

베네치아에는 가면이 많다

베네치아의 부속 섬, 리도

1. 사주 해변이 인상적인 섬

1월 23일 화요일인 오늘도 어제와 같이 햇빛 쨍쨍한 날이다. 그래서 가져온 이후 한 번도 사용하지 않았던 선글라스를 끼고 숙소를 나섰다. 베네치아만(灣)의 또 다른 섬, 리도섬에 가기 위해 산마르코 광장에 있는 수상버스 정류장으로 가는 동안 선글라스를 착용했다. 하지만 초점이 맞지 않아 흐릿했다. 선글라스를 쓰고 운전할 때는 잘 몰랐었는데, 선글라스가 눈에 맞지 않았던 것이다. 선글라스를 벗고 원래 안경으로 바꿔 쓰고서 리도섬으로 향했다. 11시 30분 출발해 15분 만에 리도섬에 도착했다. 지도에서는 베네치아 본섬에서 리도섬까지 꽤 멀리 있다고 보았는데 생각보다 짧은 시간이 걸렸다.

리도섬은 이제껏 다녀본 베네치아, 무라노, 부라노 등 세 섬과 달리 버스와 개인 자동차들이 달리고 있었다. 그렇다고 섬 안에 운하가 없었던 것은 아니었다. 운하망이 촘촘하지 못해 운하로서는 지역의 교통 문제를 온전히 해결할 수 없었을 것이다. 리도섬에서 섬 바깥세상으로 나가려면 자동차보다는 카페리를 이용하는 것이 더 편리해 보인다.

리도섬에서의 주된 관심사는 사주(砂洲, sand bar)로서의 리도섬이었다. 리도섬은 외해 쪽으로 고운 모래 퇴적물로 이루어진 모래사장이 섬의 길이만큼 펼쳐져 있고, 모래사장 바로 뒤편에는 숲이, 연이어 주택들이 내해 쪽까지 발달해 있었다. 물론 항구 시설과 수상 버스 정류장은 내해 쪽에 건설되어 있다. 모래사장과 주택가 사이에 있는 숲은 외해 쪽에서 불어오는 바람과 모래사장에서 날아오는 모래를 막아준다. 또 리도섬 사주와 연이어 있는 사주들은 베네치아만 외해의 거센 파랑으로부터 내해에 있는 베네치아 본섬과 여러 섬을 보호하는 방패막이 역할을 한다. 리도섬의 외해 쪽 모래사장은 해수욕장으로 여름철 휴양지이며, 또 베네치아 영화제가 열리는 장소이다.

2. 느긋한 오후

리도섬에서 점심을 먹으려고 했으나 마땅한 음식점을 찾지 못했다. 베네치아 본섬에 가서 점심을 먹기로 했다. 산마르코 광장 주변의 식당가를 거닐다가 우리를 보고 한국어로 호객하는 종업원의 자릿세가 없다는 설명을 듣고 혹한 데다, 가격도 감당할 수 있는 수준이라고 판단해 그 식당에서 점심을 먹기로 했다. 봉골레 파스타는 양이 적었고, 계산할 때 보니 부가세(Tax)가 더해져서 나왔다. 카르보나라 파스타는 양도 맛도 괜찮았다. 따라서 봉골레보다는 카르보나라의 가성비가 좋았다.

점심을 먹고 가까이에 있는 숙소로 돌아왔다. 2시간 정도 휴식을 취했다. 와이파이로 국내의 소식을 검색해보았다. 국내의 정치 상황과 한파 날씨에 관심이 갔다. 부패한 정치인의 마음에는 자신만 있었을 뿐 국민이 없었다는 사실들이 속속 드러나고 있었다. 이런 슬픈 현실 속에서 그리스도인으로서 '나는 어떻게 살고 있나'를 돌아보게 되었다.

잠깐의 휴식을 취한 후, 4시쯤에 베네치아 본섬에 가보지 않았던 지역으로 발길을 옮겼다. 수상 버스 정류장에서 육지로 나갈 수 있는 버스를 탈 수 있는 지역까지 갔다가 거기서 다시 숙소로 걸어서 돌아오는 코스였다. 어느 골목에서 인도인이 지키고 있었던 기념품 가게에 들렀다. 들어가 보니 여자분이 아이를 안고서 가게를 보고 있었다. 내가 기념품을 살 의지를 보이자 직원은 남편으로 보이는 남자에게 아이를 맡기고 나에게 다가와서 친절하게 안내해주었다. 가방걸이 유리 공예품을 딸 선물로 샀다.

걸어 다니다가 버거킹을 만나 햄버거 세트를 시켜 저녁으로 먹었다. 먹으면서 아들과 많은 이야기를 나누었다. 아들은 군대 생활 후반기에 있었던 인간관계의 어려움과 실패담을 얘기했다. 언젠가 휴가 나와 저질렀던 행동을 이제야 이해할 수 있었고, 아들이 측은하게 여겨졌다. 나와 닮은 점이 많았다. 대화를 통해 아들을 이해하는 좋은 시간이었다.

섬에 세워진 도시, 베네치아

1. 여행 정리의 시간

1월 24일(수)인 오늘은 어디에 가지 않고 선물을 구매하고, 휴식을 취하고, 그리고 여행을 정리하는 시간을 가졌다. 미로 같은 골목과 다리들이 이제는 좀 익숙해졌는데, 벌써 집으로 떠나야 할 시간이 다가오고 있었다. 이번 여행을 응원해준 사람들에 대한 고마움을 표현하고자 선물을 준비하고자 했다. 우선 검색을 통해 이탈리아 베네치아에서 살 만한 물품을 찾아봤다. 받는 사람도 주는 사람도 부담 없이 주고받을 수 있는 선물을 찾았다. 그중에 포켓 커피(Pocket Coffee) 18개짜리 5통, 포도 젤리 2봉지, 오렌지 젤리 2봉지를 쿱(COOP) 슈퍼마켓에서, 마비스(MARVIS) 치약 10개를 약국에서 구매했다.

베네치아에서의 식사는 주로 피자와 파스타였다. 식당에서 먹는 피자는 적정한 가격이었으나, 음료수는 비교적 가격이 비쌌다. 그리고 가끔 마트에서 빵과 물을 사 먹거나, 패스트푸드 햄버거를 먹기도 했다.

2. 베네치아 좀 더 알아보기

베네치아 섬 도시(1550)

여행에서 돌아와 베네치아에 대한 자료를 찾아본 것 중에, 한국유네스코 위원회에서 제공한 '베네치아와 석호(潟湖)'라는 글에서 몇 가지 지리적 정보를 간추려 보았다.

베네치아만의 석호에는 118개의 작은 섬들이 있으며, 석호 면적은 50,000㎢에 달한다. 석호의 작은 섬에 베네치아 주민이 거주하게 된 시기는 5세기로 거슬러 올라간다. 이민족의 공습을 피해 토르첼로, 이에솔로, 말라모코 등의 모래섬으로 피난한 것이 계기가 되었다. 이들의 임시 거주지는 점차 영구 정착지가 되었고, 농민과 어부의 최초 피난처였던 이곳은 해양 국가로 변화하여, 작은 섬인 리알토(Rialto)가 새로운 도시의 핵심부가 되었다.

서기 1000년에 베네치아는 달마티아 해안을 지배하였고, 1112년에 지중해 동부 연안의 시돈(Sidon) 항구에 교역 시장을 세웠다. 1204년에 베네치아는 십자군과 동맹을 맺고 콘스탄티노플을 함락시켰다. 엔리코 단돌로(Enrico Dandolo)의 통치하에서, 해양 제국이 된 베네치아는 영역을 지중해 동부 연안에서부터 이오니아해의 섬 및 크레타섬에 이르는 해안 전체로 확장했다. 석호의 한가운데에 있었던 베네치아는 그 자체로 중세 세계에서 가장 큰 중심지의 하나로 자리했다. 여러 개의 작은 섬들이 하나로 통합되면서, 초기 석호 지형에서 지금 찾아볼 수 있는 것은 주데카 운하(Giudecca canal), 산마르코 운하, 대운하와 같이 운하가 된 부분과 수상 도시의 실질적 동맥이라 할 수 있는 조그만 '리(rii)'의 네트워크 외에는 모든 경관이 바뀌었다. '리'는 운하에 딸린 좁은 샛물길이며, 도로로 말하면 골목길과 같다. 믿지 못할 정도로 놀라운 베네치아 도시 공간은 지구상에서 가장 특별한 건축 박물관 중 하나이며, 이곳의 예술품들은 천 년을 넘게 축적한 것들이다.

베네치아를 떠나다

1. 베네치아에서 바르샤바 경유 인천으로

1월 25일(목)은 베네치아를 떠남으로써 여행을 마무리하는 날이다. 7시에 일어나 짐을 챙기고 호텔 조식을 먹었다. 베네치아공항에 가기 위해 리알토 수상 버스 정류장으로 이동했다. 75분용 수상 버스 승선권을 7.5유로에 끊어 버스터미널로 가서 공항 가는 시내버스를 탔다. 시내버스 1회 이용권의 가격은 1.5유로이다. 공항에 9시 30분에 도착했다. 출국 절차를 끝내고, 비행기 탑승 전 대기 시간 중에 면세점에 들러 아내를 위한 선물로 스카프를 샀다. 선물 사는 일은 너무 어려운 일이다.

아침을 맞이한 대운하—베네치아에서 가장 규모가 크고 섬 중앙을 乙자 모양으로 관통하는 운하—에는 배들로 가득 차 있었다. 우리가 탄 수상 버스는 물론 각종 물자를 운반하는 짐배, 개인 소유 자가용 배, 청소하는 아주 작은 배와 쓰레기를 모으고 운반하는 배, 수상 택시들이 저마다의 물살을 가르고 있었다. 아침 수상 버스에는 출근자, 출근길에 아이를 맡기러 가는 여성, 여행자 등의 사람들이 타고 있었다.

　귀국 비행기는 직항이 아니다. 폴란드 수도 바르샤바를 경유하는 항공편이다. 바르샤바행 비행기는 12시 10분에 베네치아공항을 이륙했다. 폴란드 LOT 항공 소속 비행기는 오후 1시 50분경에 바르샤바 쇼팽 공항에 도착했다. 비행기에서 내려 공항 터미널로 가는 공항 구내 버스를 타고서 버스가 출발하기만을 기다리고 있었다. 그때 비행기 승무원이 핸드폰을 들고 소리치며 주인을 찾고 있었다. 핸드폰을 보니 내 것이었다. 아찔했다. 좌석 앞 포켓에 핸드폰을 넣어두고 내렸던 모양이다. 하마터면 내가 촬영한 사진기록을 모두 잃을 뻔했다. 항공사 승무원에게 감사의 말을 전했다. 이내 버스는 공항 터미널로 향했다.

　바르샤바 쇼팽 공항에서 인천공항을 향해 떠난 비행기는 현지 시각으로 오후 4시 5분에 이륙하여 9시간 10분 정도 걸려 한국 시각 26일 오전 9시 15분에 인천공항에 착륙했다. 비행기 이용은 거의 비슷한 시간이 걸렸음에도 여행을 떠날 때보다 여행 마치고 돌아올 때가 더 힘들었다. 10시 50분 공항버스를 타고 집에 도착하니 12시였다.

베네치아 이모저모

하나. 베네치아의 집들

물 위에 지어진 집은 언제봐도 신기했다. 몇몇 기둥들이 집을 받쳐주고 있었는데 무너지거나 부식될 위험성은 없는지도 궁금했다. 또 몇몇 거주지들을 보면 집 위에 저렇게 또 집이 지어져 있었다. 저곳이 우리에게도 익숙한 옥탑방인지 아니면 물이 범람할 최악의 사태에 대비한 대피소 혹 창고인지도 궁금했다.

자주 볼 수 있는 물속의 집

집 위에 또 집이 지어진 모습

둘. 베네치아의 나무 기둥

커다란 나무 기둥이 바다에 박혀 있다. 그리고 쇠사슬로 칭칭 감겨 부유 중인 선착장과 연결되어 있다. 이 기둥들이 선착장이 흔들리지 않고 안정성 있게 정박할 수 있도록 닻의 역할을 하고 있었다. 두 번째 사진 역시 바다 위의 나무 기둥이지만 위에 조명이 달린 이것의 용도는 조금 달라 보였다. 좀 더 가까이 가니 나무 기둥 근처에 암초가 보였다. 선박들에 암초가 있다는 경고를 해주기 위한 장치였다. 더불어 어두운 베네치아의 바닷가를 밝혀줄 불빛이 되어주기도 했다.

바다에 박혀 있는 나무 기둥들

바다에 박혀 있는 나무 기둥들

셋. 무라노섬은 마트가 싸다.

우리는 베네치아가 워낙 물가 자체가 비싸다 보니 마트도 어느 정도 가격이 높으리라 생각했다. 본섬은 우리의 예상이 맞았다. 하지만 무라노섬에선 생각보다 차이가 났고 특히 물 가격이 어마어마하게 차이가 났다. 숙소 근처에서 1ℓ짜리 물을 3유로에 샀었는데 무라노섬에선 2ℓ짜리 물을 마트에서 유로도 아닌 20센트에 살 수 있었다. 이 정도면 부르는 게 값이 아닌가 싶다.

넷. Site-Seeing 보트

유럽을 비롯하여 각국의 도시를 여행하다 보면 항상 있는 건 아니지만 Site-Seeing 버스를 마주칠 때가 더러 있다. 이 버스는 운송 목적이 아니라 여행객들 전용으로 도시 구석구석을 돌아다니는 관광이 주목적이다. 보통 이런 Site-Seeing 버스는 천장도 없이 시야가 뻥 뚫린 2층 자리에 여행객들을 앉혀 놓고 다닌다. 베네치아에서는 버스 대신 이렇게 Site-Seeing 보트가 있었다. 우리가 직접 타보진 않았지만, 보트를 타고 섬 주위를 돌아다니며 관광을 하는 것도 좋은 경험이 될 것 같다.

Site-Seeing 보트 사진

여행을 마무리하며

이번 여행은 무엇보다도 아들과 추억을 쌓는 것이 가장 중요한 목적이었다. 그런데 아들에게 많이 베풀지 못한 것 같다. 나의 절약 정신이 통 큰 나눔을 방해했다. 어떻게 하면 아끼면서 여행할까에 관심이 집중되었기 때문이다. 나의 틀을 깨지 못했다. 아들과 동행하면서 표현되는 말로 인해 서로 간 내적 갈등이 생기기도 했으나, 갈등 후 서로 반성하고 적절한 수준에서 조심하면서 큰 다툼 없이 여행할 수 있었다. 아들이 여행 코스를 정하고, 숙소와 교통편을 예약하고, 영어로 소통하고, 숙소를 찾아가고, 음식을 주문하는 등 이번 여행을 주도하였다. 이를 통해 아들의 자기 주도성을 확인할 수 있었다. 그리고 대화를 통해 아들의 과거와 현재의 정서적인 고민을 듣고 현재의 말과 행동을 이해하고, 앞으로 영화인의 길에 대한 확고한 의지를 재확인하게 된 것은 큰 수확이었다.

두 번째 목적은 2017년에 출간한 필자의 책 『왜 거기에 수도가 있을까』에 나오는 수도들을 실제 찾아가 확인하고 싶었다. 이들 국가의 수도에 관한 설명들이 정확하게 서술되었음을 확인할 수 있었다. 비엔나, 브라티슬라바, 부다페스트, 자그레브, 류블랴나 등의 수도는 역시 그 국가에서 도시의 자연적인 입지 장점, 특히 도나우강의 혜택을 크게 입은 장소였다. 책에서 다루지 않았던 체코의 수도 프라하도 블타바강이 흐르는 보헤미아분지의 중심지라는 사실을 답사를 통해 알 수 있었다.

세 번째는 운하에 관한 자료를 일부라도 수집하고자 하는 목적이 있었다. 그러나 아들과 함께하는 여행에서 학문적인 관심은 아들을 적극적으로 배려하는 행동이 아니었기에 제한이 많았다. 아들과 동행하는 수준에서 미약하나마 운하 사진을 찍는 정도로 자료 수집이 이루어졌다.

아들은 참 좋은 여행이었다고, 여행할 수 있어서 감사하다고 말했다. 아들에게 가장 인상에 남는 여행 장소를 물었더니, 오스트리아 잘츠부르크의 운터베르크 산과 슬로베니아의 수도 류블랴나를 꼽았다. 운터베르크 산은 겨울 설산과 운해가 장관이었고, 류블랴나는 도시경관이 깨끗하고 아름다웠다. 두 장소는 나 역시 아들의 대답에 공감하는 여행지다. 하나 추가한다면 나는 이탈리아 베네치아를 추천하고 싶다.

다음번에는 아내와 딸도 동행하는 여행을 할 것이다. 그날이 금방 올 것 같다.

아빠와 단둘이 여행한다는 것의 의미

오늘 베네치아를 마지막으로 우리 부자(父子)의 여행이 끝이 났다. 이제 내일 정오에 비행기를 탄 뒤, 장시간 비행 끝에 26일 오전 한국에 도착할 예정이다. 오늘은 어젯밤처럼 온종일 여유롭게 베네치아를 돌아다니며 아빠와 나의 주변 사람들을 위한 기념품을 샀다. 그럼 오늘은 계속 기념품 이야기를 할 것인가? 아니다. 오늘은 대신 '아빠와 함께하는 여행'에 대한 나만의 생각을 정리해보고 싶다.

1. 여행의 시작

프롤로그에서 말했듯이 2017년 가을이었다. 나는 1년 휴학을 하고 낮에는 아르바이트를 밤에는 게임을 하며 휴식을 취하는 일상을 살고 있었다. 그러던 어느 날 아빠가 방에 들어오셨다. 그 이후는 프롤로그와 같다. 나에게 함께 가는 여행을 권유하셨다.

사실 여기까지 보면 다들 '와, 아빠랑 완전 친한가보다, 부럽다'라고 생각할 수 있을 것 같다. 그런데 그렇진 않았다. 물론 사이가 나쁜 것도 아니었으나 그렇게 많은 교류가 있던 것도 아니었다.

출발하는 날 버스 정류장에서

아빠는 고등학교 지리 선생님이고 자신의 분야를 계속 연구하는 학자다. 그런 아빠가 어릴 때 나에게는 선생님처럼 느껴지기도 했다. 아빠와 대화를 하긴 했지만, 정말 마음에서 우러나서 했기보다는 약간 내 삶을 검사받는 느낌으로 했던 면이 많았다. 왜 학교 가면 선생님들이 '오늘 숙제했어?'라고 물으며 나의 일을 검사하지 않는가. 나도 약간 그런 느낌으로 '저 이렇게 오늘도 의미 있게 잘 보냈어요! 잘살고 있죠?' 얘기하며 내 삶을 검사받고 아빠가 만족하실 만한 말을 하곤 했다. 물론 항상 그런 건 아니었지만.

나는 가정의 대소사나 친척들의 이야기, 즉 어른들의 이야기라고 부를 수 있을 법한 이야기들은 아예 관심을 가지지 않았다. 이건 20대 후반을 향해가는 지금까지도 마찬가지다. 삶을 살아가는 건 본인이니까 내 인생에 집중하며 살아가는 게 어찌 보면 맞는 말일 수도 있는데 그렇다고 나만 생각하고 사는 건 좀 결이 다른 문제처럼 느껴진다. 그런데 나는 그렇게 살았다. 정작 가까운 가족의 이야기는 잘 모르고 제 인생을 향해서만 나아가며 만족했다.

비행기에서도 쉬지 않으시는 아빠

그래서 처음에 말했던 것처럼 나에게 이번 여행은 아빠와 함께 여행하고 추억을 쌓는다는 기대감보단 아빠 덕분에 유럽 여행을 갈 기회를 얻었다는 즐거움이 더 컸다.

2. 처음부터 삐걱삐걱

새해가 되니까 슬슬 여행 생각에 설레기 시작했다. 특히 유럽을 간다는 설렘이 컸다. 만약 다른 곳을 갔다면 '아빠와 함께하는데 재미가 있을까?'라는 생각이 더 들었을 수도 있는데 유럽을 가서 그런지 '설마 유럽인데 뭘 해도 재밌겠지!'라는 생각이 더 들었다.

하지만 나는 유럽에 대한 기대감에 사로잡혀 누군가와 함께 여행할 때 언제든 일어날 수 있는 갈등 상황을 전혀 고려하지 못했다. 처음부터 삐걱거렸다. 체코 프라하에 힘들게 도착했을 때였다. 나도 처음 오는 곳이라 GPS 하나에 의지하며 에어비앤비 숙소를 찾고 있었다. 하지만 야속한 GPS는 이리 갔다 저리 갔다 하며 나를 혼란에 빠트렸다. 상황이 이렇다 보니 길 인도를 하기로 한 나도 갈피를 못 잡고 방황하기 시작했다. 짜증도 몰려오고 아빠와 오고 가는 대화가 고울 리가 없었다.

아빠는 지도를 보며 길을 찾는 것에 익숙하신 분이다. 대신 GPS를 이용해서 찾아가는 것에는 익숙하지 않으셨다. 그래서 잘 모르셨기에 '지도도 못 보고 뭐 그리 길을 헤매냐' 한마디 하신 건데 나는 그만 여기에 버럭 화를 내고 말았다. 'GPS가 그런 걸 나보고 어쩌라고? 아빠가 찾아보든가!' 더 친절하고 차분하게 상황을 설명하면서 함께 길을 찾을 수 있는 거였는데 나는 그때 그런 현명한 아들이 못 되었다.

체코 프라하에서

아빠도 내심 마음이 아프셨을까. 힘들게 에어비앤비 숙소를 찾고 방에 들어오자마자 아빠가 하신 건 다름 아닌 포옹이었다. 그리고 아들을 꼭 안고 '수고했다' 한 마디 해주셨다.

그 뒤로도 여러 가지 사건들이 많았다. 그 모든 걸 다 나열해 기록하기엔 너무 자잘하고 또 이야기가 길어지면 지루할 수 있으니 하진 않겠다. 확실한 건 여행을 하면서 아빠와 많은 의견 충돌이 있었다. 특히 첫 여행지였던 체코 프라하 때 많았다. 충돌이 있고 화가 날 때마다 나는 생각했다. '아직 여행 많이 남았다. 이러면 득 될 거 하나도 없다.' 아빠와의 이견을 조율하고 아빠를 이해하려고 한 게 아니라 그냥 앞으로 여행에서 나 자신의 편안함만을 위해 충돌이 있을 때마다 꾹 누르며 대처했었다. 그렇게 순간순간 넘기며 독일, 오스트리아를 다녔다.

3. 아빠와 잊을 수 없는 대화의 순간들

우리의 여행이 반쯤 되었을 비엔나에서의 저녁이었다. 에어비앤비 숙소의 장점을 이용해서 숙소에서 저녁을 먹기로 한 날이었다. 여행 와서 식당이 아닌 곳에서 처음으로 아빠와 단둘이 맥주 한 캔을 하며 저녁을 먹었다. 그때 무심코 나는 그동안 관심 두지 않았던 가족과 친척에 대한 이런저런 질문을 하게 됐다. 그때 아빠의 대답은 내가 완전히 처음 듣는 이야기들이었다. 한 지붕 아래 살면서 나는 모르고 있었던, 아니 정확히 말하면 알려고 하지 않았던 이야기들이었다.

나는 집에서 상사도 아니고 감독관도 아니다. 가만히 있는 나한테 아빠가 먼저 다가와 항상 보고하듯이 이런저런 일들을 말해주는 게 아니라 내가 먼저 다가가고 이야기해야 했다. 이 단순한 이치를 나이 먹고 이제야 알았다. 아빠는 그냥 아빠일 뿐이라 생각했지, 아빠도 이런저런 고민거리가 있고 생각도 많은 나랑 똑같은 하나의 사람이라는 것을 잊고 살았었다. 단지 나에게 다가와 아픔과 고민을 먼저 말해주시지 않았을 뿐이었다.

그렇게 그날 나는 많은 것들을 알았고 또 내가 얼마나 나만 생각하고 살았는지 깊은 반성을 했다. 그리고 이런저런 이야기를 나누면서 아빠를 이해했다. 엄청나게 강하게 버텨주실 줄 알았던 아빠도 사실 내가 하는 말에

독일 뮌헨 BMW 박물관에서

무수히 상처를 입으시는 분이라는 걸 깨달았다. 그리고 아빠 위에 앉은 세월의 무게를 보았고 또 나이만 먹었지 한없이 가벼웠던 이기적인 나 자신의 모습을 보았다.

4. 여행을 마치며

비엔나에서 이렇게 깨달은 내가 이후 여행에서 180도 변했냐고 물어보신다면 아쉽게도 그렇진 않았다. 그 뒤로도 여전히 여러 갈등이 많았다. 하지만 초반의 갈등과 확실히 다른 건 이제 나는 아빠를 이해한다는 것이다. 다만 연약한 인간이라 단번에 생각해내고 변화하지 못했을 뿐 바꾸고 맞추어 나가려고 노력했다. 그리고 앞으로도 꾸준히 노력할 생각이다.

이번 여행을 기점으로 이제 누군가 내게 '와 아빠랑 친한가보다…'라고 한다면 '그런가?' 생각하는 것이 아닌 '그래! 나 아빠랑 친해. 아빠 짱 좋아 부럽지?'라고 철부지 어린아이처럼 자랑할 수 있을 거 같다. 또 시간이 흘러서 이 순간을 회상한다면 나는 이 순간을 아름다웠던 그날의 유럽 여행이 아닌 아빠와 함께했던 소중한 여행으로 회상할 것 같다.

한 치 앞도 모르는 게 미래인데 이렇게 현재에 소중한 순간을 경험하고 많은 깨달음을 얻게 된 것에 한없이 감사하다. 누구든지 내게 아빠와 단둘이 여행한다는 것의 의미를 묻는다면 이렇게 말해주고 싶다. '그 무엇보다도 값진 소중한 순간을 얻게 되는 것'이라고.

이상으로 길고도 짧았던 아빠와 나의 여행에 마침표를 찍어보려고 한다. 그리고 새로운 일상에 아빠와 함께할 많은 날을 기대하며 인생에 수많은 느낌표가 찍혀 나가길 기도한다.

마지막 여행지 베네치아에서